есть
молиться
любить

ELIZABETH GILBERT

Pilgrims

ЭЛИЗАБЕТ ГИЛБЕРТ

Самая лучшая жена

РИПОЛ
КЛАССИК

Москва, 2011

УДК 821.111
ББК 84(4Вел)6-44
    Г47

Перевод с английского Н. А. Сосновской

Гилберт, Э.

Г47   Самая лучшая жена / Э. Гилберт ; [пер. с англ.
Н. А. Сосновской]. – М. : РИПОЛ классик, 2011. –
288 с.

ISBN 978-5-386-02815-2

Книга американской писательницы Элизабет Гилберт «Есть, молиться, любить» в одно мгновение поко-
рила российских читателей. Она значится в списке
бестселлеров более года и стала абсолютным хитом
продаж. Ее новый сборник рассказов «Самая лучшая
жена» стал победителем престижной американской
литературной премии и получил самую высокую оцен-
ку на родине автора и в мире. Гилберт верна себе. Ге-
рои ее рассказов находятся в вечном путешествии
и вечном поиске – поиске себя и своего места в мире.
«В чем смысл нашего пребывания на этой земле?» –
главный вопрос, на который со свойственной ей тон-
костью, умом и талантом отвечает Элизабет Гилберт.

УДК 821.111
ББК 84(4Вел)6-44

ISBN 978-5-386-02815-2

Паломники

* * *

Когда мой старикан сказал, что нанял ее, я хмыкнул:

— Девку?

Девку — и это притом, что совсем недавно баб на это ранчо не брали работать даже поварихами, потому что пастухи на них слишком часто пялились. Да и не только пялились. И даже на страшненьких поварих. И даже на пожилых.

В общем, я сказал:

— Девку?

— Она из Пенсильвании, — сказал мой старикан. — Работать будет хорошо.

— Откуда-откуда?

Когда про это узнал мой брат Кросби, он сказал:

— Если девка возьмется за мою работу, мне придется подыскивать себе другую.

Мой старикан зыркнул на него:

— Я слыхал, что ты через перевал, что зовется «Голландской печкой», в этом сезоне ни разу не проезжал без того, чтоб не заснуть в седле, а не спал — так книжки свои треклятые читал. Так что, может, тебе и вправду пора новую работенку приискать.

Он рассказал нам, что она как-то добралась в наши края из Пенсильвании на такой жутко задрипанной машине, что он таких отродясь не видывал. Пять минут она упрашивала его взять ее на работу, а он-то почти сразу согласился. Она даже руку согнула, чтобы он пощупал, какой у нее бицепс, но он щупать не стал. Сказал, что она ему сразу глянулась, с первого взгляда. А уж он столько пожил, что глазам своим доверял.

— Вам она тоже понравится, — сказал он. — Сексуальная, как кобыла. Симпатичная, здоровая. И крепкая.

— Тебе восемьдесят пять лошадей прокормить надо, а ты все считаешь, что кобылы сексуальные, — сказал я, а мой брат Кросби добавил:

— Уж такого секса у нас тут просто завались.

Ее звали Марта Нокс, ей было девятнадцать, и ростом она была с меня. Ноги полные, но не жирные, на ногах — ковбойские сапожки. Сразу видно, что новехонькие, самые дешевые в магазине и самые первые, которые она себе купила. Подбородок у нее был тяжеловат, и если он когда и двигался, так только тогда, когда у Марты двигались лоб и нос. А зубы такие, что их, можно сказать, было видно даже тогда, когда у нее рот закрыт. А главное — темно-каштановая коса. Висела посередине спины — толстая, как девичья рука.

Как-то вечером в самом начале сезона я танцевал с Мартой Нокс. Был выходной, и можно было спуститься с горы, напиться в стельку, позвонить по телефону, постирать бельишко, подраться. Марта Нокс танцевать была не любительница. И со мной она танцевать не хотела. Это она мне сразу разобъяснила — несколько раз повторила, что танцевать со мной не станет, а когда наконец согласилась, не пожелала бросить сигарету. Сигарету она держала в опущенной руке, так что за эту руку я ее взять не мог. Ну а я держал в руке бутылку пива — для ровного счета, — так что она обнимала меня одной рукой, и я ее тоже. И хоть танцевать она была не любительница и со мной танцевать не хотела, но все-таки мы с ней стали медленно покачиваться, и у нас обоих одна рука была свободна, как у ковбоя на родео, когда он скачет на быке, — он же правой рукой ни за что не держится. Марта никуда особенно не смотрела — только за мое левое плечо. Казалось, та девушка, которая сейчас не так уж плохо танцует со мной, была Марте незнакома и знакомиться с ней у нее большой охоты не было.

Мой старикан еще вот что говорил насчет Марты Нокс: «Она не красотка, но, похоже, знает, как себя подать».

Что верно, то верно — мне хотелось потрогать ее косу. Мне сразу захотелось потрогать ее косу, как только я ее увидел, а уж когда мы танцевали — захотелось особенно. Но я не стал этого делать и бутылку с пивом на землю не поставил. Уж не знаю, как там Марта Нокс умела себя подать. По-моему, никак не подавала.

Больше мы в тот вечер не танцевали и вообще потом не танцевали, потому что сезон был долгий и мой старикан нас нагружал работой под завязку. Не было больше выходных на целый день, чтобы потанцевать и подраться. А уж если удавалось выкроить свободное время после обеда посреди тяжелой рабочей недели, мы все шли в барак и ложились спать. Засыпали быстро и крепко, а на койки укладывались, в чем были — в сапогах, как пожарные или солдаты.

Марта Нокс спросила меня насчет родео:

— Кросби говорит, это хороший способ покончить с собой.

— Лучше способа я не знаю, — ответил я.

Мы сидели с ней друг напротив друга у костра, сложенного из толстых сосновых сучьев, совсем одни, и выпивали. В палатке за спиной Марты Нокс разместились пятеро охотников из Чикаго. Они не то спали, не то просто лежали усталые и злились на меня за то, что я не помог им хорошенько прицелиться и подстрелить хоть одного из тех лосей, которые попались нам на глаза на этой неделе. В палатке позади меня стояли кухонные плитки, лежали припасы, два походных туристских матраса и спальные мешки — мой и Марты. Марта еще укрывалась одеялами из лошадиных шкур, и мы оба ложились спать в джинсах, в которых собирались ходить и на следующий день, чтобы джинсы за ночь не заледенели. Была середина октября, последняя охота в сезоне, и каждое утро, когда мы седлали лошадей, у них на губах висели длинные сосульки.

— Ты пьяная? — спросил я.

— Я тебе так скажу, — ответила она, — это жуть какой хороший вопрос.

Она посмотрела на свои руки. Руки у нее были чистые. Порезы там, ожоги — это ясно, но чистые.

— Ты ведь выступал на родео, да? — спросила она.

— Сколько раз! — ответил я.

— На быках?

— На необъезженных лошадях.

— Так тебя поэтому прозвали Смельчаком?

— Смельчаком меня прозвали из-за того, что в детстве я ногу тесаком поранил и не испугался.

— А на родео тебе хоть раз досталось по-крупному?

— Однажды попался мне один жеребец необъезженный. Ну я сразу понял: этот мне задаст жару. Он меня прикончить хотел, и к гадалке не ходи. В жизни я так не боялся лошади, как этого сукина сына испугался.

— Думаешь, он это понял?

— Понял? Как он мог понять?

— Кросби говорит, что с лошадью самое важное — выяснить, кто главный.

— Это мой старикан так всегда говорит. А говорит он так, чтобы новичков попугать. Если бы лошади такие умные были, они бы на нас верхом ездили, а не мы на них.

— И Кросби так говорит.

— Нет. — Я еще выпил. — Так говорит мой старикан.

— Значит, тот жеребец тебя скинул.

— А у меня при этом рука в узде застряла, и этот сукин сын три круга меня по арене проволок у себя под брюхом. Зрители были в восторге. И конь тоже. А я потом в больнице почти год провалялся.

— Дай мне. — Она потянулась за бутылкой. — Вот бы и мне сесть верхом на необъезженную лошадь. Я хочу выступать на родео.

— Что от меня и требовалось, — сказал я. — Я должен был тебя уболтать, рассказав эту историю.

— Твой папаша тогда что, сбрендил?

Я не стал отвечать. Поднялся и подошел к дереву, на ветках которого висели седла, а повыше кое-что из еды — чтоб медведи не достали. Я расстегнул молнию и сказал:

— Лучше зажмурься, Марта Нокс, потому как я сейчас спущу с поводка самую здоровенную тварь в горах Вайоминга.

Пока я мочился, она помалкивала, а когда вернулся к костру, сказала:

— Это в духе Кросби.

Я вытащил из кармана жестянку с табаком.

— Да нет, — сказал я. — Главное, это в духе моего старикана.

Я постучал жестянкой по ноге, взял немного табака и стал жевать. Это была последняя жестянка, табака осталось совсем мало.

— Того сволочного жеребца мой старикан потом купил, — сказал я. — Разыскал хозяина и выложил ему вдвое больше, чем эта скотина стоила. А потом завел жеребца за кухню и пристрелил — в голову пальнул. А после закопал в навозной куче.

— Ладно врать-то, — сказала Марта Нокс.

— Только ему об этом ни слова.

— Черт, само собой. Ничего не скажу.

— Он меня в больнице каждый день навещал. Мы с ним даже не разговаривали, потому что он жутко переживал. Он только курил одну сигарету за другой и швырял окурки в толчок. Дверь в туалет была открыта, и окурки пролетали над моей головой, падали в толчок и шипели. А у меня шея в гипсовый воротник была закована несколько месяцев, и я даже голову не мог повернуть, чтобы на старика поглядеть. Такая скука, черт. Я вроде как и жил только ради того, чтобы глядеть, как надо мной окурки летают.

— Заскучаешь тут, — кивнула Марта Нокс.

— Порой мой братец Кросби наведывался, приносил фотки девушек.

— Само собой.

— Ну на девушек-то приятно посмотреть.

— Ясное дело. Это тебе не окурки.

Она еще выпила. Я взял бутылку, хлебнул, отдал ей, и она еще отпила. Вокруг нас лежал снег. В тот день, когда мы выехали на охоту, начался снегопад, и с тех пор снег шел почти каждую ночь. После полудня на лужайках снег местами таял, и оставались островки земли, а вокруг них — небольшие сугробы, похожие на стопки выстиранного белья. Лошади ходили по проталинам. Травы почти совсем не осталось, и лошади начали уходить по ночам — искали, где бы попастись. Мы привязали им на шею коровьи колокольчики, и оттуда, где паслись наши лошади, доносилось громкое звяканье. Это был приятный звук. Я к нему привык и настораживался только тогда, когда звяканье утихало. Если не звучали колокольчики, значит, лошади пропали, и эта тишина могла разбудить меня посреди ночи. Тогда нам приходилось идти их искать, но я знал, куда они обычно уходят, и мы отправлялись в ту сторону. Марта Нокс тоже умела их находить и не жаловалась, что приходится посреди ночи одеваться на морозе и слушать, не зазвенит ли в темноте колокольчик. Ей это нравилось. Она к этому привыкала.

— Знаешь кое-что насчет своего братца Кросби? — спросила Марта Нокс. — Он вправду думает, что знает, как обращаться с девушкой.

Я промолчал, а она спросила:

— Но как же такое может быть, Смельчак, когда тут нет никаких девушек?

— Уж Кросби в девушках разбирается, — сказал я. — Он жил в городах.

— В каких городах? В Каспере? В Шайенне?

— В Денвере. Кросби жил в Денвере.

— Ладно, в Денвере!

— Ну а в Денвере пара-тройка девушек есть.

— Само собой.

Она зевнула.

— Стало быть, он мог выучиться обращаться с девушками в Денвере.

— Я поняла, Смельчак.

— Девушкам нравится Кросби.

— Сказала бы я.

— Правда, нравится. Вот мы с Кросби поедем во Флориду как-нибудь зимой, подпортим там кое-кому семейную жизнь. Там полным-полно богатых баб. Полным-полно богатых баб, которым скучно.

— Да уж, еще бы им не скучать, — сказала Марта Нокс и расхохоталась. — Наверняка они там скучают, ну просто до слез.

— Тебе не нравится мой брат Кросби?

— Я обожаю твоего брата Кросби. Почему бы мне не нравился Кросби? Кросби просто лучше всех.

— Вот и умница.

— Но он считает, что знает, как обращаться с девушкой, и это не дает мне покоя.

— Девушкам нравится Кросби.

— Я ему как-то раз показала фотку моей сестры. И он мне сказал, что вид у нее такой, будто она угодила в кучу дерьма. Как такое можно сказать?

— У тебя есть сестра?

— Агнес. Она работает в Миссуле.

— На ранчо?

— Нет, не на ранчо. Если честно, она стриптизерша. Ей там противно работать, потому что в Миссуле колледж есть. Говорит, что парни из колледжа не дают чаевых, как перед ними ни оголяйся.

— А у тебя с моим братом Кросби что-нибудь такое было?

— Слушай, Смельчак, — сказала она. — Ты не стесняйся. Спрашивай прямо.

— О черт! Ладно, проехали.

— Знаешь, как меня в старших классах прозвали? Форт-Нокс*. А знаешь почему? Потому что я никому не позволяла залезть ко мне под юбку.

___

* Крепость в штате Кентукки, возведенная во времена Гражданской войны в США. В настоящее время в Форт-Ноксе находятся крупная военная база и хранилище золотого запаса США.

— Почему?

— Почему не позволяла? — Марта Нокс взяла с земли сухую ветку, расшевелила угли в костре и отбросила ветку в сторону. Потом отодвинула подальше от огня котелок с кофе и постучала по нему ложкой, чтобы гуща осела. — Почему не позволяла? Потому что не считала, что это слишком хорошая мысль.

— Форт-Нокс. Ну и прозвище.

— А Смельчак намного лучше, да?

— Ладно, молчу, — сказал я.

Марта Нокс встала и пошла к палатке, а вернулась с охапкой хвороста. Я спросил:

— Ты чего?

— Костер почти погас.

— Ну и пусть гаснет. Поздно же.

Она не ответила.

— Мне завтра в полчетвертого утра подниматься, — сказал я.

— Если так, спокойной ночи.

— Так ведь тебе тоже в это же время вставать.

Марта Нокс подложила хвороста в костер и села.

— Смельчак, — сказала она, — не будь слабаком. — Она хорошенько хлебнула из бутылки и пропела «Мама, не расти ковбоев слабаками...».

— Вот это в духе Кросби, — сказал я.

— Я тебя кое о чем хочу попросить, Смельчак. Когда мы тут закончим, позволь мне поохотиться с тобой и Кросби.

— Не думаю, что мой старикан от этого будет в восторге.

— Я же не прошу поохотиться с твоим стариканом.

— Ему это не понравится.

— Почему?

— Ты из ружья хоть раз стреляла?

— Само собой. Когда я была маленькая, родители меня на лето отправили к дяде моего отца в Монтану. Через несколько недель я позвонила родителям и сказала: «Дядя Эрл поставил на чурбан жестяную банку из-под кофе и разрешил мне пострелять в нее, и я попала в эту хреновину шесть раз». Они меня домой пораньше забрали. Не понравилось им это.

— Выходит, твой старикан от этого тоже был бы не в восторге.

— За моего папашу переживать не надо, — сказала она. — Больше не надо за него переживать.

— Даже так?

Она сняла шляпу и положила на колени. Шляпа была старая. Когда-то ее носил мой двоюродный братец Рич. Мой старикан отдал ее Марте Нокс. Как-то утром она подержала ее над кипящим кофейником, расправила и сделала аккуратную вмятину посередине. Шляпа ей шла. В самый раз.

— А теперь послушай, Смельчак, — сказала она. — История хорошая, тебе понравится. Мой отец выращивал рождественские елки. Не так чтобы много. Ровно пятьдесят елок. Десять лет растил. Во дворе перед домом. Всю дорогу подравнивал их кухонными ножницами, и они были красивые, но высотой вот такие.

Марта Нокс вытянула руку и показала, какой высоты были елки. Фута три от земли.

— Но дело в том, что мы жили за городом, — продолжала она. — Там у всех во дворе рос лес. И никто там елок к Рождеству не покупал. Так что бизнес это был хреновый — выращивать пятьдесят елок, хоть самых раскрасивых. Денег на этом там было не сделать. Но отец все-таки упорно растил елки, а мама делала все остальное. — Марта взяла шляпу и снова надела. — В общем, в прошлом декабре отец был готов торговать елками, но никто не пришел покупать, и он жутко удивился и расстроился, потому что елки были такие распрекрасные. И запил. Тогда мы с сестрой спилили, наверное, штук двадцать этих долбаных елок и уложили в машину — у нас машина была здоровая, универсал. Сели, поехали. За час добрались до шоссе и стали останавливать проезжающие машины и раздавать людям елки. Всякий, кто останавливался, получал елку. Это было похоже... Черт. Это было похоже на Рождество.

Марта Нокс порылась в кармане куртки, нашла сигарету и закурила.

— Ну вот, — сказала она. — Вернулись мы домой. А там отец. Агнес он одним ударом с ног сбил, а мне по лицу кулаком как врежет.

— А раньше он тебя бил? — спросил я.

Она покачала головой:

— И больше не ударит.

Она посмотрела на меня холодно и спокойно. Я смотрел, как она сидит и курит свою сигарету в двух тысячах миль от родного дома, и я представил, как она шесть раз подряд попадает в треклятую кофейную банку. Мы долго молчали, а потом я спросил:

— Ты же не убила его, а?

Она не отвернулась и ответила — правда, не сразу:

— Да нет. Я его убила.

— Господи Иисусе, — наконец выговорил я. — Господи, мать твою, Иисусе.

Марта Нокс протянула мне бутылку, но я не взял. Она встала, подошла ко мне и села рядом. Положила руку мне на колено.

— Господи, — повторил я. — Господи, мать твою.

Она вздохнула.

— Смельчак, — сказала она. — Милашка. — Она погладила мою ногу и поддела меня локтем. — Ты самый доверчивый мужик, какого я только знаю в этом мире.

— Да пошла ты.

— Я пристрелила своего папашу и зарыла в навозной куче. Только никому ни слова, ладно?

— Пошла ты, Марта Нокс.

Она встала и снова уселась по другую сторону от костра.

— А ночка тогда была — просто блеск. Я валялась на дорожке возле дома с окровавленным носом. И решила, что пора сваливать.

Она еще раз протянула мне бутылку, и на этот раз я выпил. Мы долго молчали, но бутылку прикончили, а когда костер стал догорать, Марта Нокс опять подложила хвороста. А я сидел так близко к огню, что у меня подошвы сапог задымились, и я отодвинулся, но недалеко. В октябре не так легко согреться, так что от тепла отодвигаться не очень хотелось.

Слышалось звяканье колокольчиков со стороны луга. Лошади передвигались с места на место, но не уходили. Они паслись, и колокольчики звенели. Приятно было их слышать. Я мог назвать кличку каждой лошади и угадать, какая пасется рядом с ней, потому что они любили пастись парочками, а я знал, кто с кем любит пастись рядом. И еще я мог сказать, как ходит под седлом любая из лошадей и как ходили под седлом ее мать и отец. Лоси тоже бродили неподалеку, но ниже. Они, как и лошади, тоже искали, где бы получше попастись. А в других местах ходили большерогие бараны и медведи, и все они спускались с горы вниз, и я слышал их всех. Ночь выдалась ясная. Туч почти не было. То есть они налетали и тут же исчезали. Вдох-выдох — и туч нет, и почти полная луна светит ярко.

— Слушай, — сказал я, — я тут подумал — не проехаться ли верхом?

— Сейчас? — спросила Марта Нокс, и я кивнул, но она и так поняла: сейчас, да, сейчас. Еще до того, как задать этот вопрос, она посмотрела на меня так, будто прикидывала в уме разное, а больше всего — главные правила моего старикана, а правила были такие: никаких верховых прогулок во время работы — ни за что! Никаких прогулочек, никакой езды по ночам, никакой езды наобум, никакой рискованной езды, ни за что на свете, а уж особенно во время охоты. Так что еще до того, как она спросила: «Сейчас?», — она обо всем этом подумала, а еще подумала, что мы оба усталые и пьяные. В палатке за спиной Марты Нокс спали охотники, и об этом она подумала тоже. И я обо всем этом тоже подумал.

— Ладно, — сказала она.

— Слушай, — сказал я и наклонился к горящему между нами костру. — У меня вот какая мысль — не подняться ли к перевалу Вашаки?

Я внимательно смотрел на нее. Я знал, что так далеко она никогда не забиралась, но про место это наверняка слышала, потому что перевал Вашаки — это было единственное на много миль вокруг место, где можно перебраться через Континентальный Раздел и пройти вглубь Скалистых гор. Мой брат Кросби называл этот перевал «Позвоночником». Он был узким, обледеневшим и находился высоко — тринадцать тысяч футов, но пройти по нему все же было можно, а Марта Нокс так далеко никогда не забиралась.

— Ладно, — сказала она. — Пошли.

— Слушай. Я думал, может, не стоит там задерживаться.

Она не остановилась и не посмотрела на меня, да и в лице не изменилась. Взгляд у нее был как у хорошего охотника, когда он прицеливается. Ну тут я ей и сказал:

— Возьмем по хорошей вьючной лошади, еды и поклажи, сколько можно будет уложить. Я поеду на Стетсоне, а ты на Джейке, и мы не вернемся.

— Я поеду на Смирном.

— Только не этом сосунке с пятнистой задницей.

— Я поеду на Смирном, — повторила она. А я и забыл, что она уговорила моего старикана продать ей этого чокнутого доходягу.

— Ладно. Только имей в виду: Смирный твой для такой дороги совсем не годится.

— А с охотниками как?

— Да все с ними нормально будет. В штаны не наложат.

— Наложат.

— Нормально будет все.

— Они же как эти... как паломники к святым местам, Смельчак, — возразила Марта Нокс. — Небось на свой задний двор ни разу не выходили.

— Если они не совсем тупые, так завтра, как до них дойдет, что мы смылись, сразу сделают ноги. Отсюда до ранчо тропа вытоптана — что твое шоссе. Все с ними будет в полном порядке. До рачно они самое позднее к вечеру доберутся. Вот тогда за нами лесную службу и отправят в погоню, не раньше. А мы, если прямо поедем, к тому времени уже на девяносто миль к югу уйдем.

— Ты только мне скажи — ты это всерьез затеял? — спросила Марта Нокс. — Потому что я-то готова.

— Я так думаю, четыре-пять дней мы будем до хребта Уинта добираться, и если нас до тех пор не изловят, то уж не изловят вовсе.

— Ладно. Давай так и сделаем.

— А оттуда двинем на юг. Придется на юг, потому что зима. Почему бы нам через пару-тройку месяцев не оказаться в Мексике, а?

— Давай сделаем это.

— Господи Иисусе! Я же все придумал. Господи, мать твою, Иисусе! Мы будем красть коров и овец, а потом будем их продавать в маленьких жалких горных деревушках, где никто никогда не задает лишних вопросов.

— Смельчак, — сказала она.

— А потом мы проедемся по всем этим маленьким жалким городкам в предгорьях в Юте и Вайоминге и везде будем грабить банки. Не вылезая из седла.

— Смельчак, — снова сказала она.

— Небось уже сто лет никто не грабил банк, не вылезая из седла. Они просто не будут знать, что с нами делать. Будут гоняться за нами на машинах, а мы вон уже где. Перемахнули через кордоны — и снова в горы, с мешками денег. Ищи-свищи.

— Смельчак, — сказала Марта Нокс, а ведь я ей так и не ответил, но на этот раз замолчал. — Смельчак, — сказала она. — В тебе полным-полно дерьма, верно?

— Думаю, четыре-пять месяцев мы продержимся, пока нас в конце концов не пристрелят.

— В тебе полным-полно дерьма. Никуда ты не уедешь.

— Думаешь, я ничего такого не сделаю?

— Я даже говорить об этом не хочу.

— Думаешь, не сделаю?

— Хочешь смыться, прихватить с собой лошадей и поглядеть, не прикончат ли нас где-нибудь? Отлично, я двумя руками «за». Но насчет коров воровать и грабить банки — это дерьмо не по мне.

— Перестань, — сказал я. — Перестань, Марта Нокс.

— Ты просто повязан по рукам и ногам. Повязан.

— Ты все равно не смылась бы вот так.

Она глянула на меня так, будто собралась ляпнуть какую-нибудь грубость, но просто встала и вылила из котелка остатки кофе в костер, чтобы его загасить.

— Перестань, Марта Нокс, — сказал я.

Она снова села, но стало темно, и я плоховато ее видел.

— Ты со мной больше так не шути, — сказала она.

— Перестань. Просто ты не можешь вот так смыться.

— Черта с два не могу.

— Что, ты просто так взяла бы и украла лошадей у моего старикана?

— Смирный — моя лошадь, чтоб ты знал.

— Перестань, Марта Нокс, — сказал я, а она встала и пошла к палатке у меня за спиной. А потом палатка осветилась изнутри, как бывало по утрам до того, как вставало солнце, когда Марта Нокс собирала еду для меня и охотников, а я, стоя на лугу и седлая лошадей, видел, как светится палатка. Правда, она светилась не то чтобы очень ярко, потому что Марта Нокс зажигала только один фонарь.

Я ждал. Она вышла из палатки с этим самым фонарем. И еще у нее в руке была уздечка. Она ее сняла с крюка над кухонными плитами, мы там всегда уздечки вешали, чтоб они не заледенели после того, как росой покроются, чтоб на них тоже сосульки не висели, как на лошадиных губах по утрам. Она прошла мимо меня к лугу. Она шла быстро, как всегда, и, как всегда, по-мальчишески.

Я встал и пошел за ней. Мне под ногу попался камень, я оступился и схватил ее за руку.

— Одна ты не поедешь, — сказал я.

— Поеду. Я уезжаю в Мексику. Посреди ночи. Я и эта уздечка, больше никого...

А потом она сказала:

— Я шучу, Смельчак.

Так она сказала, хотя я ей не ответил.

Я держал ее за руку, и мы шли рядом. Земля была неровная. Где мокро, а где снегом припорошило. Порой мы поскальзывались на камнях и поддерживали друг дружку, но не падали. Все-таки фонарь нам помогал видеть дорогу. Мы шли на звяканье колокольчиков, пока не разыскали лошадей. Марта Нокс поставила фонарь на пень. Мы смотрели на лошадей, а они на нас. Некоторым из них мы, похоже, не понравились. Одни стали отходить боком, а другие и вовсе развернулись и пошли прочь. А Стетсон подошел ко мне. Я протянул руку, он ее обнюхал и уткнулся в нее мордой. А потом отступил на шаг и принялся снова пастись, и колокольчик у него на шее звякнул так, будто этот шаг был жутко важный, но только на самом деле колокольчики звенели, когда им вздумается, и ничего такого в этом не было.

Марта Нокс стояла в окружении лошадей, она говорила им слова, какие мы всегда говорим лошадям:

— Ну, ну, вот так, спокойно, полегче, дружок.

Мы говорили так, будто лошади понимают слова, хотя на самом деле важен-то только голос, а слова можно какие угодно говорить.

Марта Нокс разыскала Смирного. Я смотрел, как она надевает на него уздечку. Я смотрел, как он дает ей надеть на себя уздечку, смотрел на пятна на его спине и крупе. Было так темно, и эти пятна были такие уродливые, наляпанные там и сям, будто по ошибке. Я подошел ближе. Разговаривая со Смирным, она перебросила уздечку через его ухо.

Я сказал:

— Знаешь, а мой старикан купил этого конягу у прежнего хозяина всего за сотню долларов, вот как он тому малому осточертел.

— Смирный — самый лучший. Погляди, какие у него красивые ноги.

— Мой старикан говорит: его бы надо было Смурным назвать.

— А по-моему, лучше бы Смазливым, — сказала она, и я расхохотался. Слишком громко расхохотался, и Смирный встревоженно запрокинул голову.

— Тихо, тихо, — сказала коню Марта Нокс. — Успокойся, мой мальчик.

— Знаешь, почему индейцы в бой скачут на необъездках? — спросил я.

— Знаю.

— Чтобы те, пока до места доскачут, успели присмиреть.

Марта Нокс хмыкнула:

— Хочешь угадать, сколько раз за лето я уже слышала эту шутку?

— Терпеть не могу необъездков. Ненавижу просто.

Марта Нокс встала рядом со Смирным и погладила его по спине. Взяла поводья, ухватилась за гриву коня и ловко вскочила в седло. Хорошо у нее получилось — совсем как я ее в июне научил. Смирный протанцевал назад на несколько шагов, но она натянула поводья и прикоснулась к его шее, и конь остановился.

— Ты едешь или нет? — спросила она.

— Ни за какие деньги не сяду на этого доходягу с пятнистой задницей.

— Садись, говорю.

— Двоих он без седла не выдержит.

— А я говорю, выдержит. Давай садись.

— Стой спокойно, парень, — сказал я и, вспрыгнув на коня, уселся позади Марты Нокс. Я еще не успел устроиться поудобнее, а Смирный уже подался вбок, но на этот раз Марта Нокс дала ему немножко потанцевать, а уж потом пришпорила, и он пошел неторопливой рысью, только я успел обнять Марту Нокс обеими руками и ухватиться за гриву. Смирный немного пробежал рысью, потом пошел шагом. Она позволила ему идти, куда он пожелает, и он пару раз лениво обошел вокруг пенька с фонарем. Он принюхивался к кобыле, но та быстро смылась от него. Потом подошел к дереву и встал как вкопанный.

— Хороша прогулочка, — сказал я.

Марта Нокс пришпорила Смирного — и на этот раз по-серьезному, не так ласково, как сначала. Он сразу очнулся и побежал, а когда она еще разок ему каблуками в бока врезала, поскакал во всю прыть. Мы с Мартой Нокс были порядком пьяны, да и темно было, и на лугу хватало всякого, чтобы лошадь могла оступиться, но скакали мы резво. Смирный громко стучал копытами, и колокольчик у него на шее звенел так отчаянно, что растревожил остальных лошадей. Мы проскакали мимо них, и они с перепуга разбежались. Я услышал, как некоторые заржали и поскакали за нами.

Хоть у Марты Нокс в руках были поводья, держала она их просто так, как бы для виду. У меня шляпа слетела, у нее тоже. А потом Смирный то ли оступился, то ли взбрыкнул, как это бывает с лошадьми, которые любят быстро побегать, а может, мы с Мартой Нокс набок свесились — словом, мы упали. Я крепко обнимал ее за талию, и свалились мы вместе, так что кто знал, кто упал первый, кто виноват? Этот луг — он для дальних верховых поездок был самый что ни на есть лучший, но охота в этом сезоне его доканала. Следующей весной все тут будет по-другому — будет свежая трава, намокшая от росы, а в ту ночь была только твердая, смерзшаяся земля, так что стукнулись мы неслабо. И я, и Марта Нокс ушиблись бедром и плечом. Мне-то было не больно, да и ей, я думаю, тоже. Только я и спросить не успел, больно ей или нет, потому что она засмеялась.

— Ох, ну надо же, — проговорила она. — Черт!

Я вытащил руку из-под нее и перевернулся на спину, и она тоже на спину легла. Мы теперь были далеко от оставленного на пеньке фонаря, но луна была большая и светила ярко. Я повернул голову и увидел лицо Марты Нокс. Шляпу она потеряла. Лежала, потирала руку и смотрела в небо. А небо было такое, какое мы видим нечасто. Его то деревья заслоняют, то тучи, а бывает, мы спим или на костер смотрим.

Смирный вернулся. Сначала вернулся звук его колокольчика, а потом к нам склонилась его большая морда, и нас обдало горячим дыханием. Он обнюхивал нас так, словно мы были кустами или еще чем-то, что он мог бы сжевать.

— Ты хороший конь, Смирный, — сказала Марта Нокс не таким голосом, каким мы обычно говорим с лошадьми, а самым обычным. Значит, так и думала. Вряд ли она мечтала о том, чтобы я ее поцеловал, а вот мне ее поцеловать очень хотелось. Она выглядела просто потрясающе. Лежала на мерзлой, мертвой земле, а выглядела так же красиво и чудесно, как свежая трава или ягоды.

— Ты хороший конь, — снова сказала она Смирному так, будто была в этом очень даже уверена. А он опять осторожно понюхал ее.

А я тоже посмотрел на небо, и звезды показались мне не такими, какими я видел раньше. Почудилось, что они незнакомые, что они стали ближе. Я смотрел на них так долго, что увидел, как одна звезда начала падать. Она падала долго-долго. Когда небо ясное, такое часто можно увидеть. Но эта звезда оставила на небе след — медленную тонкую дугу, как будто у нас над головой пролетела непогасшая сигарета. Марта Нокс сжимала рукой поводья Смирного. Видела она эту падучую звезду или нет — она ничего мне про то не сказала.

Разговор с лосями

***

Бенни жил у Эда и Джин уже больше года. Его мать была сестрой Джин, и она все еще лежала в больнице в Шайенне, в коме, потому что наехала на своей машине на снегоуборщик, когда как-то раз поздно вечером возвращалась домой с занятий по рисованию. Как только Джин узнала об этом несчастье, она сразу предложила забрать к себе восьмилетнего племянника, и все родственники согласилась, что для Бенни это будет самое лучшее. Когда у Джин спрашивали, где же отец Бенни, она отвечала просто: «Он сейчас недоступен», — будто он был жутко занятым бизнесменом, который просто не мог подойти к телефону.

У Эда и Джин была дочь — замужняя, она жила в Огайо. Перебравшись из города в домик в горах, они никак не ожидали, что когда-нибудь им придется жить там с ребенком. И вот теперь с ними жил Бенни, и Джин каждое утро проезжала пять миль по проселочной дороге, чтобы поспеть к школьному автобусу, который забирал Бенни. А к вечеру она встречала мальчика на том же самом месте. Зимой ездить было труднее из-за снега — в этих краях всегда выпадало много снега, — но ничего, она справлялась.

Эд работал в департаменте охоты и рыбалки и водил большой зеленый грузовик с эмблемой штата на дверцах. Возраст у Эда был предпенсионный, и не так давно у него появился животик — круглый и крепкий, как у беременной школьницы. Когда он оставался дома, то пилил и складывал в поленницу дрова или чинил дом. Они постоянно старались получше утеплить свой дом, то и дело находили какие-то прорехи и щелочки и конопатили их, чтобы не мерзнуть зимой. В июле и августе Джин консервировала и замораживала овощи со своего огородика, а когда отправлялась на прогулку, всегда собирала вдоль тропинок хворост для растопки и приносила домой. Домик был совсем маленький, с небольшим задним крыльцом, выходившим на лес. Гостиную Джин превратила в спальню для Бенни, и он спал там на диванчике под теплым пледом.

Был конец октября, и Эд уехал на выходные в Джексон, чтобы выступить там с речью насчет браконьерства на каком-то собрании. Джин ехала, чтобы забрать Бенни на остановке автобуса. Вдруг она заметила мчащийся навстречу на большой скорости универсал с прицепленным к нему домиком-трейлером. Джин поспешно свернула в сторону. Универсал едва не зацепил ее. Бок ее машины царапнули кусты, росшие на обочине, и она поморщилась.

Отъехав подальше, она взглянула в зеркало заднего вида и попыталась разглядеть за облаком пыли трейлер.

Она не могла вспомнить, когда в последний раз встречала машину на этой дороге. Дом Эда и Джин был единственным на много миль вокруг, поэтому уж если тут кто и проезжал, так разве что охотники в кузове грузовика или влюбленная парочка подростков, ищущих уединенное местечко. По идее, универсалу с трейлером делать здесь было нечего. Джин представила себе, что в машине — семейство, отправившееся в отпуск и заблудившееся по пути в Йеллоустоун. Несчастные детишки хнычут на заднем сиденье, а отец упрямо гонит машину вперед, не желая остановиться и спросить дорогу. На такой скорости он всех покалечит.

В этот день школьный автобус прошел немного раньше, и, когда Джин выехала на шоссе, Бенни уже ждал ее. Маленький, ненамного выше почтового ящика на столбике, он стоял, крепко прижимая к груди коробку для ланча.

— Я передумал, — сообщил Бенни, сев в машину. — Я хочу быть каратистом.

— Но мы уже приготовили тебе костюм, Бенни.

— Это не настоящий костюм. Это моя форма «Маленькой лиги»*, вот и все.

---

* «Маленькая лига» («Little League») — некоммерческая организация в США, созданная в 1939 г. и объединяющая детские бейсбольные команды. На данный момент имеет статус международной организации.

— Бен, ты хотел надеть этот костюм. Ты мне так сказал, когда я тебя спросила, кем ты хочешь нарядиться на Хеллоуин.

— Хочу быть каратистом, — повторил мальчик. Он не канючил, он говорил медленно и громко, как всегда, будто бы все, кто его окружал, были глуховаты или только что начали изучать английский.

— Мне очень жаль. Не получится, — ответила Джин. — Новый костюм мы сшить не успеем.

Бенни стал смотреть в окошко. Он скрестил руки на груди. Через несколько минут он сказал:

— А мне очень хочется быть каратистом.

— Бен, не капризничай. Не надо так, хорошо?

Он ничего не ответил. Только покорно вздохнул — совсем как чья-нибудь мамочка. Джин молча вела машину гораздо медленнее, чем обычно. На каждом повороте дороги она вспоминала о бешено мчащемся универсале. Они проехали примерно половину дороги до дома, когда она спросила:

— У тебя сегодня рисование было, Бенни?

Он покачал головой.

— Нет? А физкультура была?

— Нет, — ответил Бенни. — Музыка была.

— Музыка? Выучили какие-нибудь новые песенки?

Мальчик пожал плечами.

— Может быть, споешь мне то, что вы сегодня выучили?

Бенни молчал. Джин повторила:

— Может, споешь мне то, что вы сегодня выучили? Так хотелось бы послушать новые песенки.

Помолчав еще немного, Бенни вытащил изо рта серо-голубой комок жевательной резинки и приклеил его к ручке коробки для ланча. Затем, устремив серьезный взгляд в лобовое стекло, он негромко и монотонно проговорил нараспев:

— У фермера была собака, и звали ее Бинго. О-о, Б-И-Н-Г-О, — проговорил он, старательно произнося каждую букву. — Б-И-Н-Г-О, Б-И-Н-Г-О. И звали ее, — добавил Бенни, — Бинго. О-о...

Он отклеил жевательную резинку от коробки для ланча и сунул в рот.

Вечером, после ужина, Джин помогла Бенни надеть форму «Маленькой лиги», вырезала из катафотной ленты полоски и пришила их поверх номера на спине бейсбольной куртки.

— Это зачем? — спросил Бенни.

— Это чтобы машины видели тебя так же хорошо, как ты их, — ответила Джин.

Бенни не стал возражать. Они уже успели поспорить насчет того, надевать ли шапку и перчатки, и Бенни этот спор выиграл, поэтому теперь смирился и позволил Джин пришить ленточки к куртке. А потом Джин нашла в ящике письменного стола старенький поляроид и принесла в гостиную.

— Сделам снимок и покажем дяде Эду, когда он вернется домой, — сказала она. — Ты так замечательно выглядишь. Он захочет посмотреть.

Она поймала Бенни в маленький квадратик видоискателя и стала пятиться назад, пока мальчик не попал в рамку в полный рост.

— Улыбочка, — сказала она. — Вот так...

Он не моргнул даже во время вспышки. Не пошевелился. А улыбнулся в самый последний момент, как бы сделав ей одолжение. А потом они вместе смотрели, как из фотокамеры медленно выползает тусклый сырой снимок.

— Возьми фотографию за краешек, осторожно, — сказала Джин, — и смотри, что будет.

В дверь постучали. Джин испуганно встала с дивана и посмотрела на Бенни. Держа двумя пальцами проявляющуюся фотографию, он посмотрел на нее взволнованно и удивленно.

— Сиди здесь, — сказала Джин и подошла к окну в дальней стене дома. Уже стемнело, и ей пришлось прижаться лицом к холодному стеклу. На крыльце она разглядела темные фигуры. Снова послышался стук, и тоненький голосок, приглушенный толстой дубовой дверью, прокричал:

— Конфеты или смерть!

Джин отперла дверь и увидела двух взрослых и маленького ребенка. Все они были в коричневых зимних комбинезонах, и у всех троих к вязаным шапочкам были прикреплены изолентой длинные ветки. Женщина шагнула вперед и протянула руку.

— Мы Дональдсоны, — представилась она. — Ваши соседи.

— Мы лоси, — добавила девочка, потрогав ветки, приклеенные к шапочке. — Это наши рожки.

— Рога, детка, — поправила ее мать. — Рожки у коз. А у лосей рога.

Джин перевела взгляд с девочки на ее мать и на отца, стоявшего рядом с ними. Он спокойно снимал перчатки.

— Когда дверь открыта, из дома выходит тепло, — проговорил он негромко и ровно. — Пожалуй, вам бы стоило нас впустить.

— О... — смутилась Джин и посторонилась, пропуская их. Закрыв дверь, она прислонилась к ней спиной и прижалась ладонями.

— Ой, что это такое? — спросила женщина, опустившись на колени рядом с Бенни и подобрав фотографию, которую он уронил. — Твоя фотография?

— Извините, — вмешалась Джин. — Мне ужасно жаль, но я вас совсем не знаю.

Все трое нежданных гостей трудно обернулись и уставились на нее.

— Мы Дональдсоны, — сказала женщина, слегка нахмурясь. Похоже, заявление Джин ее удивило. — Мы ваши соседи.

— У нас нет никаких соседей, — возразила Джин. — Кроме нас, здесь никто не живет.

— Мы только сегодня переехали, — странно тихим голосом сказал мужчина. Девочка стояла рядом с ним и держалась за его ногу, а его рука лежала у нее на макушке между «рогами».

— Куда переехали? — спросила Джин.

— Мы купили акр земли в полумиле отсюда. — Он произнес это таким тоном, словно считал, что она ведет себя невежливо, задавая столько вопросов. — Пока живем в трейлере.

— В трейлере? — переспросила Джин. — Так это вас я сегодня видела? На дороге?

— Да, — ответил мужчина.

— Вы ехали слишком быстро, вам так не кажется?

— Да, — сказал он.

— Мы торопились, чтобы добраться сюда до темноты, — добавила его жена.

— На таких дорогах надо вести машину очень осторожно, — сказала Джин. — Опасно ездить так быстро.

Ответа не последовало. Все трое смотрели на Джин с вежливым равнодушием, словно ждали, что она скажет что-то еще, что-то более подходящее.

— А я не знала, что в конце нашей дороги продается земля, — сказала Джин, и ответом ей было все то же молчание, все те же равнодушные взгляды. Даже Бенни смотрел на нее с некоторым любопытством.

— Мы никак не ожидали, что у нас появятся соседи, — призналась Джин. — В такой дали.

И снова молчание. Нет, ничего недружелюбного в их взглядах не было, но ей эти люди казались какими-то чужими, и ей было очень не по себе.

Девочка, которой, наверное, еще и четырех лет не исполнилось, повернулась к Бенни и спросила:

— А ты кто такой, а?

Бенни тут же посмотрел на Джин, как бы желая спросить, что ответить, и перевел взгляд на девочку. Ее мать улыбнулась:

— Думаю, она хотела спросить, что у тебя за костюм, милый.

— Я бейсболист, — ответил Бенни.

— А мы лоси, — сообщила ему девочка. — И вот это наши ро-ога.

Женщина с улыбкой посмотрела на Джин. Зубы у нее были крупные и ровные, но в деснах сидели глубоко, как у женщин-эскимосок, которые всю жизнь жуют кожу.

— Меня зовут Одри, — сказала женщина. — А это мой муж Ланц, но он предпочитает, чтобы его назвали Эл Ди. Он не любит свое имя. Он считает, что оно звучит почти как название медицинского инструмента. Это наша дочь, София. Мы соорудили наши костюмы впопыхах, но ей они ужасно нравятся. А когда она вечером увидела ваш домик, она уговорила нас пойти и покричать возле вашей двери «Конфеты или смерть!».

— Мы собирались уезжать, — сказала Джин. — Я везу Бенни в школу на хеллоуинскую вечеринку.

— Ой как здорово! — просияла Одри. — А малышам туда можно?

— Нет, — поспешно ответила Джин, хотя на самом деле она не знала, какие в школе правила на этот счет.

— Ну, значит, мы сегодня больше никуда не пойдем, — сказала Одри. — Правда, попозже можно прогуляться, поговорить с лосями.

— Вы их слышали? — осведомился Эл Ди.

— Прошу прощения? — нахмурилась Джин.

— Я спрашиваю: вы слышали лосей?

— Мы все время слышим лосей. Честно говоря, я не совсем понимаю, о чем вы говорите.

Эл Ди и Одри обменялись победными взглядами.

— Эл Ди музыкант, — объяснила Одри. — Прошлым летом мы провели отпуск здесь, в Вайоминге, и его просто покорили голоса лосей, этот трубный звук. Звук и вправду чудесный.

Джин этот звук знала очень хорошо. Осенью почти каждую ночь лоси перекликались в лесах. Трудно было сказать, насколько близко они подходили к дому, но звук был громкий и призывный: долгий, почти обезьяний хрипловатый крик, а потом басовитые стоны. Эти звуки Джин знала с детства. Ей случалось видеть, как, заслышав голоса лосей, лошади останавливаются на лесной дороге и стоят, высоко подняв голову, навострив уши и нервно фыркая, готовые убежать.

— Эл Ди сделал несколько записей. Голоса лосей дали ему вдохновение для собственного творчества, — продолжала рассказывать Одри. — А вы когда-нибудь жили в большом городе?

— Нет, — ответила Джин.

— Ну... — Одри сделала большие глаза. — Так я вам вот что скажу: многое там можно вытерпеть, но всему есть предел. Ну представьте: три месяца назад я собралась за покупками и вдруг обнаружила, что вынула все кредитные карточки из кошелька, чтобы, если меня ограбят, мне не пришлось потом мучиться и оформлять новые карточки. Я сделала это, почти не задумываясь, как будто это нормально — так жить. И в тот вечер я сказала Эл Ди: «Мы уезжаем. Нам нужно убраться из этого безумного города». И конечно, он с огромной радостью согласился.

Джин посмотрела на Бенни. Тот все это время стоял тихо и слушал. На несколько минут она забыла о том, что он здесь, и ее охватило чувство вины — точно такое, какое она порой испытывала во время ужина, когда вдруг удивлялась, увидев Бенни за столом между собой и Эдом.

— Что ж, — проговорила Джин, поправив съехавшие на нос очки. — Нам пора.

— Послушайте, — сказал Эл Ди и вытащил из кармана черный плоский диск. Он зажал его губами, и гостиная дома Джин вдруг наполнилась лосиным голосом — хриплым и гулким.

Звук был настолько неожиданным, что Бенни вздрогнул. Эл Ди вынул диск изо рта и улыбнулся.

— О, дорогой, — поморщилась Одри. — В доме получается так громко. Не стоит тебе трубить у людей в доме. Не бойся, — успокоила она Бенни. — Это просто лосиный манок.

Джин однажды видела и слышала такой манок. Друг Эда был охотником-проводником и таким манком подзывал лося-самца. Как-то раз он потрубил в манок при Джин, и она рассмеялась — таким фальшивым ей показался звук. «С таким же успехом, — сказала она тогда, — ты мог бы встать на поляне и крикнуть: „Лосик-лосик, иди сюда!"». Манок у Эл Ди с виду был похожий, но звук получился громкий и пугающе реальный.

Бенни улыбнулся Джин:

— Ты слышала?

Она кивнула.

— А вы знаете, что на лосей можно охотиться только во время сезона и с лицензией? — спросила она у Эл Ди.

— Мы не хотим на них охотиться, — сказала Одри. — Мы просто хотим с ними поговорить.

— А как вам показалось, звук похожий? — спросил Эл Ди. — Я долго упражнялся.

— Как вы это сделали? — спросил Бенни.

Эл Ди протянул ему диск.

— Это называется «мембрана», — объяснил Эл Ди. Бенни повертел диск в руках и поднес ближе к свету. — Она сделана из резины. Нужно взять в рот поглубже и дунуть в нее. Это не так просто, и нужно держать мембрану во рту осторожно, чтобы не проглотить. Для разных звуков есть мембраны разных размеров. Эта воспроизводит звук голоса взрослого лося. Брачный зов.

— А можно мне попробовать?

— Нет, — сказала Джин. — Не бери это в рот. Это чужая вещь.

Бенни неохотно отдал диск Эл Ди. Тот сказал:

— Пусть твой папа купит тебе такой манок.

При упоминании о папе Джин мысленно содрогнулась, а Бенни только задумчиво кивнул.

— Ладно, — сказал он. — Конечно.

Джин сняла пальто с вешалки у двери и надела.

— Пошли, Бен, — сказала она. — Пора ехать.

Эл Ди поднял на руки Софию, усевшуюся на его ботинки. Изолента, который был прикреплен один из ее «рогов», отклеилась, и ветка повисла за спиной у девочки, как косичка.

— Правда, она просто прелесть? — спросила Одри.

Джин открыла дверь нараспашку и пропустила Дональдсонов. Они вышли на крыльцо. Бенни пошел за ними — маленький, безрогий. Джин выключила свет, вышла, вынула заложенный в записную книжку ключ и впервые с того дня, как они с Эдом поселились в этом доме, заперла дверь на замок.

Ночь была ясная. Светила почти полная луна. Снег пока не выпал — то есть он шел несколько раз, но быстро таял, — но по особому запаху воздуха Джин догадалась, что на следующий день может сильно похолодать и тогда снег ляжет. Она вспомнила, что где-то читала о том, что медведи перед спячкой ждут первого снегопада с метелью, чтобы сразу замело их следы, ведущие к берлоге. «Долго в этом году не ложится снег, — подумала Джин. — Наверное, местные медведи уже замучились ждать».

Дональдсоны стояли на крыльце и смотрели в сторону леса, начинавшегося сразу за небольшим задним двориком Джин.

— Прошлым летом я добился успеха — лось мне ответил, — сказал Эл Ди. — Было просто потрясающе — вот так поговорить со зверем.

Он сунул манок в рот и снова издал лосиный зов, прозвучавший гораздо громче, чем в доме, и гораздо реалистичнее. «Человек не имеет права так громко трубить здесь», — подумала Джин.

А потом стало тихо, и они все стояли и смотрели на лес, словно ждали, что им ответят деревья. Джин забыла взять перчатки. Руки у нее замерзли, и ей хотелось поскорее сесть в машину и согреться. Она наклонилась и положила руку на плечо Бенни.

— Пойдем, милый, — сказала она, но он по-взрослому решительно сжал ее руку и прошептал:

— Погоди. — И добавил: — Слушай.

Она ничего не услышала. Эл Ди опустил Софию, и теперь все семейство стояло на краю крыльца. Их «рога» чернели на фоне ночного неба. «Не стоило им так старательно делать костюмы, — подумала Джин. — А то ведь могут и пристрелить». Она сунула руки в карманы пальто и поежилась от холода.

Через некоторое время Эл Ди снова дунул в манок. Сначала раздался долгий хриплый крик, потом — несколько басовых стонов. Все стояли в напряженной тишине, слегка наклонившись вперед, и слушали, слушали, словно боялись, что ответ прозвучит слишком тихо, хотя не надо было слишком уж старательно прислушиваться: если бы матерый лось ответил, все бы сразу услышали его голос.

Эл Ди снова подудел, и на этот раз, как только стихла последняя нота, Джин услышала ответный звук. Она услышала его первой. В первые несколько мгновений остальные не поняли, что происходит, да и сама Джин подумала было, что это медведь возится в кустах. А догадалась она в последнюю секунду, как раз перед тем, как из леса выбежал лось. Земля успела промерзнуть, и был хорошо слышен легкий и быстрый стук его копыт. Пробежавшись по кругу, лось остановился на черных грядках огорода Джин.

— О господи, — еле слышно вымолвила Джин и быстро сосчитала острия на раскидистых рогах лося, сливавшихся с темными ветками и стволами деревьев.

Лось появился быстро, без предупреждения. Он не прятался — похоже, был готов к бою. Этот лось явно не желал беседовать с Дональдсонами. Он хотел узнать, кто вторгся на его территорию, кто посмел призвать лосиху. И вот теперь он стоял так близко и смотрел словно бы прямо на людей. Но свет в доме не горел, и лось не мог разглядеть их фигуры. И ветра не было, так что он не мог учуять их запах, поэтому стоял и таращился в ту сторону, откуда донесся зов.

Джин заметила, как София медленно подняла руку и обхватила ногу отца. Больше никто не шевелился. Через несколько секунд лось неторопливо шагнул влево, остановился, помедлил, вернулся на прежнее место, сделал несколько шагов вправо. При этом он дважды поворачивался боком и все время не спускал глаз с крыльца. Он не запрокинул голову, как сделала бы лошадь, не принял угрожающей позы. Медленно, спокойно он еще раз прошелся в одну и в другую сторону.

Джин увидела, что Эл Ди поднес руку к губам и поправил манок. Она наклонилась вперед и положила руку ему на плечо. Он обернулся. Она одними губами произнесла:

— Нет.

Он нахмурился и отвернулся. Она увидела, что он делает вдох, крепче сжала его руку и произнесла так тихо, что, если бы кто-то стоял в трех футах от нее, ничего не услышал бы:

— Не надо.

Эл Ди вынул манок изо рта. Джин облегченно выдохнула. Из леса вышли две лосихи: одна взрослая, а вторая — стройная однолетка. Сначала они посмотрели на лося, потом — на дом, а потом медленно, словно бы понимая, что к чему, подошли к огороду. Все трое лосей еще какое-то время постояли рядом. Джин казалось, что она никогда не слышала такой, почти осязаемой, тишины. Она не видела глаз лосей, но словно бы кожей чувствовала их взгляд, и ощущение у нее было такое, будто она попала на спиритический сеанс, устроенный шутки ради, а вызываемые духи взяли и явились по-настоящему.

Но вот лоси начали отходить к лесу. Старшие зашагали решительно, а однолетка пару раз оглянулась на дом. Что означал ее взгляд — Джин не поняла. Лоси вошли в лес и мгновенно скрылись из виду. Никто из стоявших на крыльце не пошевелился. Наконец София тихонько проговорила:

— Папочка.

Одри обернулась, улыбнулась Джин и медленно покачала головой.

— Хоть когда-нибудь в жизни, — спросила она, — вы чувствовали себя настолько... избранной?

Джин не стала отвечать. Она взяла Бенни за руку и торопливо повела к машине. Она не стала оглядываться на Дональдсонов, стоявших на крыльце ее дома. Она не посмотрела в их сторону даже тогда, когда ей пришлось немного подождать, пока прогреется включенный мотор.

— Ты видела? Видела? — спросил Бенни сдавленным от волнения голосом, но Джин ему тоже не стала отвечать.

Она повела машину, включив только ближний свет, и стремительно вывернула на другую сторону дороги, не боясь ни встречного движения, ни каких-либо препятствий на пути. Она ехала так быстро, как никогда не ездила раньше. Все пять миль до шоссе ее подгоняла злость, и она не сбавляла скорости до тех пор, пока не осознала, что ее не просто втянули во что-то неправильное, но она еще и участвовала в чем-то неправильном. «Они не имели права, — думала она вновь и вновь, — они не имели никакого права делать такое только потому, что могли это сделать». И тут она вспомнила, что она не одна, что рядом с ней Бенни, за которого она отвечает, и тогда она наконец сбросила скорость.

На миг она пожалела о том, что с ней нет мужа, но она тут же прогнала эту мысль, решив, что людей теперь здесь и так стало слишком много.

Алиса едет на восток

* * *

От дома Роя до центра Вероны можно было доехать за двадцать минут по подсолнуховым полям, тянувшимся по обе стороны от дороги. Эти поля были плоскими и бесконечными, как вся Среднезападная равнина. Это было хорошее шоссе, ровное и гладкое, и ничто его не прерывало, кроме линии горизонта да рельсов Северной Тихоокеанской железной дороги. Когда дочь Роя, Эмма, была маленькая, он научил ее ездить на двухколесном велосипеде по желтой линии, отделявшей тех, кто едет на восток, от тех, кто едет на запад. Это было не так уж опасно: немногочисленные машины можно было заметить издалека. Всегда хватало времени принять решение — свернуть в сторону.

Примерно в десяти милях от города стоял элеватор, возвышавшийся с заносчивостью, вполне уместной для единственной в округе постройки больше двух этажей. Рой как раз проехал мимо того места, откуда был хорошо виден элеватор, когда вдруг заметил

Элизабет Гилберт

впереди какой-то незнакомый объект. Подъехав поближе, он разглядел машину. Белый пикап стоял на обочине, мигая фарами. Рой сбавил скорость, увидел, что у машины номера штата Монтана, и так небрежно притормозил около пикапа, словно останавливался на этом месте каждый день.

Рой вышел из машины, выключать мотор не стал, отошел на пару шагов и только потом увидел их в кювете. Он остановился и, медленно вытянув руку, положил ее на теплый капот своей машины. Их было двое. Подростки. Девочка стояла. Мальчик опустился на колени рядом с ней и отрезал ножом штанину ее джинсов. Рой сначала испугался, а потом смутился. В этой сцене было что-то странно интимное: девочка, стоявшая чуть-чуть расставив ноги и подбоченившись, мальчик на коленях, блеск его ножа, обнаженная кожа девочки. Постепенно джинсы превращались в шорты.

Через пару секунд девочка повернулась и посмотрела на Роя с чуть заметным интересом. Ее волосы, короткие и темные, прилипли к голове, словно она только что сняла бейсболку. На ней была белая мужская майка, к вырезу которой были прицеплены темные очки.

— Привет, — сказала она.

— Я увидел, что вы стоите, — сказал Рой. — Подумал — может, вам помощь нужна?

Она указала на грузовичок:

— Да, вообще-то. Он вдруг взял и заглох.

— Бензонасос, — добавил мальчик. — Засорился, наверное.

— Хотите, я посмотрю?

Девочка пожала плечами:

— Ну посмотрите.

Рой подождал. Мальчик перерезал ножом толстый внутренний шов, и девочка вынула ногу из отрезанной штанины. Теперь одна нога у нее оголилась. Она так и направилась к машине — наполовину в джинсах, наполовину в шортах. Подойдя к пикапу, она открыла дверцу и подняла крышку капота. Рой подошел к машине спереди и заметил, что решетка радиатора облеплена высохшими бабочками и кузнечиками. Они с девочкой вместе смотрели на пыльный блок двигателя, и она тонкой рукой указала на хитросплетение трубочек и шлангов и сказала:

— Пит думает, что вот это сломалось. Бензонасос.

— Если так, то вам понадобится новый, — сказал Рой.

— Пит тоже так думает.

— А это что, три с половиной?

— Это «шеви», — ответила девочка.

— Я про двигатель. Какой объем?

— Три с половиной, — крикнул мальчик с другой стороны машины.

— Я так и знала, что без заморочек не обойдется, — сокрушенно проговорила девочка. — Вот проклятие... Я-то думала, мы хотя бы Северную Дакоту проскочим.

— А вы из Монтаны?

— Ага. Прямо у границы живем. А вы здешний?

— Да, — ответил Рой. — Живу неподалеку от Вероны.

Он подумал: как странно — он сказал это так, как другие люди говорят, что живут совсем рядом с Чикаго или в десяти минутах от Манхэттена. Как будто это что-то значило. В Вероне не было ничего особенного, как не было ничего особенного и неподалеку от нее, кроме подсолнуховых полей и дома Роя.

— Мы и двух дней еще не проехали, и надо же... — Девочка не договорила и улыбнулась Рою. — Меня зовут Алиса, — сказала она. Когда она произносила букву «с», кончик ее языка появился между зубов и тут же исчез.

— А меня Рой. Я знаю кое-кого в Вероне, у кого может отыскаться нужная вам запчасть. Могу вас подвезти. Если хотите.

— Я у Пита спрошу. Он мой брат.

Она пошла к кювету. Рой стоял около машины и смотрел ей вслед. Он не поверил, что они родственники. Что-то было не так в том, как она произнесла: «Он мой брат». Слишком поспешно добавила эти слова. Слишком подчеркнуто проговорила.

Пит лежал на спине посреди жухлой травы. Когда подошла Алиса, он сел, вытер лоб рукой и пожаловался, что жарко.

— Закончи с моими шортами, и он подкинет нас до города, — сказала Алиса. — Он мне сказал, что у одного парня, может быть, есть запчасти.

Пит вытащил из кармана складной ножик, раскрыл его и приступил ко второй штанине Алисиных джинсов. Рой смотрел, как она стоит — неподвижно, расслабленно — и смотрит прямо перед собой. Он заметил, что Пит сосредоточен исключительно на своей работе и даже не думает трогать Алису. Он даже костяшками пальцев к ее коже не прикасался. Бедра Алисы прикрывала только бахрома на краях обрезанных джинсов. Рой поймал себя на том, что неприлично пялится на девочку. Он опустил глаза, уставился на собственные штаны и взглядом принялся изучать их края, лежавшие симметричными складками поверх шнурков на ботинках с толстой подошвой.

Когда Пит закончил работу, Алиса вытащила ногу из второй синей трубы, подняла обе отрезанные штанины и перебросила через согнутую в локте руку, как полотенца.

— Вы готовы, Рой? — спросила она, без труда назвав его по имени.

— Конечно, — кивнул он.

Пит неловко поднялся и отряхнул пыль с коленей.

— Ну тогда поехали, — сказал он.

Когда они вошли, Карл сидел за стойкой и пил кофе. Рой спросил, не видел ли он Арти, почти надеясь, что Карл скажет «нет». В баре было прохладно и темно, а Рою не очень хотелось бродить по городу и искать кого-то по такой жаре.

— Его мальчишки только что забегали за шипучкой, — сказал Карл. — Они мне сказали, что он за домом, кусачих черепах* разделывает. Хотите чего-нибудь? — спросил Карл, глядя на Пита и Алису.

— У этих ребят машина сломалась милях в десяти от города. И я подумал: может, у Арти найдется топливный насос?

— Ну, может, и найдется, — кивнул Карл. — Если уж у кого и найдется, так это у Арти. — Он снова посмо-

---

* «Кусачими» называют каймановых черепах.

трел на Пита и Алису. — Повезло вам, что вы тут сломались. В других местах вряд ли кто поможет.

— Ну... Как у вас насчет пива? — спросил Пит. — Алиса? Пива хочешь?

Девочка покачала головой.

— Тогда одну бутылку. Любого, какое у вас есть.

Карл вздернул брови. Рой понял: он гадает, сколько парню лет, — можно ли ему пиво продавать? Рой не знал, сколько лет Питу, да ему вообще-то было все равно. Он только про то подумал, давно ли в бар к Карлу в последний раз заглядывали приезжие.

— Я скоро вернусь, — сказал Рой и отправился к Арти.

В городке была всего одна улица, и он успел пройти ее до половины, когда его догнала Алиса.

— Эй, — сказала она, — можно, я с вами пойду?

Рой кивнул.

— У этого Арти — у него магазин, что ли? — спросила она. — Или гараж?

— Да нет. Просто у него двор, где валяется куча автомобильных движков.

— А вдруг у него нет этой штуки? Бензонасоса.

— Тогда нам придется ехать в Ла-Мур.

— А это далеко?

— Полчаса примерно. Ну, может, минут сорок пять.

Рой поймал себя на том, что старается шагать в ногу с Алисой, хотя для быстрой ходьбы было слишком жарко.

— Не стоило тому дядьке продавать Питу пиво.

— Карлу? Почему не стоило?

— Питу только семнадцать.

— Что тут скажешь. Это же его бар.

— Все равно, он не должен был продавать Питу пиво. Меньше всего мне нужно, чтобы Пит выпивал в четыре часа дня.

Они шли вперед, и Алиса смотрела по сторонам, хотя смотреть было особо не на что. Все магазины на улице были закрыты или заколочены, работали только бар Карла да почта. Даже банка в Вероне не осталось. Не осталось даже бакалейной лавки.

Когда они подошли к дому Арти и Рой увидел, что входная дверь лежит поперек крыльца рядом со сваленными как попало покрышками, он пожалел, что Алиса пошла с ним. Ему не хотелось, чтобы она подумала, что все в Вероне вот так хранят свою собственность. Из-за дома выбежал один из мальчишек Арти и, увидев во дворе Роя и Алису, остановился.

— Здрасьте, мистер Меннинг, — сказал он.

Рой улыбнулся, но не смог вспомнить, как зовут мальчика. Их было трое, погодки, все с не слишком аккуратными «домашними» стрижками и крепкими круглыми животиками, какие бывают у детей, которые много едят и еще больше бегают.

— Твой папа дома? Черепах разделывает?

— Не, он их с утра разделал, — ответил мальчик. — Щас чинит цир-куляр-ную пилу.

Тут из-за дома вышел сам Арти, вытирая руки о джинсы, а мальчик тут же шмыгнул в дом — словно двор больше трех человек вместить не мог. Славные были мальчишки — все трое. Все так говорили. А отца боялись — так слышал Рой.

— Я вот подумал, может, у тебя найдется бензонасос для «шеви» с движком три с половиной литра, — сказал Рой. — Тут кое-кто сломался за городом.

Арти с интересом смотрел на Алису.

— Чем могу помочь? — спросил он, будто Рой ничего не говорил.

Похоже, Алиса поняла смысл игры и еще раз сказала про бензонасос. Видимо, ее не смутили ни длинные волосы Арти, ни татуировки, покрывавшие его руки до локтя, словно дамские перчатки. Арти уехал из города подростком, а вернулся на похороны отца почти через десять лет — с мальчишками, длинными волосами и наколками. Рою он не нравился, но после того, как закрыли автозаправочную станцию, в городе только Арти остался кем-то наподобие механика.

— Запчасти для «шеви» у меня только вот для этой колымаги. — Арти указал на маленький седан без колес, поставленный на четыре чурбака под навесом, куда, похоже, никто уже много лет не заглядывал.

— Точно? — спросил Рой, но Арти ему не ответил. Вместо того чтобы ответить Рою, он спросил, откуда Алиса родом.

— Из Монтаны.

— А где ты живешь в Монтане?

— Форт-Пек. Сразу после границы.

— Да знаю я, — кивнул Арти. — Недалеко от резервации.

— Да.

— Черт. Ты, случаем, не скво, а?

— Нет.

— Это хорошо. А то, если бы ты была скво, надо было бы мне беречь мой скальп, верно?

Арти улыбнулся, но улыбка получилась неестественная, какая-то болезненная, словно в край его губы впился рыболовный крючок и кто-то тянет его к себе.

— Если у вас нет такой запчасти, мы поедем в Ла-Мур, — сказала Алиса, и Рой мысленно похвалил ее. Она так это сказала, будто это была ее идея и будто она хоть чуточку представляла, где находится Ла-Мур.

— Ну это не сегодня, — сказал Арти. — Там уже все закрыто будет, когда вы доберетесь.

Алиса посмотрела на Роя. Похоже, слова Арти ее расстроили. Он заметил, что Пит не слишком ровно обрезал ее джинсы. Справа из-под края шортов выглядывала тускло-серая ткань кармана. Карман был чем-то набит — скорее всего, кучей монет. Рою не понравилось, что Арти сможет догадаться, что у Алисы в карманах. Ему вообще не нравилось, как Арти смотрит на Алису.

— Значит, поедем в Ла-Мур завтра, — сказал Рой.

Но прежде чем Алиса успела ответить, Арти объявил:

— Ты жутко похожа на одну девчонку, мою знакомую из Бомона. Это в Техасе.

Алиса молча смотрела на Арти.

— Ты на флейте, случаем, не играешь? — спросил он.

— Нет, — сказала она. — Не играю.

— Я почему спрашиваю — потому что эта девчонка из Бомона играла на флейте. Я подумал: может, сестра твоя? А как твоя фамилия?

— Зиск.

— А пишется как?

— З-и-с-к.

— Зиск. — Арти присвистнул. — За такое словечко в «Скрэббле» можно было бы почти тыщу очков огрести.

— Ну да, только это не настоящее слово, — сказала Алиса.

— По мне, так очень даже настоящее, — сказал Арти, и Рой решил, что пора уходить. Он поблагодарил Арти, и когда они уже уходили со двора, тот спросил: — А вы у Карла сидите?

— Мы там долго не задержимся, — ответил Рой.

— Я сейчас помоюсь и заскочу туда.

— Я же сказал: мы скоро уйдем.

— Увидимся там, — сказал Арти, перешагнул через покрышку и вошел в дом через дверь-ширму, толку от которой было не так уж много.

Услышав новости, Пит выругался и сказал Рою:

— Придется у вас заночевать.

— Черт, ну ты и грубиян, — покачала головой Алиса, а Пит отправился к другому концу стойки, чтобы прочитать список песен на панели музыкального автомата, который никто не включал с тех пор, как Карл купил приемник с УКВ.

— Правда, можете остаться у меня, — сказал Рой. — Места полно.

— Мы переночуем в машине. А он дурак. Грубиян и дурак.

Рой заказал сэндвич для Алисы, а себе пива. В баре было тихо, как в библиотеке.

— А чем вы занимаетесь? — спросила Алиса.

— Я? Зимой вожу снегоуборочную машину, а летом комбайн.

— Так вы не фермер?

— Уже нет.

Карл принес Рою пиво и отмахнулся, когда Рой протянул ему доллар. Но когда Карл отвернулся, Рой сложил вчетверо счет и подсунул под салфетницу.

— И вам нравится эта работа? — спросила Алиса.

— Конечно. Когда я убираю снег, я всегда нахожу людей, у которых сломалась машина.

Алиса рассмеялась:

— Их вы тоже спасаете?

— Я вожу с собой стопку журналов.

— А журналы зачем?

— Я говорю людям, чтобы они сидели в машине и читали журналы, пока не приедет техпомощь. Вот и получается, что они чем-то заняты. А то бы они психовали, им захотелось бы прогуляться, вот тут-то они бы и погибли.

— От прогулки.

— В снегу.

— От скуки. Они помирают от скуки. Надо же... А если бы мы сегодня решили прошвырнуться, мы бы просто изжарились.

— Всегда лучше оставаться поблизости от своей машины, — сказал Рой, и Алиса кивнула.

— Вы женаты? — спросила она.

— Моя жена умерла от инфаркта. Этой зимой будет два года.

Алиса не сказала «мне очень жаль», как обычно говорят люди в таких случаях, поэтому Рою не пришлось, как водится, отвечать, что все нормально.

— А я собираюсь выучиться на медсестру, — сказала Алиса. — Может быть.

— Вот как?

— Ага. Я еду во Флориду, чтобы поступить в медсестринскую школу. Пит едет со мной, чтобы со мной там все было в порядке. Если мне понадобятся деньги, он устроится на работу.

— Это хорошо.

— Мама заставила его поехать.

— О!..

— А у вас дети есть?

— Одна дочка. Ей тридцать два.

— Она здесь живет?

— Она работает в Миннеаполисе. Она фотомодель. Снимается для каталогов и газет.

— Красивая, наверно.

— Да.

— Мне бы тоже хотелось стать моделью, только у меня нос слишком большой.

— Я в этом не слишком хорошо разбираюсь.

— Наверно, она кучу денег зарабатывает.

— Да.

— А вас часто навещает?

— Не слишком, — ответил Рой. — С тех пор как ее мама умерла, она не так часто приезжает.

— Знаете, я вам скажу, какая работа жутко офигенная, — сказала Алиса. — Фотограф.

— Я в этом не разбираюсь.

— Я тоже. — Алиса обернулась, посмотрела на Пита, на музыкальный автомат, на высокую деревянную стойку с кассой. — А этот парень, Арти, — сказала она, — это просто что-то.

— Я его отца хорошо знал.

— Он неудачник, да?

— Не знаю, как сказать.

— Он чем-то похож на моего брата. Самого старшего. Наколки и все такое. У меня все братья тупые, но этот, самый старший, он просто чокнутый. Вот послушайте. Когда он служил в армии в Германии, его подружка залетела. Его уже пять месяцев дома не было, а она вдруг залетела. И что же она сделала? Она отправила ему письмо и написала так: «Я по тебе так скучаю и хочу от тебя ребенка». А дальше написала: «Будь у меня от тебя ребенок, он бы напоминал мне о тебе и мне бы не было так одиноко». И с этих пор, Рой, понимаете, мой братец только того и хотел, что жениться на этой девчонке. А она послала ему порнушный журнал и пустую баночку от горчицы и написала ему — я прямо даже не знаю, как это сказать, — ну словом, чтобы он сделал *это* в баночку и послал ей, чтобы она с помощью этого забеременела. Понимаете?

— Да, — сказал Рой.

— Ну, а мой братец, дурак законченный, так и сделал. А потом ей поверил, когда она написала, что носит их ребенка. Нет, вы можете в такое поверить?

— Это твой самый старший брат? — спросил Рой.

— Да. Тупица. Все на свете знали про этот обман, некоторые даже говорили ему, что она его надула, а он ей все равно верил. Даже я ему говорила, что это ерунда полная, а он до сих пор верит. Так и думает, что это его ребенок. Будто из того, что он послал из Германии в Монтану, мог ребенок получиться — после того, как эта банка несчастная столько проболталась на почте.

Рой не знал, что сказать, поэтому кивнул.

— Простите, — сказала Алиса. — Противно, да?

— Да нет, ничего.

— Вот и судите сами, какая у меня тупая семейка. Братья мои, по крайней мере.

— Да... История, конечно...

— Правда, так и было.

В бар вошел Арти. Он стянул волосы в хвостик и надел бейсболку — зеленую, с какими-то буквами. Рубашка у него была с белыми кнопками, и, когда он проходил мимо окон, в лучах солнца эти кнопки выглядели как тусклые жемчужины.

— Похоже, у тебя гости, — сказал он Карлу, сев рядом с Алисой. — Гости из далекой страны Монтаны.

— Твои ребятишки сегодня забегали, — сказал Карл.

— Безобразничали?

— Сказали мне, что ты черепах прикупил, вот и все.

— Если они чего натворят, ты мне скажи.

— Ты меня лучше на супчик пригласи, — сказал Карл, а Арти спросил у Алисы:

— Любишь кусачек?

— Черепах? Никогда не пробовала.

— Может, я тебя приглашу. Попробуешь — вдруг понравится?

Алиса перевела взгляд на Роя и продолжила:

— А второй мой брат, помладше самого старшего, его Джадд зовут, и он тоже не гений, правду сказать. Умотал из дому, и три года мы про него ничего не слышали. Думали, вообще умер. А потом как-то вечером зазвонил телефон, и мама трубку сняла...

— Она тебе *уже* всю свою жизнь рассказывает? — спросил Арти у Роя, но Алиса продолжала свой рассказ:

— Сняла она трубку, а это Джадд звонит. «Привет, мам, — говорит, как будто только вчера ушел. — Привет, мам. Я в Нью-Джерси, на призывном пункте, и тут одна милая дама говорит, что у меня будет трехразовая жратва и новые шмотки, если я в армию завербуюсь. Мам, — говорит Джадд, — скажи, какой там у меня номер страхового полиса?»

— И какой же? — спросил Арти.

Алиса, не обращая на него никакого внимания, продолжала:

— Ну и Джадд завербовался. Моя мама говорит, что армия — самое место для таких тупиц, как мои братья. Если бы Пит не поехал со мной во Флориду, он бы небось тоже в армию угодил.

— А я был во Флориде, — сообщил Арти. — Работал там на рыболовецком корабле. Жил в розовом домике. Прямо у океана.

— Здорово, — кивнула Алиса.

Карл принес ей сэндвич. Она съела половину, а потом сказала:

— У меня зубы мудрости режутся. У вас такое было? — спросила она у Роя.

— Ага, — встрял Арти. — Больно чертовски, но без боли мудрости не бывает. — Он хохотнул. Коротко и хрипловато. Звук получился такой, словно двигатель включили на морозе. А потом он спросил у Алисы: — А почему ты так коротко стрижешься?

— Мне так нравится, — ответила она.

— Девушки должны длинные волосы носить.

— А парни — короткие, — буркнула она и указала на его конский хвост.

— А у тебя язычок с перцем, да?

— Я не знаю, что это значит.

— Умничать ты здорова, вот что это значит, — сказал Арти, и тут у стойки вдруг появился Пит — так быстро, что Рой понял, что парень небось все это время стоял позади них и слушал их разговор.

— Не разговаривай так с моей сестрой, — сказал Пит.

Арти снова расхохотался — и снова коротко, хрипло, с металлическим звуком.

— Надо же, Билли Кид* выискался, — процедил он сквозь зубы. — Крутой парень.

---

* Билли Кид (наст. имя Уильям Генри Маккарти, 1859—1881) — известный американский гангстер.

— Пошел ты, — сказал Пит. — Я сказал: не разговаривай так с моей сестрой.

Рой услышал, как Алиса прошептала:

— Ой, мамочки...

Она соскользнула с высокого табурета и отошла в сторону. Почему-то догадалась, что сейчас будет. Рой среагировал не так быстро. И когда Пит размахнулся и ударил, Арти качнулся и задел Роя плечом. Пит стоял неподвижно, совершенно беззащитный, а Арти встал, мотнул головой и поправил бейсболку. С точностью опытного драчуна он нанес Питу удар в нос. Парень повалился назад и, падая, стукнулся затылком о барную стойку. Весь вечер в баре было так тихо, а тут вдруг такой жуткий треск. А потом опять стало тихо-тихо.

К удивлению Роя, Алиса сначала бросилась к нему. Перешагнула через лежащего на полу брата и прикоснулась к плечу, задетому Арти.

— Вы в порядке? — спросила она.

Рой кивнул.

— Мне так жаль, — сказала она.

— Нечего было твоему братцу рот раскрывать, — сказал Арти.

— А вам нечего было со мной разговаривать, — проговорила Алиса негромко, даже не глядя на Арти. — Лучше оставьте меня в покое.

Тут Карл сказал — спокойно, без угрозы:

— Тебе стоит сейчас пойти домой, Арт.

Он произнес это таким тоном, каким год назад врач говорил Рою: «Вам следует срочно исключить из рациона соль». Точно таким же тоном, каким жена Роя говорила Эмме: «Тебе стоит утром надеть теплое пальто». Тихий такой, спокойный приказ.

И Арти ушел, словно ему велел уйти его собственный отец. Он, конечно, негромко выругался, но послушался Карла.

А Карл опустился на колени возле Пита и сказал:

— С ним все будет нормально. Просто шишку здоровую набил, и все.

— Мне вправду очень жаль, простите, — повторила Алиса и спросила: — Может, его можно куда-то отвезти, как вы думаете?

— Поедем ко мне, — сказал Рой, а когда встал, удивился тому, как сильно у него дрожат коленки. Так сильно, что он вынужден был остановиться, удерживаясь за стойку, и только потом он смог идти. Они втроем подняли Пита, выволкли из бара, протащили по лестнице и почти на руках донесли его до машины.

— Уложите его на заднее сиденье, — посоветовал Рой, а Алиса сказала:

— У него же нос расквашен. Он там все кровью измажет.

— Ничего страшного.

Когда Пита засунули в машину, он вдруг открыл глаза, с трудом сосредоточил взгляд на лице Алисы и промямлил:

— Мне мама велела...

Алиса не дала ему договорить:

— Заткнись, Пит. Очень тебя прошу, закрой рот, ладно?

Рой подумал, что она сейчас расплачется, но она не заплакала.

— Да, Рой... — рассмеялся Карл. — Попал ты под раздачу. Небось не думал, не гадал, что все вот так обернется.

— Я просто не могу сказать, как мне жаль, что все вот так вышло, — снова начала извиняться Алиса, а Рой подвел ее к дверце и усадил на переднее сиденье, а сам сел за руль.

Они поехали. На запад, из Вероны. Солнце только что село — легко, бесцеремонно, без всяких там красот заката. Сумерки сгустились, а все еще было жарко. Алиса снова принялась просить прощения, а Рой сказал ей, что она не виновата.

— Все мои братья идиоты, все до одного. Мама говорит, что только я одна смогла додуматься, как выбраться из дерьма.

— Сколько же у тебя братьев? — спросил Рой. Ему самому этот вопрос показался глупым, если учесть обстоятельства, но она сразу ответила:

— Пятеро. — И добавила: — Стивен, Ленни, Джадд, Пит, Эдди.

— И ты.

— И я. Все в армии, кроме Пита и Эдди. Они еще маленькие. Эдди всего шесть. У моих братьев всегда все наперекосяк.

Потом они молча ехали через подсолнуховые поля. Рой подумал, не сказать ли Алисе о том, что подсолнухи с утра всегда поворачиваются на восток, а к вечеру — на запад. Подумал, может, ей это будет интересно или даже поможет, если она вдруг заблудится в Северной Дакоте. Но девочка, похоже, была не в настроении разговаривать, поэтому он промолчал. Они проехали мимо белого пикапа, стоявшего у обочины, и только потом Алиса наконец заговорила.

— Мой младший братик, Эдди, чуть не умер в прошлом году, — сказала она. — Чуть не умер. Он был в доме у наших соседей, и там начался пожар. Все из дома выбежали, кроме него, а когда в ту комнату, где он остался, вбежал пожарный, Эдди спрятался под кровать. Увидел кислородную маску и решил, что за ним пришло чудовище.

— Да просто страшно.

— Но все хорошо кончилось. Его нашли, и все такое, и все с ним было в порядке. Но когда мне рассказали, что случилось, я сразу подумала, какой же балбес уже мой младший братик. Да, ему всего шесть, я понимаю, но чтобы спрятаться от пожарного, когда кругом огонь... Но знаете, если бы он умер, я бы не считала, что тупой. Я бы просто по нему горевала. Это ведь большая разница, наверное, — почти умереть или умереть по-настоящему.

Рой чуть не сказал: «В твоем возрасте я бы тоже так подумал», — но ему показалось, что это прозвучало бы слишком горько, и он промолчал.

Рой вел машину по знакомой дороге и думал о пустых, разрушенных домах тех людей, с которыми он вырос и которых теперь больше не было: они умерли по-настоящему или почти умерли. А это, думал Рой, почти одно и то же. Верона и сама почти что умерла, как и другие бессчетные маленькие городки, знакомые Рою. Он думал о своей жене, которая дважды чуть не умерла, пока ее не доконал последний сердечный приступ. «Мне холодно», — сказала она, придя босиком, без пальто по январскому снегу в гараж, где Рой покрывал лаком обеденный стол. «Мне холодно», — проговорила она и умерла — не почти, а по-настоящему. И вот теперь у Роя ныло ушибленное плечо, а на заднем сиденье его машины без сознания лежал семнадцатилетний парнишка, а рядом с ним сидела девочка, которая была вдвое младше его дочери, и у него возникло такое чувство, словно он очень близок к смерти, что он почти умер.

Алиса, словно бы все это время она читала его мысли, потянулась к нему и прикоснулась к его руке. Это было прикосновение матери, любовницы и дочери одновременно, а к нему так давно никто не прикасался, что Рой вздохнул, обессиленно опустил голову и закрыл глаза. Алиса протянула руку к рулю, и Рой отдал ей руль. Он знал, что дорога прямая и безопасная, и понимал, что сейчас будет лучше, если машину поведет Алиса.

— Все нормально, — сказала она, опустила руку и включила фары. Было еще не так уж темно, но фары не помешают. Благодаря фарам их заметят из любой машины, едущей на восток. Их увидит всякий, кто посмотрит, как они пересекают безлюдные равнины Северной Дакоты.

Стрельба по птицам

* * *

Гэсхаус Джонсон заехал за Тэннером Роджерсом незадолго до полудня. Он постучал в дверь дома Роджерсов и стал ждать. Он топтался на крыльце и разглядывал столбики. Его пес Снайп тоже забрался на крыльцо. Снайп прихрамывал, как человек с пулей в пояснице. Дверь открыла мать Тэннера, Диана. Ее чудесные светлые волосы были гладко зачесаны назад.

— Диана, — сказал он.

— Гэсхаус.

— Хочу сегодня взять Тэннера с собой пострелять по голубям.

Диана вздернула брови. Гэсхаус ждал ответа, но она молчала.

— Думаю, ему это понравится, — сказал Гэсхаус. — Думаю, ему понравится стрельба по голубям.

— Он не поедет, — сказала Диана.

— А мне бы хотелось взять его с собой. Из-за его отца.

— Он никогда не ходил. И с отцом тоже не ходил.

— В чем дело, Диана? Это у вас правило такое или еще что?

— Может, и так.

— Ладно тебе, Диана.

— Я считаю, что это гадко. Правда. Думаю, ничего нет гаже, чем стрелять по голубям.

— А когда-то тебе нравилось.

— Никогда не нравилось. Сроду не нравилось.

— Бывало, ты сама ходила.

— Ходила, это верно. Но мне это никогда не нравилось.

— А Эд любил.

— Тэннер не поедет, — повторила Диана. — Ему это даже не интересно.

— Там соберутся ребята, которые любят Эда. Мальчику стоит познакомиться с людьми, которые любят его отца. Мальчику будет полезно познакомиться с такими людьми.

Диана молчала.

— Я сегодня вместо Эда буду стрелять, — сообщил Гэсхаус. — Это пока не найдут кого-нибудь еще, кто бы все время вместо него стрелял. То есть... пока он не поправится.

— Очень любезно с твоей стороны.

— Я хороший стрелок, Диана. Я был чертовски хорошим стрелком, когда мы еще пешком под стол ходили.

— Отлично.

— Ну конечно, я не Эд.

— И сколько же голубей ты сегодня собираешься подстрелить?

— Много. — Гэсхаус улыбнулся. — Я собираюсь подстрелить жутко много треклятых голубей. И я позабочусь, чтобы Тэннер тоже настрелял целую тонну голубей.

Диана устало кивнула.

— Черт, да я столько голубей настреляю, что тебе на шубу хватит, — заявил Гэсхаус, и Диана усмехнулась. Гэсхаус Джонсон улыбнулся шире. — Ну как, Диана? Отпусти сынка со мной, и мы привезем тебе чертовски красивую голубиную шубу.

Диана перевела взгляд на Снайпа. Пес пытался улечься на крыльце.

— Что стряслось с твоим псом?

— Состарился.

— Видок у него тот еще. Будто его машина переехала.

— Просто он постарел...

— Там не место собакам, — заявила Диана. — Собакам не место, и детям тоже. Собаку там могут подстрелить.

— Нет. Там стреляют по голубям. Сроду никто не попадал ни в собаку, ни в ребенка.

— Эд как-то раз пальнул в собаку за то, что та подбирала подстреленных птиц.

— Я про такое ничего не знаю.

Гэсхаус вытащил носовой платок и высморкался.

— Гэсхаус, — сказала Диана. — Зайти хочешь?

— Да нет, я не стану тебе докучать.

Снайп лежал рядом с выставленными на ступеньку крыльца ботинками и кусал свой хвост. Голова у него была большая и коричневая, как ботинок. Он покусывал хвост и смотрел на Диану пустым, равнодушным взглядом.

— Сколько ему? — спросила Диана.

— Одиннадцать.

— Столько же, сколько моему Тэннеру.

— Надеюсь, твой парнишка держится получше моей псины.

Диана снова улыбнулась. Они посмотрели друг на друга. Немного помолчав, она спросила:

— Ты Эда в больнице навещал?

— Утром сегодня.

— Это он тебе велел наведаться ко мне — посмотреть, как я тут? Да?

— Нет.

— Небось велел с Тэннером чем-нибудь заняться?

— Нет.

— А что он тебе сказал?

— Эд? Он сказал: «Думаешь, выкурить первую сигарету за день приятно? А вот ты погоди, попробуй выкурить первую сигарету, не покурив трое суток».

На этот раз Диана не улыбнулась.

— Мне он эту шуточку тоже говорил, — сказала она. — Вот только я не курю.

— Я тоже. Я табачок жую.

— Ну, — пожала плечами Диана, — а я выпиваю.

Гэсхаус опустил голову и посмотрел на свои руки. Он долго разглядывал ноготь большого пальца.

— У тебя к бороде что-то прилипло, — сказала Диана. — Крошка, что ли.

Он стряхнул крошку и заметил:

— От тоста небось.

— А я подумала, это пух.

— А чем Тэннер сейчас занимается? Ладно тебе, Диана. Пойди спроси сына, не хочет ли он отправиться на настоящую стрельбу по голубям.

— Ты оптимист, Гэсхаус. Вот кто ты такой.

— Ну ладно, Диана. Чем он сейчас занимается?

— От тебя прячется.

— Ему понравится, — заверил Гэсхаус. — Если его не подстрелят...

— Может, он и не захочет ехать, — пожала плечами Диана. — Спроси его. Пойди спроси.

Чуть позже Тэннер Роджерс и Гэсхаус Джонсон ехали по городу в грузовичке Гэсхауса. Мальчик был в теплом зимнем пальто, красной охотничьей шапочке и высоких ботинках со шнурками. Он был стеснителен и не сразу задал Гэсхаусу вопрос, над которым, видимо, долго размышлял:

— А это не противозаконно? Стрелять по голубям?

— Не-а, — ответил Гэсхаус. — Стрелять по голубям не противозаконно. Вот *ставки делать* на тех, кто стреляет по голубям, — это противозаконно.

— А мой папа?

— Папа твой? Ну он ставок не делает. Он просто стреляет по голубям. А все ставят на стрелков. Понимаешь? Все ставят на твоего папу, чтоб угадать, сколько голубей он сумеет подстрелить. Твоему папе ставок делать не надо.

— А вы?

— Ну я-то ставлю как сукин сын. А ты как?

Тэннер пожал плечами.

— Сколько у тебя с собой деньжат, сынок?

Тэннер вытащил из кармана пригоршню мелких монет:

— Доллар восемнадцать.

— Все поставь, — сказал Гэсхаус и рассмеялся. — Удвой ставку! — Он весело хлопнул ладонью по рулю. — Ага, удвой! А лучше утрой! Ха-ха!

Снайп гавкнул, как подобает гончей собаке, — негромко, басовито: «вуф».

Гэсхаус повернул голову и неоожиданно серьезно посмотрел на Тэннера:

— Ты что-то сказал, сынок?

— Нет, — ответил Тэннер. — Это ваша собака сказала.

Гэсхаус наклонился вперед и протер рукавом лобовое стекло.

— Сынок, — сказал он, — я пошутил. Это мой пес гавкнул, я это понял.

— Конечно, — кивнул Тэннер. — Я тоже.

— Славный ты парень. Вот мы с тобой немножко пошутили, да?

— Ага, — сказал Тэннер. — Здорово.

На окраине Гэсхаус остановился около бакалейного магазинчика Майлза Спивака, чтобы купить патронов. За прилавком стоял сам Майлз, усталый, немолодой. Он нашел патроны, которые были нужны Гэсхаусу.

— Майлз! — гаркнул Гэсхаус. — Я сегодня стреляю вместо Эда Роджерса. Ты бы хоть разок выбрался туда. Развеялся бы, Майлз! Посмотрел бы, как я классно стреляю.

Майлз медленно обвел взглядом магазин — так, словно ожидал, что за спиной у него кто-то появится.

— Черт бы тебя побрал, Гэсхаус. Знаешь же, что я тут совсем один, что не могу отлучиться.

— Но сегодня я стреляю, Майлз! Стоит того, чтобы закрыться пораньше. Я ведь когда-то был всем стрелкам стрелок.

Майлз задумался.

— Знаешь парнишку Эда? — Гэсхаус опустил тяжелую пятерню на макушку Тэннера.

— У меня у самого пятеро мальчишек. Последнему всего пара месяцев. Кесарево делали. Ты видал, как это делают? — спросил Майлз у Тэннера.

— Ради бога, Майлз, — вмешался Гэсхаус. — Он еще ребенок.

— Перевязали ей трубы. Так что детишек у нас больше не будет. А смотреть на это — врагу не пожелаю. Стоять рядом и смотреть, как твою жену вот так кромсают. А у баб внутри куча всякого понапихана. Такое, доложу тебе, тонкое оборудование. Видал хоть раз? Видал эти трубочки и мешочки?

— Господи, Майлз, — сказал Гэсхаус. — Ты бы удивился, если бы мальчик сказал «да».

— Жуть, — покачал головой Майлз. — Жуть сколько там всего.

— Пойдем отсюда, Тэннер, — сказал Гэсхаус. — Он чокнутый!

Когда они подошли к двери, Майлз крикнул им вслед:

— Она чудесная женщина — моя жена.

— Я тебе вот что про него скажу, — проговорил Гэсхаус, когда они с Тэннером вышли из магазина. — Он такой тупой, что даже двумя глазами сразу моргать не может.

Они сели в машину. Гэсхаус вытащил из кармана коробку с патронами и внимательно изучил этикетку.

— Черт, — выругался он. — Даже не знаю.

Он перевернул коробку и прочел все, что было написано с обратной стороны.

Тэннер немного подождал и спросил:

— А у вас ружье какое?

— Двенадцатый калибр, — ответил Гэсхаус и посмотрел на мальчика. — Ты в этом что-нибудь понимаешь?

— У моего папы была двустволка восемнадцатого калибра.

— Шестнадцатого, — поправил Тэннера Гэсхаус и сунул коробку с патронами в карман. — У Эда была двустволка шестнадцатого калибра. Много времени прошло, сынок. Я тебе прямо скажу, не таясь. Чертовски много времени прошло с тех пор, как я стрелял из ружья. — Гэсхаус вздохнул и снова хлопнул ладонью по рулю. — Эй! Да что это я? Это даже не мое ружье! Это ружье Дика Клэя! Ха!

Снайп снова негромко гавкнул.

— Это не я сказал, — проговорил Тэннер.

— Ха! — Гэсхаус весело стукнул себя по колену. — Ха! Ты понял эту шутку, сынок! Понял!

Гэсхаус завел мотор и выехал со стоянки возле магазина. Он сказал:

— Это славно, что ты любишь шутки, потому что мы с тобой едем туда, где можно будет от души повеселиться, это я тебе точно говорю. Если есть какие вопросы, ты спрашивай, не стесняйся.

— Почему вас так прозвали — Гэсхаус*? — спросил Тэннер.

— А я пукать большой мастак, — не смущаясь, ответил Гэсхаус. — Как из пушки стреляю. Правда, теперь мне получше, чем раньше. Молочная диета уже не нужна.

— И папа мой вас так называет?

— Да.

— И мама?

— Тэннер, — сказал Гэсхаус, — это было что-то вроде сговора. Знаешь, что такое сговор?

— Нет.

— Ну... — поджал губы Таннер. — Короче, они сговорились.

На следующем остановочном знаке Гэсхаус притормозил, опустил окошко и громко крикнул рыжеволосой женщине, шагавшей по тротуару:

— Эй ты! Эй ты, маленькая тарелочка с блинчиками!

---

* Gashouse (*англ.*) — газовый завод.

Женщина улыбнулась и махнула рукой так, будто бросила фантик от конфеты.

— Эй ты, румяная булочка! Эй ты, маленький пышненький яблочный пирожок!

Женщина послала ему воздушный поцелуй и пошла дальше.

— Попозже увидимся! — проорал Гэсхаус. — Милашка!

Гэсхаус закрыл окошко и сказал Тэннеру:

— Это моя подружка. Поверишь ли — ей пятьдесят. Кто бы подумал?

— Кажется, я ее в школе видел, — смущенно проговорил Тэннер.

— Это может быть, — кивнул Гэсхаус. — Это очень даже может быть, потому что она иногда дает уроки. Подменяет кого-нибудь. А выглядит обалденно, правда? Красотка. А сколько лет — ни за что не угадаешь. Пока она в юбке, точно?

Тэннер покраснел, наклонился и погладил голову Снайпа. Пес проснулся и благодарно задышал. Дыхание у Снайпа было горячим, и из пасти у него воняло.

Некоторые время мужчина и мальчик молчали. Они выехали из города, миновали свалку, проехали мимо кладбища, мимо кукурузного поля, около которого стояла пожарная машина. Шоссе сменилось проселочной дорогой, и они проехали мимо широких ворот скотного двора. Гэсхаус ехал все дальше и дальше. Потом он резко свернул на узкую грунтовую дорогу и медленно повел машину по глубоким колдобинам, оставленным колесами. А может, это были промоины. Вскоре лес резко закончился, и они выехали к краю широкой и плоской, как блюдце, котловины. Когда-то здесь добывали уголь открытым способом, а теперь это место можно было бы назвать могилой этих самых разработок.

Сюда уже съехалось несколько машин. Они выстроились друг за другом ровно, как вагонетки. Мужчины собрались небольшой компанией. Стояли, переговаривались, пинали перемазанными в глине ботинками камешки. Вокруг уныло бродили собаки. Гэсхаус и Тэннер вылезли из грузовичка. Снайп, прихрамывая, пошел за ними.

— Эй! — крикнул Гэсхаус Дику Клэю. — Делайте ваши ставки!

— Какие тут ставки, — проворчал Дик. — Виллиса прикрыли.

— Кто? Черт возьми, кто?

— Ну... — Дик немного растерялся. — Власти.

— Так... — крякнул Гэсхаус. — Интересно, почему я чувствую себя как отшлепанная задница?

— Бывает, — пожал плечами Дик.

— За двадцать лет ни разу такого не бывало, — возмутился Гэсхаус. — Виллиса прикрыли власти, вот как? Сукин сын. Какие еще такие долбаные власти?

Мужчины переглянулись. Один из них кашлянул и сказал:

— Какие-то приставы, что ли. Люди свою работу делают.

— Ну да, какие-то ребята, — подхватил второй. — Решили, видно, наконец проследить, чтоб все по закону было.

— Стрелять голубей — это не противозаконно, — возразил Тэннер.

Мужчины уставились на него.

— Гэсхаус? — тихо спросил Дик Клэй. — Это сынок Эда Роджерса?

— Он самый.

Гэсхаус снова, как в магазине, опустил тяжелую руку на голову мальчика.

— Эд не хотел, чтобы его мальчишка тут бывал, Гэсхаус, — сказал Дик.

— А вот и неправда, Дик. Это *Диана* не хочет, чтобы мальчик тут бывал.

— И что же ты сделал? Похитил его?

— Я его пригласил, — ответил Гэсхаус. — Я позвал его сюда, чтоб он посмотрел, как я выступлю вместо его старика. Чтоб он увидел, как я подстрелю несколько пташек вместо его отца.

Мужчины переглянулись. Кто-то стал смотреть на свои ботинки, кто-то на собак.

— Я сюда приехал, чтоб пострелять в голубей, и Бог свидетель, я их подстрелю, — заявил Гэсхаус. — Сейчас поеду к Виллису и узнаю, что за чертовщина такая творится. Разузнаю, что к чему. Власти его прикрыли. Вот посмотрите — уж я-то точно чего-нибудь добьюсь.

— На самом деле, — сказал Дик, — на самом деле это даже и не важно. Все равно никто не приедет, потому как Эд в больнице. Можно считать, стрельбе по голубям пока что конец.

— Ну так *я* же буду стрелять вместо Эда, — возразил Гэсхаус и улыбнулся с таким видом, будто решил все проблемы. — Я буду стрелять вместо него, и все те парни, кто обычно ставит на Роджерса... ну, они могут поставить на меня.

Дик промолчал.

— Ради Христа, Дик. Ты же знаешь, что сегодня я буду стрелять. Ты сам одолжил мне свое треклятое ружье, Дик.

— Я тебе должен сказать кое-что, — сказал Дик, — потому как ты мой хороший друг. Дело в том, Гэсхаус, что власти не прикрыли Виллиса. Это правда.

Мужчины потянулись к своим машинам — спокойно так, небрежно даже.

— Дик? — проговорил Гэсхаус. — Какого черта? Куда это они все?

— Гэсхаус, — сказал Дик, — я тебе скажу. А скажу я тебе только то, что сам слышал. Это не я один говорю. Это то, что люди говорят. Я тут некоторым сказал, что ты хочешь стрелять вместо Эда, а некоторые говорят, что уж лучше совсем охоту отменить. Некоторые считают, что на тебя лучше не ставить. Некоторые считают, что лучше дома посидеть, пока мы кого-нибудь другого не подыщем.

Тут все остановились и притихли, будто на похоронах.

— Ладно, — наконец сказал Гэсхаус. — Ладно, ладно, ладно. Мы никого не станем в этом винить. Ведь не станем, Тэннер? Не станем, сынок?

В амбаре у Виллиса Листера было несколько десятков голубей. Голуби были заперты в клетках, они сидели посреди куч старых перьев и помета. Птицы ворковали хором, и звук был такой, будто в котле закипело какое-то густое варево.

— Дик Клэй велел мне не высовываться, — стал объяснять Виллис Листер Гэсхаусу Джонсону. — Из-за Эда. Он сказал мне, что на время стрельба по голубям отменяется.

— Слушай-ка, — сказал Гэсхаус, — это я понимаю. Я просто подумал, что Тэннер захочет посмотреть, как я стреляю вместо его отца. Папа Тэннера в больнице, ты же знаешь.

— Знаю, как не знать.

— Ну я и подумал: может, для парнишки будет здорово увидеть, как стреляют по голубям? Потому как все так уважают его старика. Я подумал: я подстрелю несколько пташек вместо его отца, а он посмотрит. Потому как я его отца очень уважаю. И мать его тоже очень уважаю.

Голубятник присел на корточки и посмотрел на Тэннера.

— Мне очень жаль, — сказал он, — что так вышло с твоим отцом.

Виллис был старый. Правда, лицо у него было гладкое, совсем без морщин. Только на его щеке розовел шрам в форме серпа — гладкий и блестящий, как пластинка слюды.

— Скажи «спасибо», — легонько подтолкнув Тэннера, подсказал Гэсхаус.

— Спасибо, — сказал Тэннер.

Сидя на корточках, Виллис проговорил:

— Сынок, у тебя нынче волосы совсем растрепались.

Он вытащил расческу из накладного кармана комбинезона и протянул Тэннеру.

— Нормально у меня все, — сказал Тэннер.

Виллис смотрел на него и ждал.

Тэннер сказал:

— Я уже причесывался сегодня.

— Но ты все равно растрепанный. А мальчик должен стараться выглядеть аккуратно.

— Просто я вчера вымылся перед сном и лег спать с мокрыми волосами. Тут уж ничего не поделаешь.

Но Виллис не убирал расческу. Гэсхаус снова тихонько подтолкнул Тэннера:

— Почему бы тебе не взять расческу, сынок?

Тэннер взял расческу у Виллиса Листера, один раз провел ей по волосам и отдал старику.

Гэсхаус произнес:

— Почему бы тебе не сказать человеку «спасибо» за то, что он тебе расческу предложил?

— Спасибо, сэр.

— Пожалуйста, сынок, — откликнулся Виллис. — Ну, разве ты теперь не аккуратнее выглядишь?

Виллис поднялся и встретился взглядом с Гэсхаусом:

— Ну рассказывай — чего тебе тут надо?

— Птицы нужны.

— Некому ставки делать, Гэсхаус. Не будет сегодня никакой стрельбы.

— Да не нужны никакие ставки, — с усмешкой проговорил Гэсхаус. — Мне просто птицы нужны. Я в них прямо тут и постреляю.

Виллис ничего не ответил, а Гэсхаус топнул ногой, из-за чего голуби всполошились и заворковали громче.

— Эй! Я не то хотел сказать. Не *тут*! Не собираюсь я стрелять в твоих голубей тут, в амбаре, где они по клеткам сидят. Парень не для того сюда приехал, чтобы поглядеть, как я птиц в клетках пристреливаю! Я у тебя во дворе постреляю. Несколько штук. Просто чтобы парень увидел, как это делается.

Он перестал смеяться, вынул из кармана носовой платок и высморкался. Виллис пару секунд смотрел на него и потом перевел взгляд на Тэннера. Тот обеими руками приглаживал волосы. Потом Виллис посмотрел на Снайпа. Пес облизывал проволочную дверцу пустой птичьей клетки.

— Сколько? — спросил Виллис. — Сколько тебе надо птиц для твоей маленькой охоты?

Гэсхаус убрал носовой платок в карман и вытащил бумажник, а из бумажника — двадцатидолларовую банкноту.

— Можешь дать мне четыре птицы на двадцать долларов? Можешь, Виллис?

Виллис поморщился, словно ему стало больно:

— Четыре птицы? Что такое четыре птицы? У меня за неделю крысы больше сжирают. — Он посмотрел на Тэннера: — Ты сколько голубей хочешь убить, сынок?

— Я? — Тэннер нервно взглянул на Гэсхауса.

— Стрелять буду я, Виллис, — произнес Гэсхаус. — Я тебе еще разок все растолкую. Тут главное, чтобы мальчик увидел, как это делает его отец. Я хочу, чтобы он увидел, как его папа стал таким знаменитым.

— Ну так сколько же надо птиц? — спросил Виллис.

— Мне надо убить всего одну, пожалуй.

— Черт, Гэсхаус, одну птицу я тебе дам. Что для меня одна птица?

Гэсхаус внимательно уставился на ноготь большого пальца:

— Понимаешь, какое дело... Чтобы убить одну птицу, может понадобиться несколько.

— Господи.

— Ну послушай, Виллис. Столько лет прошло, черт побери. Я же могу промахнуться по первой птице, по второй... — Он немного помолчал. — Знаешь, я ведь был чертовски хорошим стрелком, когда...

— Три птицы ты получишь, — прервал его Виллис.

— Я стрелял как не знаю кто.

— Одну птицу из трех подстрелишь, а?

— Бог мой, — вздохнул Гэсхаус. — Будем чертовски на это надеяться.

Виллис пошел к ближайшей клетке, перешагнул через Снайпа, а тот все еще вылизывал проволочную дверцу, будто она была чем-то вкусным намазана. Виллис открыл дверцу и по очереди вытащил птиц — одну за лапку, другую за крыло. Он недовольно прищурился, потому что испуганные голуби подняли тучу пыли и пуха. Двух голубей он зажал под мышками, как школьные учебники, а третьего протянул Тэннеру.

— Крылья ему прижми, — посоветовал Виллис, — а не то он биться начнет как ненормальный.

Тэннер следом за взрослыми вышел из сарая, осторожно держа птицу на вытянутых руках, будто посудину, из которой на него могло что-то вылиться. Потом он остановился на поле рядом с Виллисом, а Гэсхаус пошел к машине за ружьем. Снайп уселся перед Виллисом Листером и с интересом воззрился на голубей.

— Ты что себе думаешь, псина? — спросил Виллис. — Думаешь, у меня для тебя сухарик имеется?

Потом они долго молчали. Тэннеру стало жутко не по себе, когда он остался наедине с Виллисом Листером. Трава во дворе была высокая — выше колена, — густая и мокрая. А небо было серое. Когда небо такое, это значит, что то ли скоро зарядит дождь, то ли дождя не будет несколько месяцев. Голубь, которого держал Тэннер, был горячий и толстый, он едва помещался в ладонях мальчика. Стоявший рядом с ним Виллис дышал тяжело. Он сопел, будто крепко спал. После долгого молчания он тихо проговорил:

— Думаешь, я для тебя сухарик припас, псина? Ты так думаешь, да?

Гэсхаус Джонсон вернулся с ружьем и патронами. Он встал на колени в траве, чтобы зарядить ружье, а Виллис спросил:

— Что это у тебя за патроны? На медведя, что ли, собрался?

Гэсхаус зыркнул на коробку и промолчал.

— Такими по птицам стрелять не положено. Попадешь в птицу — так тебе еще сильно повезет, если ты ее потом отыщешь. Ее на клочки разнесет.

Гэсхаус зарядил ружье и встал.

— Нет, ты всерьез собрался палить по голубям этими гранатами? — спросил Виллис.

— Знаешь, — отозвался Гэсхаус, — если честно, мне наплевать, что это за патроны такие. Мне бы просто прикончить этих птиц и поехать домой.

Он прижал ствол ружья к плечу и стал ждать.

— Знаешь, чем мальчишки вроде тебя занимаются, когда взрослые дяди стреляют по голубям? — спросил Виллис у Тэннера. — Для парнишки твоего возраста всегда есть работа. Как думаешь, справишься с мальчишеской работой?

— Конечно, — не слишком уверенно ответил Тэннер.

— А мальчишеская работа вот какая. Ты ждешь, когда стрелок попадет в летящую птицу. Потом ты смотришь, куда она упадет, и, если она еще живая, ты должен ее добить. Шею свернуть — и все. Как думаешь, справишься ты с таким простым делом?

Тэннер уставился на голубя, которого он держал.

— Это мальчишеская работа, — сказал Виллис. — Так. А теперь встань позади него, а то ведь, неровен час, он тебе в голову попасть может, с него станется.

Тэннер попятился назад.

— Ладно, — сказал Виллис, — начнем.

Он вытащил из-под мышки голубя и подбросил в воздух. Птица полетела низко, прямо над их головами.

— Погоди пока, — сказал Виллис Гэсхаусу. — Пусть голубь высоту наберет.

Птица летела. Она полетела далеко, прямо к деревьям в конце поля. Гэсхаус выстрелил один раз. Отдача получилась такая сильная, что он качнулся назад, упал и чуть не задел Тэннера. Виллис, держа в руках второго голубя, посмотрел на Гэсхауса. Тот сидел в высокой мокрой траве и потирал плечо.

— Ладно, — сказал Виллис. — Готов?

— Это ружье лягается, — смущенно проговорил Гэсхаус. — Бьет прямо по заднице.

— Это из-за патронов твоих, — буркнул Виллис. — Надо встать покрепче. Готов?

Гэсхаус встал и поднял ружье. Виллис подбросил вверх вторую птицу, и она полетела в ту же сторону, куда и первая.

— Давай! — гаркнул Виллис.

Гэсхаус выстрелил, промахнулся, выстрелил еще раз и снова промахнулся. Все трое стояли и смотрели, как голубь долетел до деревьев и скрылся в ветвях. Снайп лежал у ног Тэннера и тоскливо скулил после каждого выстрела. Виллис Листер смотрел в сторону края поля.

— Можно тебя спросить кое о чем? — проговорил Гэсхаус. — Эти твои птицы, они в конце концов возвращаются к тебе в амбар? В конце концов? Мне бы не хотелось, чтобы ты просто так потерял двух таких хороших голубей.

Виллис повернулся к Тэннеру:

— Когда я скомандую, ты должен подбросить своего голубя в воздух. Не слишком сильно. Готов? Давай! Давай!

Тэннер поднял руки и раскрыл ладони. Птица слегка пошевелилась, но не улетела.

— Лети, — прошептал мальчик.

Тэннер взмахнул руками. Голубь качнулся вперед и слетел с его ладоней. Он пролетел совсем немного и уселся на камень перед Виллисом Листером.

— Ш-ш-ш-ш! — зашипел Листер, снял шляпу и замахал ей. — Кыш, кыш!

Птица пролетела несколько футов и села на траву. Виллис выругался, подошел и подобрал ее.

— Больной голубь, — сказал он и протянул птицу Тэннеру. — Пойди принеси другого. А этого посади в пустую клетку.

Тэннер пошел к сараю, держа промокшую, тяжелую птицу. Он нашел пустую клетку. Когда он посадил туда птицу, она не пошевелилась, не повернула голову к Тэннеру. Он закрыл проволочную дверцу, на которой еще не высохла слюна Снайпа. В других клетках голуби топтались и, пытаясь устроиться поудобнее, толкали друг дружку. Он разыскал клетку, где птиц было поменьше, открыл дверцу, медленно просунул руку в клетку и схватил одного голубя за лапку. Голубь испуганно замахал крыльями, и Тэннер отпустил его. Он зажмурился, снова протянул руку, схватил какую-то из птиц за крыло и вытащил из клетки. Он сунул голубя под куртку, прижал к груди и побежал, будто он украл эту птицу и за ним гонятся.

Гэсхаус Джонсон и Виллис Листер ждали его, и, когда он с ними поравнялся, Гэсхаус сказал:

— Молодчина.

А Виллис взял у него голубя.

— Готов? — спросил Виллис и высоко подбросил птицу. Голубь сделал несколько кругов и полетел прочь.

— Давай, — процедил сквозь зубы Виллис. — Давай! Гэсхаус выстрелил, и птица упала. Прямо в траву. Снайп похромал в ту сторону и птицу нашел более или менее случайно. Просто набрел на нее. Голубь был еще живой. Он упал не так далеко. Все трое подошли к нему. У птицы было отстрелено крыло.

— Возьми его, — сказал Виллис Листер. Не Гэсхаусу. Не Снайпу. Он сказал это Тэннеру. — Давай подними его, — повторил он. — Надо только шею свернуть, и все.

Тэннер молчал и не двигался.

Гэсхаус сказал:

— А вот *твой папа* — он бы вот так подстрелил двадцать голубей подряд. Представляешь, сынок?

— Господи Иисусе, — проборомотал Виллис Листер, присев на корточки рядом с птицей. Он слегка приподнял голубя, и, когда сворачивал ему шею, голубь дернулся — то ли сопротивлялся, то ли хотел поскорее обрести покой — и умер. Виллис бросил птицу на землю.

— Держись подальше от этой птицы, понял? — сказал он Снайпу и вытер руки об комбинезон.

Они пошли к машине.

Гэсхаус сказал:

— Если бы я и по последней птице промахнулся, я бы стал целиться в треклятый амбар. Думаете, я бы не попал в этот треклятый амбар? Промазал бы? Ха!

— Поосторожнее с ружьем, — предостерег Виллис и посмотрел на Гэсхауса. — Смотри не отстрели себе ногу как дурак.

— Было время, я был чертовски хорошим стрелком, — рассмеялся Гэсхаус. — Правда, это было двадцать с лишним лет назад. Может, я и тогда, бывало, мазал, да просто забыл про это. Ха!

Виллис Листер, не глядя на Гэсхауса, сказал Тэннеру:

— Когда стреляют по голубям и мужчина попадает в птицу, шею ей всегда сворачивает мальчик.

Тэннер кивнул.

— Это мальчишеская работа, — добавил Виллис. — Всегда это делали мальчишки.

— Не хочешь проехаться пивка выпить? — спросил Гэсхаус у Виллиса.

— Нет.

— А ты как, Тэннер? Шипучки хочешь?

— Отвези парнишку домой, — сказал Виллис. — Шипучки тоже никто не хочет.

Когда Гэсхаус Джонсон вернулся с Тэннером, то платье, в котором Диана Роджерс была утром, висело над кухонной раковиной, только что выстиранное. Платье было из плотного хлопка, и с него то и дело капала вода на сваленную в раковине посуду. Казалось, будто платье тает. Диана смотрела на Гэсхауса. Он сел за стол. Снайп улегся около его ног.

— Скажи своей маме, какой я меткий стрелок, — сказал Гэсхаус Тэннеру.

— Трепло ты, а не стрелок, — проворчала Диана.

— Ладно тебе, Диана. Было на что поглядеть, между прочим.

— Денег выиграл хоть сколько нибудь?

— Я не ставил. Я стрелял.

— Я у Тэннера спрашиваю.

— Я не ставил, — ответил Тэннер.

— Вот и умница.

— Никто ставок не делал, — сказал Гэсхаус. — Да и не было там никого. Из уважения к Эду. — Гэсхаус наклонился к столу и покачал перед Дианой указательным пальцем. — Из *уважения*. Отменили стрельбу из уважения к человеку.

Пару секунд они серьезно смотрели друг на друга, а потом Диана расхохоталась. Она подошла к холодильнику и достала пиво для себя и Гэсхауса. А Тэннеру налила стакан сока.

— Ну и насколько же ты паршивый стрелок, а? — спросила она.

— Я хороший стрелок. Мы-то постреляли все-таки.

— Где?

— Виллис Листер дал нам трех пташек.

— Четырех, — уточнил Тэннер.

— Ладно, — Гэсхаус пожал плечами, — мы стреляли по четырем птицам.

— По трем, — уточнил Тэннер. — Одна была совсем больная.

— Так ты стрелял просто так, для забавы? — спросила Диана.

— Чтобы твой сын увидел, чем занимается его отец.

— Одна птица умерла, — сообщил Тэннер.

Гэсхаус обернул крышку пивной бутылки краем рубашки и, отвернув крышку, сунул ее в карман.

— Диана? Ты хоть раз говорила Тэннеру, что Виллис Листер — твой двоюродный брат?

— Нет, — ответила она. — Когда я была маленькая, моя мать, бывало, говорила: «Не разрешай своему кузену Виллису целовать тебя. Если он только пальцем к тебе притронется, сразу мне скажи».

— Неправда это.

— Миленький, — усмехнулась Диана. — Тебя там не было.

— Мог быть.

— Не жслаю говорить про Виллиса Листера.

— Тэннер? — проговорил Гэсхаус. — Я тебе не говорил, что твоя мама была первой девушкой, которую я поцеловал?

— Нет, — сказала Диана. — И больше ему об этом не говори.

— Ха! — хохотнул Гэсхаус и с такой силой хлопнул ладонью по столу, что у Тэннера чуть сок не выплеснулся из стакана.

— А сейчас у тебя подружка есть? — спросила Диана. — Бедняжка какая-нибудь?

— Да, есть.

— Блондинка?

— Шатенка.

— Шатенка?

— Угу. Каштановые волосы.

— Глаза голубые?

— Карие.

— Вот как. Вообще-то это не в твоем вкусе, Гэсхаус.

— И кожа коричневая.

— Это как?

— Она почти вся коричневая.

— Надо же! — Диана отхлебнула порядочно пива. — Звучит красиво.

Они оба рассмеялись.

— Она классная, — сказал Гэсхаус. — Не ты, конечно, но классная.

— Да я теперь уже не я. Уже нет. Слишком старая.

— Неправда. Вот уж вранье, черт побери. Всегда так приятно посидеть с тобой, Диана. С тобой всегда было приятно посидеть.

— Гм... — хмыкнула Диана. — Ты денег-то скопил хоть сколько-нибудь?

— Пять тысяч долларов у меня в банке лежит.

— Прямо сейчас?

— Ну да.

— Ты же Эду был примерно столько должен прошлой зимой.

— Точно.

— Даже не знаю. Мне так кажется, если кто-то должен кому-то пять тысяч долларов, а в следующую минуту эти пять тысяч у него появляются, это не значит, что этот человек их скопил. Он их просто не успел потратить.

— Может, и так, — кивнул Гэсхаус.

— Ты смотри, не истрать все эти денежки на ту девчонку.

— Перестань, Диана.

— Уж я тебя знаю.

— Надеюсь, да.

— Она тебя Гэсхаусом называет?

— Она меня называет Леонардом. Лее-оо-нард, — протянул Гэсхаус. — Вот как она меня называет.

— Сколько же ей лет?

— Двадцать, — ответил Гэсхаус, глазом не моргнув. Диана промолчала, и он добавил: — На следующей неделе исполняется двадцать один. — Диана опять промолчала, и он сказал: — В следующий четверг, если точнее. Да, сэр. Двадцать один годик.

Диана подогнула под себя ногу и спросила:

— А как ее звать, Гэсхаус?

После недолгой паузы он ответил:

— Донна.

Диана опять промолчала.

— Собираюсь закатить грандиозную вечеринку для нее, если честно, — продолжал Гэсхаус. — Для нее и ее подружек. Для ее маленьких школьных подружек. Черт, ну ты же знаешь, какие они, эти девчонки.

— Гэсхаус, — добродушно проговорила Диана, — мне можешь врать сколько угодно, я не проболтаюсь.

— Диана... — проговорил он, но она небрежно махнула рукой, и он послушно замолчал.

Они долго молчали. Юный Тэннер Роджерс все это время сидел, поставив одну ногу на стул. Он наконец развязал шнурки на одном из своих грязных ботинок и теперь завязывал на конце шнурка разные узелки. Шнурок был слишком короткий, сложные узелки получались плоховато, но зато отлично выходил простой узел, который нужно было завязывать в три приема: кролик обегает вокруг дерева, шмыгает в норку, а потом быстро и крепко затянуть. Диана устремила взгляд на руки сына. Она встала, взяла кривой кухонный нож, положила руку на стол.

— Дай-ка мне свою грязную лапу, — сказала она.

Тэннер протянул матери правую руку. Она крепко сжала его запястье и острием ножа выковырила из-под ногтя большого пальца Тэннера тонкую полосочку коричневой глины. Вытерла нож об колено, вычистила следующий ноготь, и еще один, и еще. Гэсхаус Джонсон молча смотрел, как она это делает. А Тэннер тоже смотрел на свою правую руку и на нож, а левой рукой сжимал завязанный им узел — спортсменский узел, очень простой, который будет держаться сколько хочешь, но и развязать его просто — стоит только быстро потянуть, когда приспичит или когда он уже будет не нужен.

Большие люди

* * *

В старые и очень-очень добрые времена, когда на одной стороне улицы стоял бар «Красный орех», а на другой, прямо напротив, бар под названием «Большие люди», подвыпивший народ каждую ночь гулял из одного заведения в другое. Будто на самом деле было не два бара, а один, непонятно почему разделенный четырьмя полосами Первой авеню, по которой слишком быстро мчались машины.

Хозяйкой «Больших людей» была Эллен, а «Красный орех» принадлежал ее мужу Томми. Они были женаты пятнадцать лет, на тринадцать лет расстались, вместе не спали два года, и их не особенно интересовала технология развода. Томми сам был тем еще пьянчугой. Чтобы кого-то вышвырнули из его бара — нет, такое было попросту невозможно. Ни за драку, ни за то, что рухнул на пол, надравшись до бесчувствия, ни за то, что денег не хватало расплатиться, ни за то, что ты несовершеннолетний. Томми всем делал всевозможные поблажки. У Эллен работали шикарные барменши. Не все ее барменши были такими уж красотками, но некоторые были. У других имелись иные достоинства — умение мгновенно посочувствовать, острый язычок или собственный закоренелый алкоголизм. Когда пьяница общается с барменшей-пьянчужкой, ему не так стыдно за себя. Эллен всегда держала на работе одну барменшу, которая хорошо запоминала имена. Такая работница являлась гарантом гостеприимства. А одна барменша обязательно была грубиянкой, потому что некоторые таких обожают. Да-да, есть люди, которых хлебом не корми, а дай им барменшу, которая толстяков называет «худышками» и одной рукой может взять напившегося вдрызг мужика за шиворот и выкинуть на улицу. Если девица была не из таких, в которых влюбляются в первые же пять минут, Эллен ни за что не приняла бы ее на работу. Это у нее замечательно получалось. Можно сказать, она торговала этим товаром — любовью с первого взгляда. И у Томми дела тоже шли отлично.

В «Красном орехе» можно было поиграть в пинбол и дартс. В «Больших людях» стоял покерный стол. Случались вечера, когда в одном баре туалетная бумага и сигареты были, а в другом нет. И жарким летом подвыпившие люди шастали через Первую авеню, будто через чей-то задний двор, будто мчащиеся автомобили были не опаснее расставленных как попало песочниц, будто бары-близнецы были чем-то вроде соседских пикников, где всегда рады гостям.

А потом Томми восемь месяцев не оплачивал аренду, и «Красный орех» закрылся. Всю осень завсегдатаи заведения Эллен оставляли свое спиртное на столиках и выходили из бара подышать воздухом, прогуливались по тротуару и быстро возвращались, нервные и расстроенные.

В декабре «Красный орех» открылся под написанной от руки вывеской «ТОПЛЕС УОЛТЕРА». Фасадное окно было закрашено черной краской, и на нем висела другая вывеска: «Самые красивые женщины на свете», и наконец, на самой маленькой табличке — даже не табличке, а просто на листке бумаги — было написано, что «Топлес Уолтера» открыт ежедневно. С полудня.

У Эллен был племянник по имени Эл. Она взяла его на работу сантехником, а это означало, что в его обязанности входило выуживать из сифонов под раковинами гниющие лимонные корки и вешать новые писсуары вместо тех, которые юнцы порой отрывали от стен в туалете в качестве сувениров на память об офигенных моментах, пережитых за покерным столом. Эл был симпатяга, и поговорить с ним было приятно. Будь он девушкой, из него бы получилась идеальная барменша для бара «Большие люди». Он был бы из тех самых красоток, по которым сходят с ума парни из профсоюзов, и Эллен с радостью отдала бы ему вечернюю смену в четверг — так называемый счастливый час. Если бы Эл был девушкой и работал в «счастливый час» по четвергам, то плотники и шоферы заявлялись бы каждую неделю и оставляли этой девушке кучу чаевых только за то, что она такая красотка. После того как Томми ушел, Эллен много времени проводила с Элом, и именно Эл составил ей компанию, когда она наконец решилась перейти улицу и заглянуть в «Топлес Уолтера».

Когда Эллен вошла туда в тот вечер, она узнала всех, кто выпивал у стойки.

— Все мои клиенты, — сказала она Элу.

— Твои и Томми, — уточнил Эл.

— Ну, Томми весь этот народец уже своим не назовет, верно?

Внутри все было почти так же, как в «Красном орехе», только пинбольные машины вынесли. Вместо них появилась маленькая сцена с большим зеркалом вместо задника и длинным поручнем спереди. Танцевала одна стриптизерша — тощая девица с коленками шире попы и тощими, как у рокерши-наркоманки, бедрами. Ее Эллен тоже знала.

— Это же Амбер-ширяльщица, — сказала она.

Амбер улыбнулась Элу и тряхнула грудями. Да какие-там груди — прыщики на ребрах. Эл улыбнулся в ответ.

— Она потрясающая, — сказал он.

— Бывало, заваливалась ко мне в бар и весь день хлестала ром с колой, — хмыкнула Эллен. — А я все пыталась подловить ее, когда она будет ширяться в туалете, но всякий раз, когда бы я ни вошла, она просто чистила зубы.

— Это почти что еще хуже.

— Ага, почти.

— Тебе стоит повесить синие лампы в туалетах. Знаешь, там, где подают фастфуд, всегда такие лампы вешают. Тогда наркоманы не могут хорошо разглядеть свои вены и у них не получается ширяться в туалетах.

— Как-то это грубо, по-моему.

— А мне нравится синий свет, — сказал Эл. — При синем свете я свои яйца не вижу.

— Прекрати, — сказала Эллен. — Уж мне-то не ври.

За стойкой стояла девица в темном купальнике. Ее Эллен не знала. У нее были черные волосы, собранные в замысловатый пучок на макушке, а купальник был цельнокроеный, из эластика, выцветший, растянутый, с широкими полосками.

— Видок у нее такой, будто она карусель на себя напялила, — сказал Эл.

За стойкой рядом с девицей появился мужчина. Когда он повернулся к ним лицом, Эллен проговорила:

— Уолтер?

Он нес ящик пива. У него была длинная борода, жиденькая, с проседью. Такие бороды бывают у пророков и бомжей. Поставив ящик на стойку перед Элом, он сказал:

— Привет, Хелен.

— Эллен, — поправила она его.

Уолтер промолчал.

— Даже не говори мне, что теперь это твой бар, Уолтер.

Уолтер ничего не сказал.

— Какого черта ты делаешь с таким заведением? Мне даже никто не сказал, что это твое заведение.

— На вывеске написано.

— Я не знала, что ты и есть тот самый Уолтер.

— А какие тут еще есть Уолтеры?

— Меня зовут Эл, — представился Эл. — Я племянник Эллен.

Мужчины протянули друг другу руки через ящик пива и обменялись рукопожатием.

— Уолтер? — задумчиво проговорила Эллен. — Не уверена насчет названия. Назвал хотя бы бар «Топлес Уолтера». «Топлес Уолтера» — это прямо как афиша. Получается, будто это ты полуголый.

— А это и есть афиша.

— Я так и поняла. — Эллен огляделась по сторонам. — Томми мне не говорил, что продал бар тебе.

— Мне.

— Я просто удивляюсь.

— Чему ж тут удивляться? На вывеске все четко написано.

— Уолтер? — поджала губы Эллен. — Между нами, я всегда думала, что тебя зовут Эмиш.

Эл рассмеялся. Эллен тоже рассмеялась.

— Я вас угощу за счет заведения, — сказал Уолтер. — И вашего племянника тоже.

— Спасибо, сэр, — поблагодарил Эл.

— Мы возьмем два пива и какого-нибудь хорошего скотча, — сказала Эллен. — Спасибо.

Уолтер вынул из ящика две бутылки пива и вытащил из-за пазухи открывалку. Отрывалка висела у него на груди на цепочке, словно тяжелое распятие. Он открыл пиво и поставил бутылки перед Эллен и Элом. Пиво оказалось почти холодным.

Уолтер отправился к концу стойки за скотчем, а Эл сказал:

— Знаешь, я никого не называл сэром лет с двенадцати.

— Уолтер не должен держать заведение со стриптизом, — прошипела Эллен. — Он ненавидит женщин. Он даже в мой бар никогда не заходил, потому что терпеть не может барменш. Господи Иисусе, вот уж смех и грех.

Уолтер вернулся и принес два стаканчика скотча. Эллен свою порцию выпила сразу и поставила стаканчик на стойку вверх дном. Эл понюхал свой скотч и осторожно поставил перед собой.

— Кто твоя барменша? — спросила Эллен.

— Роуз, — ответил Уолтер. — Моя дочь.

Уолтер и Эллен молча посмотрели друг на друга.

— Ух ты, — сказал Эл. — Я думал насчет работы спросить, но она, наверное, тут задержится.

— У меня три дочери, — сказал Уолтер, не спуская глаз с Эллен. — И все они здесь работают.

— Ты пить будешь? — спросила Эллен у племянника. Тот покачал головой, и Эллен выпила его порцию и поставила стаканчик рядом со своим. — Смешнее не бывает, Уолтер, — сказала она. — Как все-таки забавно, что Томми не сказал мне, что ты — это ты. Но я тебе желаю удачи и все такое. — Эллен достала из кармана двадцатидолларовую бумажку и подсунула под бутылку пива. — Пусть Роуз сделает так, чтоб нам тут было весело, — сказала она, и Уолтер ушел.

Амбер-ширяльщица свое выступление на сцене закончила. Она сидела на полу и застегивала мужскую рубашку с длинными рукавами. Она была маленькая и щуплая, как третьеклассница. Уолтер сменил музыку и прибавил громкость. На сцену поднялась другая девушка. У нее были рыжие волосы, заплетенные в косу, стянутую на макушке. Без особых прелюдий она сняла бюстгальтер и начала слегка раскачиваться с носка на пятку, будто разминалась перед пробежкой.

— Да... — протянула Эллен. — Мы, конечно, со всеми этими сиськами тягаться не сможем.

— Еще как сможем.

— Это так тупо и грязно. Зачем кому-то переходить улицу ради этой грязи?

— Никто и не будет переходить, — заверил ее Эл.

— Но если им нужны только эти простые старые сиськи, нам с ними тягаться нечего.

— Полли иногда снимает юбку, — заметил Эл.

— Да, но это бывает только тогда, когда она напьется до чертиков. Тогда она вопит как помешанная, и все не знают, куда деваться. Это не то что здесь. К тому же Полли работает только вечером по понедельникам.

— Ты права.

— А что, если Уолтер попробует моих барменш сманить, чтобы они здесь выплясывали?

— Они не согласятся.

— Если бы кто-нибудь смог уговорить Полли снять юбку, да чтобы она при этом выглядела так, словно ей это нравится... это было бы что-то, правда?

— Мужик бы за это заплатил, — кивнул Эл.

Эллен помахала рукой широкоплечему парню, вошедшему в бар. Он подошел и сел рядом с ней.

— Верзила Деннис, — сказала Эллен. — Рада видеть тебя.

Верзила Деннис поцеловал Эллен и заказал пиво себе и скотч для нее. Она погладила его по голове и улыбнулась. Голова у Верзилы Денниса была круглая и плешивая, похожая на старый буек. Глаза у него были такие, про какие говорят «широко поставленные», и он умел косить ими в разные стороны, так что, похоже, всегда видел все. От него пахло детской присыпкой и слюной, но он петрил в компьютерах так здорово, как петрят, наверное, еще только два человека в мире, и за это ему неплохо платили.

— Ты уже знал, что теперь тут Уолтер хозяин? — спросила у него Эллен.

— Только что выяснил.

— А я всегда думала, что его зовут Эмиш, — сказала Эллен.

— А всегда думал, что Иисус у него в приятелях, — подхватил Верзила Деннис.

Эллен рассмеялась.

— Помнишь Вилли? Брата Уолтера?

Верзила Деннис закатил глаза.

Эллен сказала:

— Вилли мог кулак целиком в рот засунуть, помнишь?

— Да он и мне несколько раз в рот свой кулак засовывал.

— Я не знаю, о ком вы говорите, — вмешался Эл.

— Увидел бы его — сразу бы узнал, — сказал Верзила Деннис. — Это был бы тот самый малый, который колотил бы чьей-то башкой об мусорный бак. И голосина у него был жутко громкий.

— Да уж, трепаться он был мастак, — подтвердила Эллен. — Слушать, как Вилли треплется, это было все равно как если бы на тебя школьный автобус наехал. Да... Если кто и мог открыть долбаный бар со стриптизом в этой семейке, так это, по идее, должен был сделать этот ублюдок Виллис, а уж никак не Уолтер.

Верзила Деннис выудил из кучи мелочи долларовую бумажку и пошел к сцене. Он протянул доллар рыжеволосой танцовщице. Он ей что-то сказал, и она взяла доллар и засмеялась. Эллен заказала еще два пива, а когда Роуз принесла бутылки, Эллен спросила:

— А что обычно говорят этим девчонкам, когда дают им деньги?

Роуз пожала плечами и ушла.

— Разговорчивая, — отметила Эллен. — Совсем как ее дядюшка Вилли.

— Обычно девчонкам говорят, что они красивые, — сказал Эл. — Говорят: «Ты здорово танцуешь»... или еще что-нибудь в таком духе.

— Очень мило.

— Ты же когда-то выделывала стриптиз. Ты же помнишь как и что.

— Ну не в таком же месте, — возразила Эллен. — И непрофессионально. Только в самом начале, в «Больших людях». Только чтобы туда народ заманить. — Эллен залпом выпила скотч. — Дело пошло, что правда — то правда. Некоторые так с тех пор ко мне и ходят. И некоторые из них сейчас здесь. Вот только не припомню, чтобы мне кто-то деньги совал.

— А как поживает мой малыш Томми? — вдруг спросил кто-то из-за спины Эла.

Эллен посмотрела в ту сторону и улыбнулась:

— Привет, Джеймс.

— Привет, Элли.

— Где тебя носило, Джеймс? Мы по тебе скучали.

Джеймс посмотрел в сторону сцены и помахал рукой. Вышла новая танцовщица — высокая чернокожая девушка. Она раскачивалась на месте с закрытыми глазами. Эл, Эллен и Джеймс некоторое время молча смотрели на нее. Она качалась и качалась, медленно, словно забыла, где находится, словно думала, что она совсем одна. Они смотрели на нее, а она ничего не делала, только медленно покачивалась, но никто никуда не спешил, да и смотреть больше было не на что. Рыжая девица собрала свои вещи и прошла по сцене за спиной у чернокожей танцовщицы.

— Ой, мамочки, — сказал Джеймс. — Вы только поглядите!

— На какую? — поинтересовался Эл.

— На всех! — улыбнулся Джеймс. У него не хватало переднего зуба. Как-то ночью пьяный Томми повалился на него, и Джеймс рухнул на пол с открытым ртом.

— А тебе тут попеть дают? — спросила Эллен.

Джеймс покачал головой. Бывало, он приходил в бар «Большие люди», вставал около сигаретного автомата и начинал петь. Тогда Эллен выключала музыкальную машину и строго приказывала всем замолкнуть, и все слушали Джеймса. По такому случаю он наряжался в костюм, который кто-то выбросил, а он подобрал, в чистые носки и штиблеты. В общем, выглядел прямо как Нат Кинг Коул*, а пел лучше. От лампы, висевшей над сигаретным автоматом, на него очень правильно падала тень. Бывало, некоторые слушали его и плакали. Даже трезвые.

— Как поживает мой Томми? — снова спросил Джеймс.

— Он сейчас такой толстый — ты бы его не узнал.

— Он худышкой никогда не был.

— А сейчас прямо как монах. А пьет по-прежнему, как рыба.

— Как рыба-монах, — добавил Эл, и Джеймс расхохотался и обнял его.

Джеймс был в пальто из кожзаменителя. Пальто выглядело так, словно его сшили из кусков обивки автомобильных сидений. Светло-коричневые лоскуты чередовались с серыми и темно-коричневыми.

— Я скучаю по Томми, — сказал Джеймс.

— А мы по тебе, — сказала Эллен. — Загляни как-нибудь. Развлекись на всю катушку.

Джеймс кивком указал на танцовщицу.

— У нас на другой стороне улицы тоже есть девушки, дружок, — сказала Эллен.

---

* Нат Кинг Коул (наст. имя Натаниэл Адамс Коулс, 1917—1965) — знаменитый американский певец, пианист. Исполнитель баллад, блюзов, джаза.

Джеймс на этот раз даже не кивнул, а Эллен шепнула на ухо Элу:

— Хочу, чтобы мой народ ко мне вернулся.

Эл понимающе сжал ее руку.

Эллен встала и пошла в туалет. Там все было, как раньше. Все та же надпись на стене над писсуаром: «Я трахал твою мамочку», а пониже другим почерком: «Ступай домой, папуля. Ты пьяный в стельку».

Эллен подкрасила губы, вымыла руки без мыла и вытирать их бумажным полотенцем не стала — так уж она привыкла. Под зеркалом красовалась самая старая из надписей — шутка десятилетней давности: «Три Самые Главные Вещи, Которые Нам Больше Всего Нравятся в Томми. № 1: его здесь нет». Под номерами два и три ничего написано не было.

— Ха, — громко хмыкнула Эллен.

Она пробыла в туалете долго. В дверь несколько раз постучали тихонько, а один раз кто-то сердито забарабанил, но Эллен и не подумала открывать. Когда она наконец вышла, за дверью стояла темноволосая девушка с замысловатым пучком на макушке. Они улыбнулись друг другу.

— Роуз, — сказала Эллен.

— Меня зовут Сэнди. Роуз — моя сестра.

— И точно, вы как сестры.

— Мы все здесь работаем.

— Я слышала. Ну просто как обслуживание коттеджей. Как винный погребок, — уточнила Эллен.

Сэнди промолчала, и Эллен добавила:

— Меня зовут Эллен.

— Знаю.

Женщины стояли и смотрели друг на друга. Сэнди, как и Роуз, была в купальном костюме, но плюс к тому — в шортиках.

— Ну и как бизнес?

— Отлично, — ответила Сэнди. — А у вас?

— И у меня отлично, — солгала Эллен.

— Хорошо, — улыбнулась Сэнди. — Это очень хорошо.

— Ты в туалет?

— Да нет, я тут просто так стою.

— Знаешь моего племянника Эла? — Эллен указала в сторону стойки. — Он тут самый умный.

— Это точно, — кивнула Сэнди.

— Он мне на днях заявил, что влюблен в меня с тех пор, как я его в коляске возила.

— Ну надо же.

— А в девушек в этом баре мужики влюбляются?

— Не знаю. Может быть.

— Я так не думаю, — покачала головой Эллен. — Думаю, им просто нравится глазеть.

— А по-моему, это не так уж важно, — сказала Сэнди.

— Твоему отцу девушки вообще не нравятся. Ты уж извини, что я про это говорю.

— Нас он любит.

— Тебя и твоих сестричек?

— Да.

— А Амбер-ширяльщица ему нравится?

Сэнди рассмеялась.

— Не смейся над Амбер. Она славная. Она из Флориды, бедняжка... Тяжело говорить, — вздохнула Эллен. — Была у меня одна барменша, Кэтрин, так у нее была такая походочка... Люди, бывало, приходили в мой бар в ее смену только для того, чтобы поглядеть, как она ходит туда-сюда. Но твой отец не заходил. Ему мой бар никогда не нравился.

— А его бар вам нравится? — спросила Сэнди с улыбкой.

— Послушай, Сэнди. Я тебе так скажу, — ответила Эллен, — не очень. Понимаешь?

— Само собой, — кивнула Сэнди.

— Я, пожалуй, загляну туда.

Она указала на дверь туалета, Сэнди отошла в сторону, чтобы пропустить ее:

— Конечно.

Эллен вернулась к Элу и заказала еще скотча себе и ему. Верзила Деннис еще не ушел, и Джеймс в своем пальто из кусков автомобильной обивки тоже сидел и разговаривал с Амбер-ширяльщицей.

— Не нравится мне это заведение, — сказала Эллен Элу. — Кто придет в такое заведение?

— Мне тоже не в кайф, — сказала Амбер. Она жевала сэндвич, который вынула из сумки-холодильника. В таких обычно носят упаковки пива по шесть бутылок или органы для трансплантации. А пила Амбер что-то вроде коктейля из рома и кока-колы. — Говенное местечко.

— Тут никто никого не любит, — сказала Эллен, а Эл взял ее руку и крепко сжал. Она поцеловала его в шею.

— Он милашка, — отметила Амбер.

— Помнишь, у тебя барменша была? Виктория? — спросил Джеймс у Эллен. — Вот деваха была, я тебе доложу.

— Она работала вечером по средам, — уточнил Эл.

— Она работала вечером по вторникам, малыш, — поправил его Джеймс. — Уж это ты мне поверь.

— Ты прав, — кивнул Эл. — По вторникам, точно.

— Господи, как я скучаю по этой девчонке.

— Она была хорошей барменшей, — сказала Эллен.

— Да, славное, славное было времечко. Мы его называли «Викторианской эпохой», помнишь? Когда Виктория еще работала.

— Точно, Джеймс.

— Возьми эту девчонку снова на работу. Она — это то, что нам всем нужно.

— Не смогу.

— Тогда «Большие люди» — это же было просто святое место. Мы пили из рук этой треклятой девчонки.

— Теперь у нее детишки в начальной школе, — сказала Эллен.

— Теперь таких девчонок не выпускают. Вот так вот.

— Таких девчонок выпускают всегда, — возразила Эллен. — Их выпускают, дружок, и одна из таких сейчас стоит за стойкой в моем баре прямо сейчас. Это я тебе говорю, если ты соскучился по шикарным девочкам.

— Кто? — спросил Эл. — Мэдди? Только не Мэдди. Вряд ли.

— А я не все время вот так пью, — неожиданно призналась Амбер-ширяльщица. — Знаете, бывает, по две недели не пью.

Все замолчали и уставились на Амбер.

— Хорошо, птичка, — сказала Эллен. — Это просто замечательно. Хорошая девочка.

— Конечно, — кивнула Амбер. — Нет проблем.

Уолтер, трудившийся за стойкой, снова поменял музыку, и на сцену поднялась очередная танцовщица.

— Ничего себе, — ахнул Эл.

— Понимаю, малыш, — согласился Джеймс. — Уж мне-то можешь не говорить.

Она была блондинкой, но не натуральной, с темными бровями и короткой стрижкой, ровно обрамлявшей круглое личико. На ней были сетчатые чулки с резинками, туфли в стиле сороковых годов с толстыми высокими каблуками и короткий розовый пеньюар с завязками на груди. Она жевала резинку, и, как только зазвучала музыка, она посмотрела на Эла и выдула пузырь.

— Господи Иисусе, — прошептал он.

— Эта девчонка просто конфетка, — признался Верзила Деннис.

Она немного потанцевала в пеньюаре, затем сняла его и небрежно положила у ног. Повернулась к залу обнаженной грудью. Соски у нее были красивые и маленькие, будто изюминки на кексе.

— Она хороша, — шепнула Эллен Элу.

— Эллен, — сказал он. — Я бы эту девчонку ложкой ел. Правда.

— Горячая булочка, верно? — не унималась Эллен.

«Булочка» устроила настоящее представление. Она работала всем сразу — и жевательной резинкой, и чулками, и пухлыми изящными руками. И туфлями, и животом, и бедрами. На нее невозможно было не смотреть. Все и смотрели.

— Знаешь, какое у меня чувство? — спросила Эллен у Эла. — У меня такое чувство, будто я гляжу на сладости, понимаешь? В витрине кондитерской.

— Ням-ням, — серьезно проговорил Эл. — Ням-ням.

— На этой девчонке можно сыр плавить.

— Знаешь, бывают такие трубочки с кремом? — спросил Эл. — Они хрустят, и крем из них прямо вылезает.

— Ага.

— Вот она — будто крем из такой трубочки.

Девушка танцевала перед зеркалом и смотрела на себя. Она прижала руки к своим отраженным в зеркале рукам и поцеловала свои отраженные губы.

— В заведениях со стриптизом всегда так, — ухмыльнулся Верзила Деннис. — Вечно у них зеркала перемазанные.

— Знаешь, что она оставила на этом зеркале? — спросил Эл. — Сливочное масло.

— У нее на губах не помада, — подхватила Эллен. — А сладкий крем.

Эл рассмеялся и крепко прижал к себе Эллен, а она обняла его за плечи.

— Тебе стоило бы дать ей денег, — сказала она.

— Ни за что.

— Это будет круто. Я пойду с тобой. Ей понравится. Она подумает, что мы с тобой муж и жена и что наш доктор посоветовал нам прийти сюда, чтобы потом у нас был хороший секс.

— Ага, а она станет гадать, как это я ухитрился уговорить двадцатилетнюю девочку выйти за меня.

Эллен прижалась губами к шее Эла — теплой и соленой. Верзила Деннис подошел к сцене и перегнулся через поручень с таким видом, будто стоит на палубе прогулочного корабля и расслабляется на полную катушку, любуясь обалденными видами. Он стал вытаскивать из кармана долларовые бумажки, зазывно зажимая их указательным и средним пальцами. Девушка каким-то образом ухитрялась, не прерывая танца, брать у него деньги и засовывать за чулочные резинки. Она делала это так, будто это были обрывки бумаги с номером телефона, по которому она непременно позже позвонит. Рядом с Верзилой Деннисом девушка, казалось, стала меньше, превратилась в собственную миниатюрную копию.

— Он там проторчит, пока у него деньги не кончатся, верно? — спросила Эллен.

— Она просто душка, — сказала Амбер-ширяльщица. — Я ее обожаю.

Девушка наклонилась, обхватила руками большую голову Верзилы Денниса и поцеловала его сначала в одну бровь, потом в другую.

— Я люблю эту девчонку, — сказал Джеймс.

— И я, — кивнул Эл.

— И я тоже, — проговорила Эллен. — Я тоже ее люблю.

Эллен прикончила последнюю порцию скотча и сказала:

— Для меня это — плохая новость. Это заведение — очень, очень плохая новость, верно я говорю?

Она улыбнулась Элу, и он поцеловал ее теплыми, красивыми губами. Так обычно теток не целуют. Он поцеловал ее так, словно давно это задумал, а богатый жизненный опыт подсказал Эллен, что этот поцелуй следует принять и ответить на него. Она позволила ему поддержать ее голову, как поддерживает кормящая мать головку грудного ребенка. Эллен показалось, что губы Эла на вкус такие же, как скотч, только теплее.

Когда Эллен и Эл наконец перешли через улицу и возвратились в бар под названием «Большие люди», пора было закрывать заведение, и барменша Мэдди выгоняла последних пьянчуг.

— Марш домой! — кричала она. — Марш домой и не забудьте попросить прощения у своих жен!

Эллен не спросила у Мэдди, как прошел вечер, не стала здороваться ни с кем из завсегдатаев бара. Она прошла за стойку и забрала коробку, в которую складывали потерянные и найденные вещи. Потом они с Элом вместе вошли в комнатку за стойкой. Эллен расстелила забытые посетителями пальто на покерном столе. Эл выключил висевшую над столом лампу, и они с Эллен забрались на покерный стол. Эллен улеглась, положив голову на чью-то сложенную влажную куртку, а Эл положил голову ей на грудь. Она стала целовать его пропахшие сигаретным дымом волосы. В комнате было темно, здесь не было ни окна, ни вентилятора и пахло пеплом и меловой пылью. Было немного похоже на запах в школьном классе.

Гораздо позже, час с лишним спустя, Эл осторожно лег на Эллен, а она сплела пальцы у него за спиной, но до этого они долго лежали, держась за руки, как старики. Они слышали, как барменша Мэдди выгоняет последних пьяниц из «Больших людей», слышали, как она прибирает в баре, как запирает дверь. В самые лучшие вечера Эллен, бывало, выплясывала на барной стойке, раскинув руки и крича: «Мои люди! Мои люди!», — а мужики жались к ее ногам, как собаки или бедные студенты. Бывало, они умоляли ее не закрывать бар. Уже светало, а они все шли к ней через улицу и умоляли не закрывать бар. Она рассказывала об этом Элу, а он кивал. В маленькой комнатке было темно, но Эллен чувствовала, как он кивает.

Приземление

* * *

Я прожила в Сан-Франциско целых три месяца, а переспала только с одним парнем, деревенщиной из Теннесси. Это я могла бы и дома делать, да еще и кучу денег не пришлось бы за квартиру платить. В городе пруд пруди образованных, преуспевающих мужиков, а я увязалась за первым же парнем в ковбойской шляпе.

В баре я обратила на него внимание, потому что он сильно отличался от всех этих бизнесменов. Сидел там в клетчатой рубашке и белых носках и пил пиво. Рядом с бутылкой я заметила жестянку с жевательным табаком. Уж если я что так сильно ненавижу, так это когда мужики жуют табак. Я села рядом с ним.

— Как тебя зовут? — спросила я.

— Ты явно наводишь ко мне шпалы, — сказал он.

— Чертовски длинное имечко, — сказала я.

Я заказала пиво и забралась на высокий табурет. Он сообщил мне, что его зовут Дин.

— А меня Джули, — сказала я. — Что поделываешь в Сан-Франциско, Дин?

— Меня тут Дядюшка Сэм разместил.

«Для того ли, — подумала я, — я притащилась в Калифорнию, чтобы подцепить в баре какого-то солдатика? Нет, — подумала я, — не для того я притащилась в Калифорнию, чтобы подцепить какого-то славного парня с дешевыми часами и короткой стрижкой. Небось он из городка, который еще меньше того, откуда приехала я».

— Ну, а в армии ты чем конкретно занимаешься, Дин?

— Я прыгаю с парашютом.

Эти слова он произнес медленно, с растяжкой, и они прозвучали так, словно в них крылся какой-то намек. Он смерил меня оценивающим взглядом, а потом наступила пауза.

— Что ж, — откликнулась я наконец. — Наверное, это здорово.

Дин еще пару секунд смотрел мне прямо в глаза, потом разложил бумажную салфетку, поднял ее над моей головой и отпустил; маленький парашютик с надписью «Пирс-стрит бар» на уголке. Салфетка порхнула в воздухе и легла на мою пачку сигарет.

— Падаешь и падаешь, — сказал Дин. — А потом приземляешься.

Я сделала большой глоток пива и аккуратно поставила бутылку на оставленный ей влажный кружок на стойке. У меня под коленками словно магнитом потянуло и слегка засосало под ложечкой.

— У тебя ковбойские сапоги есть? — спросила я.

— А что?

— А мне твои туфли совсем не нравятся. Ты глупо выглядишь в белых носках и модельных туфлях. Думаю, ты смотрелся бы намного лучше, если бы из-под твоих джинсов выглядывали ковбойские сапоги.

Дин рассмеялся:

— Конечно, у меня есть ковбойские сапоги. Поехали со мной в Пресидио вечерком, и я их надену ради тебя.

— Ты, как я посмотрю, не тратишь слишком много времени на то, чтобы умаслить девушку разговорами, да? — спросила я и обвила рукой пивную бутылку.

Дин накрыл мою руку своей.

— Руки у тебя красивые, — сказал он.

— Я как раз собралась выпить, — обронила я, и мне показалось, что голос мой прозвучал чуть глухо и хрипловато. Я кашлянула.

Некоторое время мы оба смотрели на его руку, лежавшую поверх моей, и я сказала:

— У тебя руки тоже красивые. Большие, но красивые. — Я почувствовала, как мозоли на его ладони прикасаются к костяшкам моих пальцев. — А знаешь, что говорят насчет мужчин с большими руками? — добавила я.

Дин усмехнулся:

— И что же?

— Говорят, что они носят большие перчатки.

Найти грузовичок Дина было легко. Это был единственный пикап с номерами штата Теннесси на Пирс-стрит, и стоял он прямо напротив бара.

— Ты на этой колымаге ехал до самой Калифорнии?

— Угу. Всего за два дня добрался.

На переднем сиденье лежала пустая коробка от пончиков. Окно с пассажирской стороны было открыто наполовину. На полу валялись пластиковые блоки на шесть банок пива, пакеты от фастфуда и пустые коробочки от аудиокассет. Когда я садилась, что-то хрустнуло у меня под ногой.

— Что это было? — спросил Дин, и я прочитала надпись на коробочке:

— «Хэнк Уильямс-младший*, лучшие хиты, альбом второй». Ты шутишь!

— А в чем дело? Никогда раньше не слушала музыку кантри?

— Не прочь послушать.

Дин завел мотор и выехал с Пирс-стрит.

— Ты же мне сказала, откуда ты, Джули, или я забыл?

— Мейн-стрит**, — сказала я. — США.

— А говоришь немного по-южански.

— Может быть.

— Двигайся сюда, — предложил Дин и похлопал по сиденью.

---

* Популярный американский певец в стиле кантри, сын не менее знаменитого Хэнка Уильямса-старшего.

** Мейн-стрит (англ. Main Street) — главная улица. Улица с таким названием есть почти в каждом городе США.

Я подвинулась близко, как смогла.

— Хочу обнять тебя, — сказал он, — но мне же надо машиной управлять.

Я сняла его руку с обшарпанного черного шарика на рычаге переключения передач и положила себе на плечи.

— Что, до армейской базы всю дорогу на второй скорости будем ехать? — спросил он.

— Я буду переключать, — пообещала я.

Так мы и поехали. Я переключала скорости, а другая моя рука лежала у него на левом бедре, поэтому я чувствовала, как он жмет на педаль. А мое лицо было так близко от его груди, что я слышала, как он дышит, и видела пуговки на его рубашке. Некоторое время Дин вел машину, обнимая меня за плечи, потом его рука скользнула мне под мышку и в конце концов оказалась на моей груди.

Мы помолчали, а потом Дин сказал:

— Поговори со мной. Скажи мне что-нибудь.

Я прижалась губами к его уху и провела рукой по его бедру. Он закрыл глаза.

— Смотри на дорогу, — прошептала я.

Он улыбнулся и открыл глаза. Я заметила, как стала пульсировать жилка у него на шее.

— У тебя кровать широкая или узкая? — спросила я, и Дин негромко ответил:

— Узкая.

— Пожалуй, я хочу увидеть тебя в этих линялых джинсах и чтобы из-под них выглядывали ковбойские сапоги, — произнесла я. — И еще я хочу лежать на твоей кровати и видеть тебя, стоящего рядом без рубашки, только в джинсах, спущенных на бедра, и в ковбойских сапогах. Чтобы ты стоял и смотрел на меня. Ладно?

Глядя на дорогу, Дин сглотнул так, словно у него глотка пересохла, и кивнул. Я поцеловала его в ухо.

— Думаю, в таком наряде ты будешь выглядеть просто потрясающе, — сказала я.

На следующее утро я проснулась и увидела, что рядом ходит светловолосый парень в камуфляжных штанах. Он перешагнул через мои валявшиеся на полу вещи — юбку, блузку и лифчик. На левой щеке у него была родинка цветом и размером, как у Брижит Бардо.

Мы с Дином уснули лицом к стене, я прижалась спиной к его груди и животу, мои волосы рассыпались по его щекам и губам.

— Дин? — окликнул парень, глядя на меня. — Ты не спишь?

— Привет, Хант, — пробормотал Дин, прикасаясь губами к моей шее.

— Что это за девчонка?

— Это Джули. Джули, это Хант. Мой сосед по комнате.

— Привет, — сказала я.

Сосед Хант ничего не сказал в ответ. Мы еще немного поглядели друг на друга. Его подбородок пересекала длинная вертикальная ямка, и на кончике носа тоже была маленькая вмятинка, а на переносице залегла глубокая морщина. Казалось, кто-то сделал отметины на его лице, намереваясь разрубить пополам, но так и не закончил работу.

Рука Дина под зеленым армейским одеялом легла между моих коленей. Прохладная рука лежала неподвижно, но было ясно, что она в любой момент готова шевельнуться.

— А ты где спал ночью, Хант? — спросил Дин.

— В фойе, у телевизора.

— Не может быть.

— Может.

— Ты не обязан был там спать, дружище, — заметил Дин и передвинул руку повыше.

Хант усмехнулся краешком губ, словно человек после инсульта.

— Я к двери подошел часа в три утра, — сказал он. — Слышу, кровать скрипит, ну я и не стал стучать.

Дин расхохотался. Осторожно, стараясь не раскрываться, я повернулась к нему лицом.

— Мне не очень нравится твой сосед, — прошептала я ему на ухо, и он рассмеялся еще громче:

— Ты не нравишься Джули, Хант.

— Я только что посмотрел этот видеоклип Мадонны, — сообщил Хант, не обратив никакого внимания на замечание Дина. — Ну знаешь, тот, где она в мужском костюме и рукой делает прямо как Майкл Джексон.

— Ага, знаю, — отозвался Дин.

— А она хороша, верно?

— Ага.

Я попыталась поудобнее положить голову на грудь Дина, подальше от острой ключицы, и провела пальцем по шелковистой полоске волос, тянувшейся к его пупку.

— Пойду еще телик посмотрю, — заявил нам Хант. — Может, еще разок покажут этот клип. Его часто показывают.

— Ага, — согласился Дин.

— Если я вернусь, мне постучаться или как?

— Это уж ты сам решай, дружище.

Как только Хант вышел за дверь, Дин лег на меня. Я сцепила пальцы у него на затылке.

— О, беби, — прошептал Дин. — Я так рад, что мы проснулись...

— Значит, мой сосед тебе не нравится? — спросил Дин. Мы сидели в его пикапе на дальнем краю Бейкерзбич, пили пиво и смотрели, как единственная парочка, зашедшая в воду, перебрасывала друг другу фрисби.

— Когда они утонут, пляж будет принадлежать только нам с тобой, — сказала я.

В кабине пикапа пахло бургерами, которые мы только что съели.

— Пусть забирают пляж себе, — изрек Дин. — Холодно, купаться все равно нельзя. Я рад, что нам досталась стоянка.

Он засунул мизинец в горлышко пивной бутылки и стал медленно покачивать ее перед лицом, будто пытался себя загипнотизировать.

— Один раз я так делал, и у меня палец застрял.

— Ну тогда очень умно вот так делать.

Он с резким хлопком извлек палец из бутылки. Я наклонилась и легонько укусила его за этот палец.

— На вкус пиво как? — спросил Дин.

— Не совсем.

Дин притянул меня ближе к себе и облизнул мои губы:

— Мне нравится твой вкус.

Я поцеловала его и отодвинулась.

— Нет, твой сосед мне совсем не нравится, — сказала я, положила ноги на приборную доску и стала смотреть на купающуюся пару. — Он откуда, кстати? Из Алабамы?

— Из Западной Виргинии.

— Да? Ну, словом, он мне не нравится. Он мне напоминает парней из моего города. Я знаю все, что у него на уме.

— Даже так?

— Ага. — Я провела кончиками пальцев по волоскам на ноге Дина «против шерсти», а потом пригладила их. Он был в шортах, без рубашки. И в ковбойских сапогах. — Готова об заклад побиться: у Ханта грузовик с шестифутовыми колесами, — продолжила я. — И на ремне у него пряжка с девизом: «Юг воспрянет вновь». В один прекрасный день он обрюхатит девчонку — вполне возможно, свою двоюродную сестренку, — и родятся у них детки — вылитый он. Куча детишек, все со стригущим лишаем и жуют пирожки из глины.

Дин рассмеялся.

— Так какие же парни тебе нравятся? — осведомился он, держа пивную бутылку на ладони.

— Студенты, — сказала я. — Юристы. Сам понимаешь.

Дин с явным интересом кивнул:

— Можно тебя спросить кое о чем? И много парней ты вот так подцепила с тех пор, как уехала из дому?

Я спокойно посмотрела на него:

— Я просто сказала, какие парни мне нравятся.

Дин снова кивнул:

— Значит, к таким парням, как я, тебя не тянет?

— Нет, не тянет.

Дин поставил пустую бутылку на приборную доску и легонько толкнул меня. Я легла спиной на сиденье.

— А мне так не показалось, — сказал он, снял с меня трусики и стал целовать мои ноги.

— Черт, мне это нравится, — призналась я через несколько минут.

Дин поднял голову.

— Ругаешься ты круто, — сказал он, — для девчонки из небольшого городка.

— Ты и сам ругаешься не хуже, — заметила я.

Была полночь. Мы сидели в «Международном доме блинов».

— Поздравляю с юбилеем, — объявил Дин и приветственно поднял стакан с молочным коктейлем. — Мы провели вместе целые сутки.

— Официантки тут не очень, — сказала я и тоже подняла бокал, но не в ответ на тост Дина, а для того, чтобы мне подлили коктейля. — Я уже полчаса с пустым стаканом сижу.

— Десять минут, — уточнил Дин.

— Все равно. Официантка обязана за этим следить. Хорошая официантка.

— Когда ты улыбаешься, у тебя глаза внизу вот такие. — Дин опустил палец в свой молочный коктейль и нарисовал на крышке стола полумесяц. — Мне это нравится.

У меня кожа вокруг губ пересохла и саднила из-за щетины Дина, а после обильного секса даже сидеть было больно. Дин откинулся на спинку синего пластикового стула и закрыл глаза.

— Уже выдохся? — спросила я.

А он улыбнулся и, не открывая глаз, покачал головой:

— Нет, сэр. Готов к очередному заходу.

— Врун. Я уже заметила: ты ходишь вразвалочку, как ковбой.

— Я так хожу из-за ковбойских сапог.

Официантка подошла и подлила мне воды. Потом мы некоторое время молчали. А потом я выпила воду залпом, кашлянула и сказала:

— Что ж... было очень прятно с тобой познакомиться, Дин.

Он оторвал голову от спинки сиденья и посмотрел на меня глазами янтарного цвета, какой бывает у виски, состарившегося на дне бочонка:

— Ты куда-то уезжаешь?

— Не совсем. А может быть, да. Могу задержаться в Сан-Франциско, а могу скоро уехать. Я не любительница нигде подолгу задерживаться, понимаешь?

Дин не ответил. Он ждал.

— А может, махну в Л. А., — сказала я. Я отвела глаза от лица Дина и уставилась на столик с десертами, потом — на дверь туалета. — Думала еще съездить в Сиэтл, а может — в Портленд.

— Прямо завтра, что ли, собираешься уехать? — немного озадаченно спросил Дин.

Я сделала большие глаза:

— Слушай, я не хочу из-за этого ссориться.

— Никто ни с кем не ссорится. Просто мне интересно узнать, что ты хотела сказать, говоря «Приятно было с тобой познакомиться».

— Дин, ты славный парень, и все такое, да? Но я не ищу никаких отношений. Не хочу смотреть, как ты ко мне привязываешься, ничего такого.

— Чего?

— Я не для того проделала такой долгий путь.

— Да?

— Да.

Я взяла бутылочку с кленовым сиропом. Перевернула ее вверх дном и стала смотреть, как движется внутри густая коричневая жидкость — медленно, как вулканическая лава.

— У нас с тобой нет ничего общего, Дин. Ты отслужишь в армии, потом, наверное, вернешься в Теннесси. Это хорошо, для тебя это самое лучшее. Но это не для меня. Я не собираюсь выйти замуж и застрять в Теннесси.

— Не припомню, чтобы я звал тебя замуж.

— Ты понимаешь, о чем я.

— Нет, не понимаю.

Я наклонилась через стол, чтобы взять его за руку. Он позволил взять свою руку так, как мы позволяем официантке забрать пустую тарелку.

— Дин, — сказала я, — послушай. Две тысячи миль — это многовато для того, чтобы найти то, что ждет тебя по соседству. Согласен?

Он ответил не сразу. А когда ответил, в его голосе не было укоризны.

— В баре на Пирс-стрит полным-полно парней, у которых есть то, чего ты ищешь, Джули. Если ты этого хочешь, зачем же ты сидишь тут со мной?

Я отодвинула руку и положила на колени. Я уставилась на рукав своей блузки. Он запачкался, когда блузка валялась на полу в комнате Дина.

— Я понимаю, что ты хочешь сказать... — начала я, пытаясь говорить так же спокойно, как Дин, но у меня сорвался голос.

— Нет, Джули, не понимаешь. Ты меня почти совсем не знаешь.

— Ну... А мне кажется, что знаю.

— Ты ошибаешься, если так думаешь, — сказал он. — Ты меня совсем не знаешь, и если ты думаешь иначе, то ошибаешься.

Мы смотрели друг на друга. Лицо Дина было спокойным и открытым. «Не для этого я притащилась из такой дали в Калифорнию», — подумала я, но промолчала. Я отвела взгляд и стала смотреть на официантку, которая стояла около столика с десертами. Она аккуратно отрезала кусок высокого белого торта и положила на тарелку. Воровато оглянулась и слизнула крем с большого пальца. Другая официантка мыла большой кофейник щеткой, похожей на ту, которой чистят унитазы.

— Чем ты занимаешься? — спросил Дин через некоторое время.

— Ничем, — ответила я. — Смотрю.

Он усмехнулся.

— Что? — спросила я.

— Ничего. — Дин улыбнулся шире. — Просто что-то я не вижу, чтобы ты вскочила и убежала.

— Думаешь, не вскочу и не убегу?

Дин пожал плечами:

— Я просто жду, вот и все.

— Ладно, — сказала я. — Ладно.

Официантки передвигались по ресторану, рассаживали посетителей, подавали еду, прятали чаевые в карман фартука. Уборщица вышла из кухни со шваброй и принялась подтирать пол, на который что-то пролили. Менеджер разгадывал кроссворд и прихлебывал молоко из высокого стакана. Я наблюдала за всеми этими людьми, а Дин молча сидел напротив меня за столиком и ждал.

Я подумала: «Долго еще этот парень собирается тут сидеть?»

Но Дин все не вставал и не уходил. И я тоже.

Заберите
ЭТИХ ГЛУПЫХ ДЕТИШЕК

* * *

Марги и Пег арестовали после того, как они стащили у шеф-повара вино, напились, вышли на автостоянку и измазали сливочным маслом ветровые стекла всех припаркованных возле ресторана машин. Было это поздно ночью в последних числах сентября, и туристический сезон давным-давно закончился. Посетителей в этот вечер в том ресторане, где работали Марги и Пег, было совсем немного, и машин на стоянке тоже. Но надо же было такому случиться, что одна из машин, которую Марги и Пег основательно вымазали маслом, оказалась полицейской, принадлежащей патрульному штата Делавер. А они и не заметили, что машина полицейская. Они и внимания на это не обратили. Патрульный вышел из ресторана на автостоянку и поймал девушек на месте преступления, которое он квалифицировал как акт вандализма.

Пег, увидев патрульного, бросилась бежать, но Марги крикнула:

— Не беги, Пег! Он пристрелит тебя как собаку!

И Пег в это поверила, хотя все угрозы патрульного ограничились тем, что он гаркнул:

— Эй!

Патрульный задержал Марги и Пег на автостоянке и связался по рации с городским копом. Он сказал, чтобы тот приехал и разобрался с ситуацией.

— Приезжайте и заберите этих глупых детишек, — сказал он по рации городскому копу.

Патрульный штата Делавер стоял на автостоянке с Марги и Пег. Дождь шел и шел и поливал их. На патрульном был практичный дождевик, а девушки мокли в своих форменных официантских платьицах.

— Позвольте осведомиться, не будет ли нам позволено войти внутрь ресторана и там дождаться прибытия другого полицейского? — спросила Марги. — Позвольте осведомиться, не будет ли более приятно не мокнуть под дождем, дожидаясь этого джентльмена? Нет?

У Марги была привычка (она приобрела ее этим летом) выражаться в такой утонченной, аристократической манере. Совсем новая привычка. Совсем новая изысканность, которая нравилась отнюдь не всем из тех, с кем встречалась Марги. А в этот вечер Марги говорила так, будто еще чуть-чуть — и она назовет патрульного «милейший». Патрульный штата Делавер глянул на Марги — языкастую девицу в промокшем насквозь форменном платьице. Марги явно была пьяна. Марги вопросительно вздернула бровь и кокетливо прижала палец к подбородку.

— По мне, так пусть вы проторчите под дождем хоть всю ночь, маленькая мисс Дюпон, — заявил патрульный штата Делавер.

— Очень смешно, — сказала ему Пег.

— Благодарю вас, — ответил он.

Подъехал городской коп. Вид у него был скучающий. То есть ему было так скучно, что он обвинил Марги и Пег в пьянстве в общественном месте, нарушении спокойствия и вандализме.

— Боже милосердный! — воскликнула Марги. — Это довольно серьезное обвинение за нашу невинную маленькую шутку.

Девушек погрузили в машину городского копа и повезли в местную тюрьму, где у них взяли отпечатки пальцев и заперли в камере предварительного заключения.

Через некоторое время бойфренд Пег, красивый парень, которого звали Джи-Джи, приехал, чтобы вызволить Пег и Марги, но это случилось только после того, как две девушки провели в уютной камере несколько часов.

— Хорошенько тут осмотритесь, дамочки, — посоветовал скучающий городской коп, запирая Марги и Пег в камере. — Прочувствуйте, каково тут. Запомните, что это такое — сидеть за решеткой. Не так уж мило, верно? Вспомните свои чувства, когда вас в следующий раз потянет на преступление.

Марги и Пег осмотрелись. Прочувствовали. У Марги оказалось несколько жвачек, они немного пожевали и уснули. Когда бойфренд Пег, Джи-Джи, наконец явился, чтобы вытащить их из тюрьмы, было уже три часа утра.

— Вы — две индюшки, — сказал Джи-Джи, вышел на улицу и подвел машину поближе к дверям полицейского участка, чтобы девушки не вымокли еще сильнее.

Они поехали домой. Дождь барабанил по машине громко, будто град. Казалось, каждая капля весит не меньше целой фасолины. Побережью Делавера достался кусочек урагана, пришедшего с Атлантики, но это был тот еще кусочек.

Джи-Джи ехал, почти прикасаясь подбородком к рулю, чтобы разглядеть дорогу. Пег спала на заднем сиденье. Марги заметила прилипшую к волосам подруги жвачку и отклеила ее.

— Коп мне сказал, что вы по закону должны были всю ночь протомиться за решеткой, но я его уговорил, — сообщил Джи-Джи.

— И каким же образом тебе удалось этого достичь, наш красавчик, наш умник-разумник? — спросила Марги.

— Я сказал ему, что при таком ливне дорогу до нашего дома к утру может совсем размыть и тогда я не смогу приехать и забрать вас. Он сжалился над вами.

— Мужчины определенно любят побеседовать на такие чисто мужские темы, как размытые дороги, не правда ли?

— Это точно, — буркнул Джи-Джи.

— А вы обменялись крепким мужским рукопожатием, Джи-Джи?

— Да.

— И ты назвал его «сэр»?

— Да, мэм.

— Ты правильно поступил, Джи-Джи, — сказала Марги. — Я чрезвычайно признательна тебе за то, что ты освободил нас из этой отвратительной тюрьмы.

Когда они вошли в дом, бойфренд Марги, порочный и глупый Джон, не спал.

— Я требую, чтобы мне была предоставлена возможность выпить с гениями преступного мира, — заявил Джон.

У Джона была такая же привыка, как у Марги, — выражаться выскопарно и аристократично. На самом деле Марги переняла манеру так выражаться именно у Джона. Джон изобрел такой стиль речи.

— Ты находишь нас омерзительными, Джон? — спросила Марги и чмокнула его в щеку.

Джон воскликнул:

— Я требую! Я требую, чтобы мы все вышли под этот восхитительный дождь и выслушали леденящую душу историю о жизни в большом доме*.

Марги сказала:

— Глупенький Джон. Дурачок Джон. Разве ты не понимаешь, что *это и есть* большой дом?

Марги была асболютно права. Это и вправду был очень большой дом. Личный дом Джона. Ему был всего двадцать один год, но он стал хозяином этого большого дома на побережье штата Делавер. Родители отвалили ему такой подарочек в честь окончания колледжа. А вот Марги родители подарили всего-навсего

---

* «Большой дом» (the big house) — жаргонное название тюрьмы.

браслет. Родители Пег в качестве подарка к окончанию колледжа сводили ее поужинать, а родители Джи-Джи послали ему поздравительную открытку, подписанную всеми его тетушками и дядюшками.

Джон был богатеньким. Его отец был продюсером, он жил в Голливуде и был очень-очень богатеньким. Ну а мать Джона... она в каком-то году удостоилась звания «мисс Делавер». С отцом Джона она развелась и жила в особняке на берегу Чизапикского залива. За все лето она только раз навестила сына в его новеньком большом доме на побережье. Приехала на «мерседесе» — черном и блестящем, как мокрая скала.

Джон собрался прожить в этом дареном доме на берегу всю жизнь и пригласил своих однокашников из колледжа пожить вместе с ним столько, сколько они пожелают. Ребят было пятеро, а имен на пятерых всего два. Три Маргарет и два Джона. У кого-то было прозвище, у кого-то нет. Джон, Джи-Джи, Марги, Мэгз и Пег.

«Боже милосердный! — как-то раз с восторгом воскликнул Джон. — У нас просто фул-хаус*! В некотором роде пара и тройка. Ну разве это не удача? Разве не восхитительная комбинация, на которой можно выиграть?»

Но Мэгз покинула дом на берегу в конце августа и уехала во Флориду.

Мэгз тайком призналась Пег: «Я тебе кое-что скажу, Пег. Дело в том, что я начинаю ненавидеть Джона».

После того как Мэгз уехала, Джон сказал про нее: «Ее никто и не думал удерживать. Никто не обязан

---

* Седьмая по достоинству комбинация в покере — пара и тройка одинаковых карт (например, три валета и две дамы).

жить в этом доме только ради того, чтобы сделать мне приятное. Правда, она, конечно, могла озаботиться тем, чтобы подыскать взамен себя другую Маргарет — хотя бы для того, чтобы сохранилась наша счастливая карточная комбинация, — или вы так не думаете? Увы! Теперь у нас всего-навсего две пары*. Но ведь вы все остаетесь, не так ли?»

«Мы все остаемся!» — воскликнула Пег и крепко обняла своего дружка — красавчика Джи-Джи.

«А дом-то хоть отапливается? Зимовать в нем можно?» — поинтересовался Джи-Джи.

«О, помилосердствуй! — замахал руками порочный и глупый Джон. — Представления не имею! А ты бы не мог заняться утеплением дома, Джи-Джи? Ты такой умный. Нет? Насколько это сложно — подготовить мой дом к зиме?»

На самом деле дом не отапливался. Он вообще не был предназначен для того, чтобы в нем зимовать, и к концу сентября четверо обитателей дома начали это ощущать. Они не видели никакого реального способа согреться. Мало этого, к той ночи, когда арестовали Пег и Марги, ни у кого из этих молодых людей, по большому счету, не было работы. Джи-Джи все лето трудился в должности телохранителя, но эта работа закончилась сразу после Дня труда**, как только разъехались туристы. Марги и Пег почти наверняка должны были уволить за дурацкую пьяную выходку со сливочным маслом. Что касается порочного и глупого

---

* Третья по достоинству комбинация в покере.

** День труда (Labour Day) отмечается в США в первый понедельник сентября.

Джона, то он вообще никогда не работал. Джон посвятил лето отращиванию волос и сочинению продолжений для кинофильмов, у которых уже имелись продолжения.

— Что ж, мои неописуемо восхитительные заключенные, — сказал Джон. — Давайте же взойдем на крышу и изопьем спиртных напитков, наслаждаясь этим великолепным дождем.

В общем, четверо друзей поднялись на плоскую крышу дома Джона — площадку с перильцами, — чтобы выпить пива и полюбоваться окрестностями. От моря их отделяла одна-единственная дюна. Пляж с трудом выдерживал натиск волн и ливня. Четверо друзей расселись в промокшие шезлонги под проливным дождем. У их ног плескались холодные лужицы, спину поливали не менее холодные струи.

Джон возвестил:

— Из-за этого шторма вода похолодает. Купание отменяется. Друзья мои, мне ужасно жаль, но я с прискорбием вынужден сообщить вам, что этот шторм — знак окончания нашего счастливого лета.

— Купание отменяется! — в ужасе воскликнула Марги.

— Отменяется, — подтвердил Джон. — Да! Как ни печально, но эта буря подводит наше милое лето к неизбежному финалу.

Марги, судя по всему, жутко расстроилась. Она словно бы впервые в жизни всерьез задумалась о таком понятии, как смена времен года.

— Купание отменяется? — с тоской вновь повторила она. Она была по-настоящему шокирована. — Неужели это правда?

— Сентябрь — самый жестокий месяц, — вздохнул Джон.

У него на коленях лежал большой пакет с картофельными чипсами. Дождь превратил чипсы в вязкую соленую жижу. Джон выудил из пакета пригоршню этой жижи и бросил через перильца.

— Ну и штормяга, — поежилась Пег. — Жуть!

Джи-Джи успокаивающе проговорил:

— Ничего страшного, Пег. Это даже не настоящий шторм. Настоящий шторм сейчас слишком сильно занят — он терзает какой-то другой кусок побережья, — и до нас ему нет дела.

— Джи-Джи совершенно прав, — объявил Джон. — Данное природное явление даже нельзя считать намеком на настоящий шторм.

— Боже мой! — сокрушенно проговорила Марги. — Однако дождь все же довольно-таки сильный. — Она окликнула подругу: — Пег, дорогая?

— Да, — буркнула Пег.

— Скажи, весьма ли трудно найти работу, если у кого-то есть судимость?

— У нас нет судимости, Марги.

— Разве? Разве нас нынче ночью не подвергли аресту?

— Да, но судимость — это совсем другое. Судимость — это когда ты преступник со стажем. Судимость можно заработать только тогда, когда ты совершишь несколько преступлений.

— Пег излагает свои мысли с такой уверенностью, — отметила Марги.

— С потрясающей уверенностью для человека, который не имеет ни толики понятия, о чем, черт побери, говорит, — поддакнул Джон. — Наша Пег разглагольствует совсем как опытный прокурор штата.

— А вот я полагаю, что получить работу, имея судимость или хотя бы привод в полицию, поистине невозможно, — сказала Марги. — Я теперь никогда не смогу найти работу, и Пег не сможет. Мы обречены! Джон, милый! Ты всегда будешь заботиться обо мне?

— Естественно, — отозвался Джон.

— Но что же станет с Пег? Ей придется стать забавой для какого-нибудь богатенького старика. Джон, милый! Не знаком ли ты с каким-нибудь богатеньким стариком, которому нужна юная девица для забав?

Джон ответил:

— Из мужчин такого сорта мне знаком только мой отец. Полагаю, он не испытывает недостатка в юных девицах.

В этот момент ярко сверкнула молния.

— Ой, мама, — вырвалось у Джи-Джи.

Джон встал. Он перебросил волосы, собранные в хвост, на плечо и, накрутив их на палец, провозгласил:

— Желаю изложить свое требование. Мы отправляемся купаться. Это наш последний шанс. Давайте не будем медлить, ибо завтра вода станет слишком холодной.

— Очень смешно, — фыркнул Джи-Джи. — Я не пойду.

— Очень смешно, — буркнула Пег. — Я тоже ни за что не пойду купаться.

— Вы оба на редкость потешны, — заключил Джон, — ибо мы, вне всяких сомнений, идем купаться. Я этого требую.

— Никто сегодня не пойдет купаться, балбес, — сказала Пег. — Среди ночи... с ума сошел?

Джон вскинул вверх сжатую в кулак руку и прокричал:

— К морю! Мы все со страстью отправимся к морю! Я требую страсти!

Марги мурлыкнула:

— Мой возлюбленный Джон лишился рассудка.

— Гроза завтра закончится, друзья мои, — объявил Джон. — Взойдет солнце, но вода уже будет холодной. И все вы чрезвычайно пожалеете о том, что упустили последний шанс поплескаться в водах океана.

— Джон воистину лишился рассудка, — заключила Марги.

— К тому же это даже не настоящий шторм, — не унимался Джон. — Разве не именно так выразился Джи-Джи? Нет? А Джи-Джи — человек разумный и рассудительный. Это всего лишь намек на шторм. Я бы с трудом назвал это штормом.

— Я пойду купаться, — заявил Джи-Джи. — Какого черта!..

Марги посмотрела на Пег, перевела взгляд на Джона, потом на Джи-Джи, которого друзья и вправду считали человеком разумным и рассудительным. Джи-Джи, выпивший порядочно пива, сидел, ссутулившись, в мокром шезлонге. Его поза была ужасна.

Он был похож на чьего-нибудь пьяненького дядюшку.

— Конечно. Я пойду купаться, — повторил Джи-Джи. И, словно бы желая объяснить свое решение, добавил: — Ведь сильнее мы уже не промконем, верно я говорю?

— Вот это ты правильно сказал, — похвалила его Пег. — По-моему, в этом есть смысл.

Ощущение у всех возникло такое, словно только что был вынесен официальный вердикт. Будто бы четыре крутых бизнесмена пришли к твердому согласию по важному деловому вопросу. С видом главных администраторов, принявших судьбоносное решение, все четверо поднялись, спустились по лестнице, перебрались через дюну и вышли на пляж. Когда они проходили через веранду, Марги взяла надувной спасательный круг в виде слона Дамбо* и, просунув в него голову, спустила на талию. Это была детская игрушка, но ей она нравилась. Она все лето плавала с этим спасательным кругом. Сжав в руке серый хобот Дамбо, будто жреческий жезл, она входила в воду.

На пляже порочный и глупый Джон, а также красавчик Джи-Джи сняли туфли и, не раздеваясь, вошли в воду. Они двинулись вперед через полосу прибоя. Вода где-то доходила им до пояса, где-то — до груди. Парни высоко поднимали ноги, и впечатление было такое, будто они шагают по вязкой бурлящей грязи. Джона сбила с ног первая же волна, а Джи-Джи довольно ловко поднырнул под нее и вынырнул на гребне

---

* Герой мультфильма Уолта Диснея «Дамбо — летающий слон», снятого в 1940—1941 гг.

следующего вала. Джон выбрался на поверхность, радостно завопил, и его тут же снова накрыло волной.

Марги сняла верхнюю одежду, а Пег — только юбку. Марги побежала следом за Джоном и Джи-Джи, придерживая на талии надувного Дамбо и радостно взвизгивая.

Пег немного постояла на мелководье по щиколотку в воде. В темноте, за пеленой дождя, она почти ничего не видела, кроме голов своих друзей. Песок засасывал ее ступни. Она пошла вперед, прямо на волну, которая встала перед ней, высокая, как проволочная изгородь. В следующее мгновение волна упала. Пег расслабилась. Волна окатила ее, завертела и отпустила. Вынырнув, Пег очутилась на гребне следующей волны. Она увидела Джона, Джи-Джи и Марги внизу, в пространстве между двумя водяными валами. У всех троих были широко раскрыты рты. Хобот надувного Дамбо торчал из воды как перископ. Следующая волна была выше, она накрыла Пег и ее друзей.

Вновь оказавшись на поверхности, Пег не увидела своих приятелей. Работая руками, она одолела еще три волны и только с гребня четвертой увидела, что Марги, Джон и Джи-Джи уплыли дальше от берега. Они находились там, где волны поднимались, но не разбивались. Джи-Джи плыл на спине чуть поодаль от Джона и Марги. Марги увидела Пег и призывно помахала ей рукой. Минут за десять Пег добралась до друзей. Джон потерял резинку, державшую его конский хвост, и его длинные волосы разметались по воде, будто морские водоросли.

— Шумно, не правда ли? — крикнула Марги.

Пег едва дышала. Говорить у нее не было сил, она только кивнула. Длинная прядь волос Марги протянулась от уха к уголку рта. Казалось, ее щека рассечена ножевой раной. Все болтали руками без особого изящества, как попало, отплевывались и изо всех сил вытягивали шею, чтобы держаться над водой. Кроме Джи-Джи, который изящества не терял никогда. Он плавал спокойно и мощно, будто в бассейне YMCA*, а не в бурном океане.

— Как полагаете, сэр, какова глубина? — крикнул Джон.

Джи-Джи, взлетев на гребень волны, расхохотался.

— Двадцать футов! — крикнул он. Но тут волна опала, и он прокричал: — Нет! Беру свои слова обратно. Десять футов! — Его подняла новая волна. Джи-Джи крикнул: — Восемнадцать футов!

Пег зажала нос пальцами и, погрузившись в воду, попыталась достать дно. Ее ступни сначала коснулись камней, а потом — чего-то мягкого. Она очень испугалась и, бешено работая руками и ногами, выбралась на поверхность. Глаза защипало, она пыталась протереть их рукой, но дождь мешал.

— Насколько было бы легче, если бы мы были существами, которым не нужно дышать, — проговорила Марги. Ее поддерживал надувной Дамбо, и она устала чуть меньше своих друзей. Ей было весело, она дышала намного легче. — Джон, милый! — крикнула

---

* YMCA (Young Men's Christian Association) — Ассоциация молодых христиан, международная религиозная организация, проповедующая, в частности, здоровый образ жизни, и в том числе обучение плаванию.

Марги. — А как долго ты способен продержаться не дыша?

— В последний раз я продержался три часа, — крикнул в ответ Джон.

— Боже милостивый! — ахнула Марги.

Джон рассмеялся, морская вода попала ему в рот, и он закашлялся. Пег огляделась по сторонам и увидела, что их унесло в море далеко от причалов и от дома. Не говоря ни слова, все четверо направились к берегу. Все делали вид, будто плыть обратно легко и просто. Все порядком устали, но никто не желал в этом признаваться. Да, они старались плыть к берегу, но почти не приближались к нему. Они перестали перешучиваться, а потом и переговариваться перестали.

Прошло довольно много времени, и наконец Джи-Джи выругался:

— Черт!

— Что? — задыхаясь, спросила Пег у своего дружка. — Что такое?

— Медуза.

И снова потянулась долгая пауза. Все уже перестали притворяться, что плыть к берегу у них получается.

Потом Джон крикнул:

— Джи-Джи! Друг мой!

— Ну? — откликнулся Джи-Джи.

— Я... ощущаю... себя... весьма усталым.

— Ладно, — сказал Джи-Джи. — Сейчас.

Джон закатил глаза и почти раздраженно проговорил:

— Мои ноги меня просто убивают.

— Сейчас, — повторил Джи-Джи. — Я тебе помогу.

— Мои ноги очень... гм-м-м... тяжелые, — добавил Джон.

— Тебе стоит снять джинсы, Джон, — сказал Джи-Джи. — Сумеешь?

Холодный дождь бил по головам друзей. Все они дышали часто и хрипло.

Неприязненно морщась, Джон попытался стащить с себя джинсы. Он то погружался в воду, то всплывал, то снова погружался. Джи-Джи подплыл к нему сзади и подхватил его под мышки. Джон еще немного повозился, и наконец его джинсы всплыли на поверхность, немного поплавали — темные, как акулья шкура, — и затонули.

— Мы поплыли! — крикнул Джон. — Девчонки, если получится, тоже плывите. Не получится — постарайтесь не уставать. Просто держитесь здесь.

Пег и Марги так тяжело дышали, что у них даже не было сил ответить.

Парни поплыли прочь, и очередная волна сразу скрыла их от девушек. Марги и Пег смотрели в ту сторону, куда уплыли Джон и Джи-Джи. Казалось, они не смогут доплыть до причалов.

У Марги от холода стучали зубы. Пег подплыла к ней и схватилась за надувную голову Дамбо.

— Н-н-нет, — проговорила Марги. — Он м-м-мой!

— Извини, я должна подержаться, — ответила Пег.

Вода была такая холодная, что у нее сводило ноги. Она начала болтать ими, чтобы согреться, и нечаянно задела ногой Марги. Марги расплакалась. Волна подняла их обеих, и они увидели, что Джон и Джи-Джи не так уж сильно приблизились к берегу. Пег затаила дыхание и зажмурилась. Волна ударила ее в спину. Она открыла глаза под водой, сделала вдох и захлебнулась.

— Мы не доберемся до берега, — проскулила Марги.

Пег лягнула ее.

— Заткнись! — рявкнула Марги, хотя Пег ничего не сказала.

Пег снова лягнула Марги. Девушки барахтались в воде, пытаясь разглядеть, получается ли у Джона и Джи-Джи приблизиться к берегу. Прошло довольно много времени, прежде чем им это удалось. Увидев, что ребята добрались до берега, Пег крикнула Марги:

— Смотри!

— Заткнись! — буркнула Марги и лягнула Пег.

Пег видела, как Джи-Джи вытаскивает из воды Джона. И тащил он его за волосы. Ни дать ни взять — пещерный человек и его жена. Джи-Джи выволок Джона на берег и рухнул на песок рядом с ним.

Марги не смотрела. Она зажмурилась и открыла рот. А потом и Пег перестала смотреть в сторону берега. Она представляла себе, что Джи-Джи сейчас стоит на коленях около Джона, а тот то ли дышит, то ли нет. Она представляла себе, как Джи-Джи пытается сделать Джону искусственное дыхание. Он выкачает воду из его желудка, а потом сам уткнется головой в песок, и его вытошнит.

А потом Джи-Джи встанет на ноги, и его сильные и красивые ноги будут немного дрожать. Пег хорошо себе это представляла. Он встанет и будет всматриваться в море, отыскивая взглядом Марги и Пег. И наверное, он не сумеет их разглядеть. Он будет стоять, тяжело дыша, опустив руки на колени, немного наклонившись вперед. И выглядеть будет совсем как усталый и героический великий футбольный вратарь, только что взявший труднейший мяч.

Да, Джи-Джи будет вот так стоять на берегу. Ему придется решать, плыть за Марги и Пег или звонить в береговую охрану и ждать помощи. Но как бы он ни решил поступить, он все равно будет ненавидеть Марги и Пег. Да, он все равно будет ненавидеть их за это. Пег барахталась в воде с закрытыми глазами, придерживаясь за спасательный круг Марги. Ей уже не нужно было смотреть в сторону берега. Нет, совсем не нужно было. Для того чтобы знать, что происходит, ей не нужно было на это смотреть.

Джи-Джи будет ненавидеть Марги и Пег за то, что из-за них ему придется принимать такое трудное решение. Точно так же, как Пег сейчас ненавидела хнычущую рядом Марги. Точно так же, как Пег ненавидела сейчас порочного и глупого Джона за то, что он их всех потащил купаться в разбушевавшемся океане. Почти так же, как Пег сейчас ненавидела своего красавчика бойфренда Джи-Джи. Пег ненавидела Джи-Джи за то, что он торчит на берегу, а ее в это время уносит все дальше и дальше в море. Она ненавидела его за то, что он такой хороший пловец. Она ненавидела его за то, что он так тяжело дышит и никак не может принять решение, а больше всего она его ненавидела за то, что он ненавидит ее.

О многом, чего не знал пятнадцатилетний Дэнни Браун

* * *

Дэнни Браун вовсе не был в этом виноват, но он не так уж много знал о своих родителях и их работе. Родители Дэнни Брауна были сиделками. Его мать работала сиделкой в ожоговом отделении Мемориальной больницы Монро, а отец был частной сиделкой, так называемой патронажной. То есть об этом Дэнни знал, но кроме этого — почти ничего.

Дэнни Браун не знал о том, с какими ужасами его матери приходится каждый день сталкиваться на работе в ожоговом отделении. К примеру, он не знал о том, что порой его мать ухаживает за больными, у которых почти совсем не осталось кожи. Он не знал, что его мать в больнице на особом счету, что она знаменита тем, что ее никогда не тошнит, и что она помогает другим сестрам, чтобы их не стошнило. Он понятия не имел о том, что его мать разговаривает со всеми ожоговыми больными, даже с обреченными, спокойно, подбадривающе и никогда даже не намекает на те страшные муки, которые их ожидают.

Еще меньше Дэнни Браун знал о работе своего отца — кроме того как это необычно и немного стыдно иметь *отца*, работающего сиделкой.

Мистер Браун чувствовал, что сын этого стыдится, и отчасти поэтому он совсем не говорил о своей работе дома. Поэтому Дэнни никак не мог узнать о том, что его отец предпочел бы работать сиделкой у психически больных, чем патронажной сиделкой. Когда мистер Браун учился в медицинском училище, он проходил практику в большой психиатрической больнице, в мужском отделении. Ему нравилось там работать, и пациенты его просто обожали. Если он и не чувствовал, что способен вылечить своих больных, он уж точно верил в то, что способен сделать их жизнь лучше.

Но в округе Монро психиатрической больницы не было. Поэтому, женившись, отец Дэнни Брауна не начал работать с психически больными, как ему хотелось, а вынужден был стать патронажной сиделкой. Работал он исключительно из материальных соображений, и работа не доставляла ему никакого удовольствия. Его талант оставался невостребованным. Его пациентами были умирающие старики. Они его почти не замечали, за исключением тех редких моментов, когда они ненадолго останавливались в своем неуклонном шествии к смерти, — и тогда они начинали относиться к нему с подозрением. Члены семейств пациентов тоже относились к нему подозрительно, они были всегда готовы обвинить патронажную сиделку в воровстве. Общество в целом относилось с подозрением к мужчинам-сиделкам. При каждом новом назначении, приходя в незнакомый дом, мистер Браун всегда встречался с настороженным отношением, будто он был каким-то извращенцем.

Более того, отец Дэнни Брауна считал, что обязанности патронажной сиделки не имеют почти никакого отношения к медицине, что это всего лишь уход за пациентом. И он ужасно расстраивался из-за того, что медицинских процедур в его работе гораздо меньше, чем мытья и подтирания. Год за годом отец Дэнни Брауна присматривал за больными в одном доме, потом в другом, третьем и наблюдал за тем, как наступает дорогостоящая смерть одного богатого престарелого ракового больного за другим.

Дэнни Браун ничего об этом не знал.

Когда Дэнни Брауну было пятнадцать лет, он понятия не имел о том, что его мать ужасно сожалеет о грубых словах, которые порой произносит. Будучи маленькой девочкой, она умела держать рот на замке, и став взрослой женщиной — тоже умела. Но и ругнуться могла. То есть держать рот на замке она умела всегда, а ругаться научилась после того, как год проработала сиделкой в Корее во время войны. Как бы то ни было, время от времени она могла ляпнуть что-то такое, чего вовсе не имела в виду, или такое, о чем потом втайне сожалела.

К примеру, в ожоговом отделении вместе с матерью Дэнни работала одна молодая сиделка по имени

Бет. Бет была любительница выпить. Как-то раз Бет призналась матери Дэнни в том, что беременна. Бет не хотела делать аборт, но не могла представить, как прокормит ребенка.

В отчаянии Бет призналась:

— Я уж тут подумала, не продать ли моего ребеночка какой-нибудь хорошей бездетной паре.

А мать Дэнни Брауна сказала:

— Ты так пьешь, что могла бы спьяну продать своего ребеночка в долбаный бродячий цирк.

Произнеся эту фразу, миссис Браун мгновенно пришла в ужас от собственных слов. Она несколько дней избегала встреч с Бет и по обыкновению втайне спрашивала себя: «Почему, почему я такой ужасный человек?»

Когда Дэнни Браун закончил десятый класс средней школы округа Монро, его пригласили на банкет, где ученикам должны были вручать награды. Отец Дэнни был занят на работе, а миссис Браун пошла с сыном на банкет. В тот вечер Дэнни получил сразу несколько наград. Он был очень хорошим учеником — не блестящим, но очень хорошим. Он был сообразителен, но не делал особых успехов ни по одному предмету. Он сам пока не понимал, что именно ему удается лучше. В общем, Дэнни получил несколько наград, в том числе и почетную грамоту, удостоверявшую его участие в некоем мероприятии под названием «Юношеский месячник искусств».

— Юношеский месячник искусств, — проговорила его мать, когда они ехали домой. — Юношеский месячник искусств.

Она произнесла эти слова медленно:

— Юношеский... месячник... искусств.

Она произнесла эти слова быстро:

— Юношескиймесячникискусств.

Она рассмеялась и сказала:

— Это и не выговоришь правильно, верно? Жутко уродливая фраза, да?

Только тут мать Дэнни Брауна заметила, что ее сын молчит. И она тоже замолчала и не говорила до самого дома.

Она вела машину молча и думала о Дэнни. Она думала: «Он даже не представляет, как мне стыдно».

Наступило шестнадцатое лето Дэнни Брауна, а он все еще не знал, кем хочет стать. Он не понимал, что его интересует. Он не представлял, на какую работу можно устроиться.

После нескольких недель поисков он нашел себе подработку в клубе округа Монро. Он работал в мужской раздевалке. Это была фешенебельная раздевалка с коврами на полу и тонким ароматом дезодорантов. Важные люди — горожане Монро пользовались этой комнатой, чтобы переодеться перед занятиями гольфом. Они надевали туфли с ребристой подошвой, а свои обычные туфли оставляли на полу перед шкафчиками. Дэнни Браун совсем не разбирался в гольфе, но для его работы этого и не требовалось. Его работа заключалась в том, чтобы почистить туфли посетителей клуба, пока те играют в гольф. Вместе с Дэнни работал шестнадцатилетний парень, живший по соседству с ним, Абрахам Райэн. На самом деле, было не очень понятно, зачем для этой работы нужны два человека. Меньше всего Дэнни понимал, зачем этим людям нужно, чтобы их туфли каждый день чистили. Дэнни не имел ни малейшего предположения, зачем его взяли на эту работу.

Бывали дни, когда Дэнни и Абрахаму приходилось почистить не больше трех пар туфель за всю смену. Трудились они по очереди. Когда работы не было, им было велено сидеть в углу раздевалки. Рядом с электрической машинкой для чистки обуви. Табурет в раздевалке стоял только один, и Дэнни с Абрахамом сидели на нем по очереди. Когда один сидел, другой стоял, прислонившись к стене.

Начальником у Дэнни и Абрахама был управляющий окружного клуба, ведавший спортом и развлечениями, серьезный пожилой мужчина, мистер Диэринг. Мистер Диэринг заглядывал в раздевалку почти каждый час и говорил:

— Не расслабляйтесь, мальчики. Лучшие люди Монро входят в эту дверь.

Кроме чистки туфель у Дэнни и Абрахама была еще одна обязанность. Они должны были выбрасывать окурки из маленькой оловянной пепельницы, стоявшей на деревянном столике в углу раздевалки. Никто никогда не садился за этот столик. Дэнни вообще не понимал, зачем он тут нужен — разве что для того, чтобы на нем стояла оловянная пепельница. За день в ней скапливалось не больше четырех окурков. Но столик стоял так, что Абрахам и Дэнни, находясь около машинки для чистки обуви, его не видели и поэтому порой забывали выбрасывать окурки из пепельницы. Тогда мистер Диэринг строго отчитывал их:

— Здесь все должно быть в порядке, мальчики. Ваша работа заключается в том, чтобы здесь все было в полном порядке.

Когда Дэнни рассказал матери о своей работе в клубе, она покачала головой и сказала:

— Вот именно такую работу выполняют люди в коммунистических странах.

И рассмеялась. И Дэнни тоже засмеялся.

Хотя и не очень понял, что она имела в виду.

Когда Дэнни Брауну было пятнадцать лет, он не понял, как это вышло, что он вдруг стал лучшим другом Рассела Калески. И еще он не понял, как вдруг стал бойфрендом Полетты Калески. Оба эти события произошли в течение месяца после того, как он закончил десятый класс.

Рассел Калески и Полетта Калески были братом и сестрой и жили по соседству с Дэнни. В детстве Рассел Калески однажды избил Дэнни до бесчувствия. Рассел был на год старше Дэнни. Не сказать, чтобы он был такой уж крепкий, скорее грубый. У Рассела было несколько излюбленных развлечений — играть с огнем дома у Дэнни, швыряться в Дэнни яйцами, грубо обращаться с домашними животными Дэнни, красть у Дэнни игрушки и прятать их за колесами припаркованных у тротуара машин. Кроме того, Рассел Калески испытывал страстное наслаждение, когда бил Дэнни кулаком в живот.

Однако как-то уж так вышло, что шестнадцатым летом Дэнни Брауна Рассел Калески стал его лучшим другом. Дэнни не понял, как это случилось. Правда, он знал, *когда* это случилось. Это случилось на следующий день после того, как Рассел Калески купил себе машину за сто пятьдесят долларов — здоровенный черный восьмицилиндровый «форд»-седан, который на самом деле совсем не ездил. Предыдущий владелец «форда» — механик-любитель — с радостью затащил автомобиль на буксире на подъездную дорожку перед домом Калески и оставил там, чтобы Расселл, как он выразился, «довел машину до ума». Вышло так, что в то самое утро, когда Рассел начал доводить «форд» до ума, Дэнни проходил мимо дома Калески, и Рассел окликнул его:

— Эй, чувак. Заглянул бы.

Рассел поднял крышку капота и стал протирать тряпкой двигатель. Дэнни Браун настороженно приблизился. Он очень старался, чтобы было незаметно, что он нервничает. Он немного постоял и посмотрел. Наконец Расселл сказал:

— Есть еще одна тряпка. Хочешь помочь?

И Дэнни Браун взял тряпку и принялся протирать двигатель машины Рассела Калески. Двигатель был огромный. Его вполне хватало для двоих.

— Крутая тачка, скажи, чувак? — спросил Рассел Калески.

— Крутая, — согласился Дэнни Браун.

После этого Рассел стал заходить к Браунам каждое утро и звать Дэнни.

— Эй, чувак, — говорил он, — хочешь сегодня повозиться с моей тачкой?

— Круто, — отвечал Дэнни.

Дэнни Браун ничего не понимал в машинах. Честно говоря, и Рассел тоже. Они вместе отвинчивали разные детали и разглядывали их. Они забирались под машину и стучали по разным узлам гаечными ключами. Так проходило несколько часов. Дэнни пытался завести двигатель, а Рассел стоял, склонившись над капотом, склонив голову набок, и прислушивался. Очень старательно прислушивался. При этом они понятия не имели, что видят перед собой и к чему прислушиваются.

Устраивая себе перерывы, они садились на переднее сиденье «форда». Каждый открывал дверцу со своей стороны и свешивал одну ногу из кабины. Потом они сидели, откинув голову на спинку сиденья и полуприкрыв глаза. Единственным, что работало у «форда», был радиоприемник. Рассел включал его и находил какую-нибудь станцию. Они слушали и расслаблялись. Другие ребята, жившие по соседству, подъезжали к дому Калески на велосипедах, оставляли их во дворе, подходили к «форду» Рассела, облокачивались, стояли и слушали радио. Короче, расслаблялись.

Время от времени Рассел произносил:

— Круто, а?

— Круто, — соглашались все ребята.

В общем, они слушали радио, а потом Рассел говорил:

— Ну все. Пора за работу.

И тогда всем соседским ребятам приходилось садиться на велосипеды и уезжать.

— Оставайся, Дэннис, — говорил Рассел.

Дэнни Браун не понимал, как это вышло, что он вдруг стал лучшим другом Рассела Калески. Он не знал, что на самом деле это происходит довольно часто — то, как обидчики в конце концов становятся друзьями со своими жертвами. Он был не очень-то уверен, что снова не получит кулаком в живот. Дэнни не представлял, как Рассел радуется, когда он приходит к нему по утрам и помогает возиться с «фордом». Дэнни не знал, что это самая большая радость в жизни Рассела.

А еще Дэнни ничего не знал о том, что старший брат Рассела, Питер Калески, потешается над машиной Рассела всякий раз, когда приходит домой ужинать. Питер Калески был владельцем красивого пикапа «шевроле». Питеру было двадцать лет, и он жил отдельно от родителей, в собственной квартире на другой стороне Монро. К несчастью, ужинать к родителям Питер приходил довольно часто. А Дэнни Браун ничего не знал о том, как Питер подзуживает Рассела.

— Знаешь, как расшифровывается «форд»? — спрашивал, бывало, Питер. — А вот как: «фиговый очень ремонтируй давай».

— Знаешь, как расшифровывается «форд»? — спрашивал Питер в другой день. — А вот как: «фактически он развалюха дохлая».

— А знаешь, как еще расшифровывается «форд»? — мог спросить Питер в следующий раз. — А вот как: «фирменный обшарпанный Расселов драндулет».

— А знаешь, — спрашивал Питер в очередной свой визит, — для чего на «фордах» ставят на заднем стекле антиобледенитель? А для того, чтобы, когда ты свою колымагу в горку толкаешь, руки можно было погреть.

Каждую ночь Рассел Калески ложился спать, мечтая о том, чтобы задавить брата, сидя за рулем сверкающего «форда». Никто не знал об этом. Это было тайным утешением Рассела. Он мечтал о том, чтобы раздавить Питера, сдать назад и снова переехать через его труп. Назад-вперед, назад-вперед. В мечтах автомобиль всякий раз, переезжая через тело Питера, издавал негромкий стук — легкий такой «бум». И представляя это бумканье, Рассел в конце концов засыпал.

А утром Рассел Калески просыпался и шел за Дэнни Брауном.

— Хочешь повозиться с моей тачкой, чувак? — спрашивал он.

— Круто, — кивал Дэнни Браун. (Он так и не понимал, почему Рассел звал его в помощники.)

Ну а Полетта Калески была старшей сестрой Рассела. Ей было восемнадцать. Она считалась самой лучшей нянькой в округе Монро, и работы у нее было хоть отбавляй. Она присматривала за детишками в десяти с лишним семьях по соседству. Полетта была брюнеткой невысокого роста, с большой грудью и маленькими, аккуратными губками. У нее была чудесная кожа. Она гуляла по окрестным улочкам, катя коляску с чьим-нибудь грудным ребенком, а детишки постарше ехали за ней на трехколесных велосипедиках. Бывало, она несла ребенка на плечах, а бывало, следила за тем, чтобы ребенок аккуратно ел мороженое. Она носила в сумочке пластыри и бумажные носовые платочки, совсем как настоящая мама. Калески были не самым образцовым семейством в округе Монро, но Полетта людям нравилась, они ей доверяли. Словом, Полетта Калески как нянька была очень даже востребована.

В конце июня Дэнни Браун был приглашен к Калески на ужин. Был день рождения Рассела Калески. Миссис Калески приготовила спагетти. Все семейство было в сборе. Питер Калески приехал на машине с другого конца города, а у Полетты Калески выдался редкий свободный вечер. Дэнни Браун был единственным гостем. Его усадили за стол напротив Рассела, между Полеттой Калески и мистером Калески. Рассел начал распаковывать подарки, а Полетта бесцеремонно положила руку на колено Дэнни под столом. До этого происшествия Дэнни и Полетта всего один раз разговаривали друг с другом. То, что ее рука оказалась на колене Дэнни, выглядело как-то бессмысленно. Пятнадцатилетний Дэнни Браун опустил руку под стол и накрыл ею руку восемнадцатилетней Полетты. Он сжал ее руку, сам не понимая, где *такому* научился.

За лето Полетта Калески и Дэнни Браун разработали систему. Она давала ему знать, в каком доме будет сидеть с ребенком вечером, и он приезжал туда на велосипеде после восьми часов, когда она укладывала детей спать. Оставшись наедине, Дэнни Браун и Полетта Калески предавались буйному, жаркому сексу. Невероятному сексу. Дэнни понятия не имел, как сложилась эта система, но уж как-то сложилась. Они держали свои встречи в жутком секрете. Никто ничего не знал про Дэнни и Полетту. Но это было. Буйный секс. На пустом месте.

Пятнадцатилетний Дэнни Браун очень многого не знал про Полетту Калески. У нее была обалденно большая грудь. Это он знал, но скажем так: теоретически. Позволяя себе буйный секс, Полетта никогда не позволяла ему видеть свою грудь обнаженной и тем более прикасаться к ней. Она всегда оставалась в блузке. Почему — этого Дэнни не знал. На самом деле грудь у Полетты была пятого размера. Немного рановато для ее возраста, немного чересчур. Ее братья, Питер и Рассел, не упускали случая попотешаться над ней из-за этого, так же как ее одноклассники. В шестом классе над ней подшучивали так часто, что она почти каждое утро плакала и умоляла родителей разрешить ей не ходить в школу.

Отец Полетты говорил ей:

— Большая грудь — это очень хорошо и красиво, и настанет время, когда ты будешь радоваться тому, что у тебя такая грудь. А пока придется потерпеть насмешки.

Над Полеттой подшучивали и в старших классах, но теперь дело приняло несколько иной оборот: некоторые девчонки из ее класса ей завидовали. Девчонки из одной компании дразнили ее, обзывали Полетта-туалет, а то и Полетта-шлюха. Но дело было вовсе не в том, что она отбивала чужих парней. Ни в коем случае. Дэнни Браун стал ее первым парнем, первым, с кем она поцеловалась. К этому времени она уже окончила школу.

Дэнни не понимал, с чего это вдруг он понравился Полетте Калески, — точно так же, как не понимал, чего это вдруг он стал нравиться Расселу Калески. Он понятия не имел, что такое происходило.

На самом деле то, почему Полетту Калески так потянуло к Дэнни, было вполне объяснимо, но это была тайна. Дэнни Брауну не дано было об этом узнать. Дэнни Брауну ни за что не должен был узнать о том, что Полетта Калески несколько месяцев нянчила ребенка в том самом доме, где отец Дэнни трудился в качестве патронажной сиделки. Это был дом влиятельного семейства по фамилии Харт. Миссис Харт родила очередного ребенка в том же самом году, когда отец мистера Харта умирал от рака. Поэтому вышло так, что Хартам нужны были работники для ухода за девочкой-младенцем, страдавшей, как все дети этого возраста, кишечными коликами, и за восьмидесятилетним стариком маразматиком с гниющей печенью. Для ухода за ребенком наняли Полетту Калески, а для присмотра за стариком — мистера Брауна. Полетта и мистер Браун на протяжении этих месяцев проводили не так уж много времени вместе, но все же их пути в доме Хартов пересекались — чаще всего на кухне, где Полетта грела для девочки бутылочки с молоком, а мистер Браун готовил для своего пациента морковное пюре.

— Хотите чашечку чая? — спрашивал мистер Браун. — Или, быть может, стакан воды? У вас усталый вид.

— Нет, спасибо, — отвечала Полетта, смущаясь из-за того, что взрослый мужчина обращается с ней как со взрослой женщиной.

— Вы очень хорошо работаете, — как-то раз сказал Полетте мистер Браун. — Без вас миссис Харт ни за что бы не справилась.

Полетта считала, что мистер Браун тоже работает очень хорошо, ухаживая за старым мистером Хартом. Она видела, как он первым делом прибрал в комнате больного старика и вымыл там все до блеска. Мистер Браун купил яркий, веселый календарь и повесил его прямо напротив кровати мистера Харта. Еще он принес часы с яркими стрелками и поставил их так, чтобы больной их хорошо видел. Он разговаривал с мистером Хартом внятно, совершенно особенно, то и дело указывая на время и местоположение той или иной вещи. Он много рассказывал умирающему старику, стараясь поддерживать его связь с миром.

— Меня зовут Фред Браун, — говорил мистер Браун каждый день, заступая на смену. — Я сиделка, я за вами ухаживаю. Я пробуду с вами восемь часов. Меня нанял ваш старший сын, Энтони. Вы живете в доме Энтони.

На протяжении дня мистер Браун так же толково разъяснял каждое свое действие. В конце дня он говорил:

— Доброй ночи, мистер Харт. Сейчас семь часов вечера, и мне пора домой. Я снова приду, чтобы помогать вам, в среду, четырнадцатого октября, в одиннадцать часов утра.

Полетта Калески считала, что мистер Браун — чудесный человек и замечательная сиделка. Она думала, что он самый прекрасный мужчина из всех, кого она знала, и втайне влюбилась в него. Через некоторое время старенький мистер Харт, конечно, умер от рака печени. Мистер Браун начал работать с другим больным, в другом доме, и Полетта Калески больше с ним не виделась — только изредка, хотя они и жили по соседству. А потом вдруг в доме Калески начал появляться Дэнни Браун, и они с младшим братом Полетты, Расселом, стали возиться со старым «фордом».

— Фред Браун — твой отец? — спросила Полетта Дэнни в июне. Она впервые заговорила с ним до того вечера, когда положила руку ему на колено. Дэнни не совсем понял, почему она задала ему этот вопрос.

— Конечно, — ответил Дэнни. — Он мой отец.

Полетта вовсе не считала, что Дэнни похож на отца. Однако она очень надеялась, что он станет похожим на отца, когда повзрослеет. Как-то, в чем-то. Вот поэтому она втайне влюбилась в Дэнни Брауна. С такой надеждой на будущее.

Естественно, Дэнни Браун ни о чем этом не имел ни малейшего понятия.

Став взрослым, Дэнни Браун вспоминал свое шестнадцатое лето и поражался, как ему вообще потом разрешили уехать из дому. Он понимал, как чудовищно невежествен был тогда, насколько поразительно неприспособлен к жизни. В возрасте пятнадцати лет Дэнни Браун не знал очень многого. А если бы знал, это бы ему очень помогло. Даже мелочи. Повзрослев, Дэнни стал думать, что его отправили в самостоятельную жизнь полным невеждой. Никто ему никогда ни о чем не рассказывал. Он не знал, что люди делают со свой жизнью, чего хотят, о чем сожалеют. Он не знал, зачем люди женятся, зачем выбирают профессию, друзей, зачем девушки прячут свою грудь. Он не знал, способен ли к чему-то и как это выяснить. Все просто позволяли ему жить, ничего не зная.

Его образование было на редкость неполным. Пятнадцатилетний Дэнни Браун не знал значения ни одного из таких слов: *эфирный, прозаический, мимолетный, мизерный, стадный, язвительный, затмевать, нигилизм* и *coup d'etat*. Эти слова, а также многие другие входили в перечень понятий, которые ему, так же как и всем прочим ученикам одиннадцатого класса, предстояло освоить в следующем учебном году. Но шестнадцатое лето Дэнни предстояло прожить, не чувствуя необходимости ни в одном из этих слов.

Дэнни Браун не знал об Евклиде, митозе, о глухоте Бетховена, но Образовательный совет округа Монро был готов поведать ему обо всем этом начиная с сентября.

А еще Дэнни Браун ничего не знал о названии города, в котором родился и жил. Что это означало — Монро? Каким-то образом Дэнни позволили проучиться десять лет в школах округа Монро, а он так и не узнал, что его родной город был назван в честь американского президента Джеймса Монро. Дэнни Браун думал, что Монро — это просто слово. И поэтому он не понимал, что означает Монро, когда это слово употребляется в таких важных названиях, как «Мемориальная больница Монро», «средняя школа Монро» или

---

* Государственный переворот (*фр.*).

«клуб округа Монро». Дэнни Браун не имел ни малейшего понятия о том, что Джеймс Монро был ветераном Революционной войны*, во время которой получил ранение, что он прослужил на посту президента страны два срока. И уж конечно, Дэнни не знал о том, что, когда Джеймс Монро в тысяча восемьсот двадцатом году переизбирался на второй срок, он получил все до единого голоса выборщиков, кроме одного, и что этим единственным был делегат от Нью-Гемпшира по имени Уильям Пламбер. Уильям Пламбер не проголосовал за Монро намеренно. Он желал доказать, что ни один человек не разделит с Джорджем Вашингтоном честь единогласного избрания на пост президента Соединенных Штатов. Уильям Пламбер (который больше ничем, кроме этого, в жизни не отличился) полагал, что лишение Джорджа Вашингтона этого исключительного достижения станет национальным позором, о котором будет вспоминать и горько сожалеть каждый гражданин на протяжении всей американской истории.

А Дэнни Браун в свои пятнадцать лет даже не знал о том, что Монро — это имя собственное.

Дэнни Браун ничего не знал о месте, где жил. Он не знал о том, что вода в город поступает из водоема, находящегося в двадцати пяти километрах севернее Монро, а электричество — от одной из первых в штате

---

* Революционная война (чаще называемая Войной за независимость) велась в 1775—1783 гг. между Англией и ее американскими колониями. Согласно мирному договору 1783 г., Англия признала независимость США.

атомных электростанций. Он жил на окраине, в квартале под названием Гринвуд Филдз, и понятия не имел о том, что когда-то здесь располагалась молочная ферма. Он не знал, что эта земля когда-то принадлежала семье эмигрантов из Швеции по фамилии Мартинссон и что единственный сын Мартинссонов умер в тысяча девятьсот семнадцатом году. Его убили в окопах во Франции. На самом деле тогда, в свои пятнадцать лет, Дэнни Браун даже не знал, что означает слово «окоп». Значение этого слова объясняют на уроках истории в одиннадцатом классе. Он мало что знал о Первой мировой войне. Он совсем ничего не знал (и вряд ли мог узнать в будущем) о менее известных войнах, вроде Испано-американской* и Корейской** войны. Он не знал, что его мать год служила сиделкой в Корее во время войны. Она никогда не упоминала об этом.

Дэнни Браун не знал о том, что его родители влюбились друг в друга буквально с первого взгляда и что его мать забеременела в первую брачную ночь. Он понятия не имел о том, что его бабушка Браун была категорически против женитьбы сына, потому что мать Дэнни была старше его отца, и к тому же языкастая.

---

* Испано-американская война произошла в 1898 г. между США и Испанией. США требовали, чтобы Испания предоставила независимость своим колониям — Кубе, Пуэрто-Рико и Филиппинам. Эти страны официально получили независимость, но фактически США их захватили.

** Корейская война 1950—1953 гг. — военный конфликт между Северной и Южной Кореей, который часто рассматривается как опосредованная война между США и их союзниками и силами СССР и КНР.

Бабушка Браун считала мать Дэнни «шлюхой», она так и говорила сыну. (Это было единственное грубое слово, которое она употребляла, прожив на свете девяносто лет, и когда отец Дэнни слышал это слово, он начинал плакать.)

Кроме того, Дэнни Браун не знал, что его мать за время своего замужества плакала один-единственный раз. Он даже представить себе не мог ее плачущей. А на самом деле вышло все из-за Дэнни. Это случилось, когда ему было два года. Он полез в духовку и опрокинул на себя сковороду с раскаленным жарким. Мать оказалась рядом. Она схватила его, усадила в ванну и стала поливать холодной водой. Она сорвала с него одежду. У матери Дэнни (сиделки из ожогового отделения, женщины, работавшей в госпитале во время войны) началась истерика. Она стала кричать и звать мужа. Ребенок вопил, мать вопила. Она не выпускала Дэнни из-под струи холодной воды даже тогда, когда он начал дрожать и его губы посинели.

— Он обгорел! — кричала она. — Он обгорел! Обгорел!

На самом деле все обошлось. Миссис Браун действовала достаточно быстро, и Дэнни получил всего-навсего ожоги третьей степени на лице и руках. Но его мать весь день плакала. Она думала: «Я недостойна того, чтобы быть матерью».

И еще: до того дня, как Дэнни обжегся, его мать хотела иметь второго ребенка, но с тех пор она даже мысли такой не допускала. Ни за что. Дэнни Браун ничего не знал о том, что в детстве так сильно обжегся, он ни разу не видел ее плачущей, он не догадывался, что она хотела иметь второго ребенка. Словом, он об этом не имел никакого понятия.

А вот откуда берутся дети, Дэнни знал. К пятнадцати годам это ему было известно. Мать ему рассказала об этом в подобающем возрасте, подобающими словами.

И все же очень многого он пока не знал. В очень многом он был полным невеждой. К примеру, в пятнадцать лет Дэнни Браун думал, что башни-близнецы находятся в городах-близнецах.

Утром семнадцатого августа шестнадцатого лета Дэнни Брауна в дом Браунов зашел Рассел Калески и позвал Дэнни. Как обычно. В то утро все было, как обычно.

— Хочешь повозиться с моей тачкой сегодня, чувак? — спросил Рассел.

— Круто, — как обычно, ответил Дэнни.

Вот только Рассел выглядел не так, как всегда. Его лицо и руки были покрыты уродливыми красными пятнышками.

— Ты заболел? — спросил Дэнни.

— Попал в точку, — ответил Рассел. — У меня ветрянка, чувак.

Дэнни Браун не знал, что ветрянка бывает не только у маленьких детей.

— Мам! — смеясь, крикнул Дэнни Браун. — Мам! На помощь!

Мать Дэнни, сиделка с большим стажем, подошла к двери и посмотрела на Рассела. Она велела ему задрать рубашку, чтобы рассмотреть пятнышки у него на груди. Из-за этого Рассел Калески так расхохотался, что у него на ноздре надулся пузырь из соплей, а из-за этого Дэнни охватил такой приступ смеха, что он сел на ступеньку крыльца. Дэнни и Рассел хохотали как ненормальные.

— У тебя точно ветрянка, Рассел, — поставила диагноз мать Дэнни.

Почему-то после этих ее слов Рассел и Дэнни стали смеяться еще пуще. Они обнялись, а потом, схватившись за животики, стали дрыгать ногами.

— Не сказала бы, что ваше поведение так уж прилично... — заметила мать Дэнни.

Поскольку Дэнни в детстве переболел ветрянкой, ему разрешили пойти к Калески. Рассел и Дэнни немного потрудились над «фордом». В этот день им нужно было снять боковые зеркала с машины, подержать их в ведре с мыльной водой, а потом хорошенько протереть и поставить на место. Рассел то и дело уходил с подъездной дорожки в гараж, потому что говорил, что солнце вредит его ветрянке. Всякий раз, когда Рассел произносил слово «ветрянка», Дэнни снова разбирал смех.

— Кто же мог подцепить ветрянку, чувак? — спросил Дэнни. — Это просто надо постараться — подцепить ветрянку.

— Все мои родичи ее подцепили, чувак, — сказал Рассел. — Никто раньше не болел, вот все и подцепили. Даже моя мама, чувак.

Дэнни снова засмеялся. А потом перестал смеяться.

— Даже Полетта? — спросил он. — Полетта тоже заболела?

Дэнни впервые произнес имя Полетта в разговоре с Расселом Калески.

— Полетта? — переспросил Рассел. — Полетта? Да Полетта нам ветрянку и притащила, если хочешь знать, чувак. Вот дерьмо! Ей хуже всех, кстати. Она подцепила эту дрянь от кого-то из детишек, чувак.

— А она... как... себя чувствует?

Рассел то ли не расслышал, то ли не обратил внимания на то, каким тоном был задан этот вопрос. Он не задумался над тем, почему Дэнни Браун интересуется его сестрой Полеттой. Рассел сказал:

— Полетта уродка, чувак. Она из своей комнаты носа не высовывает. Сидит и ревет весь день. *«Ой-ой-ой! У-у-у-у! Все чешется! Помогите!»*

Дэнни стоял на дорожке перед домом Калески. Он стоял под палящим солнцем и держал в руках боковое зеркало от «форда». Стоял и стоял.

— Эй, чувак, — сказал Рассел. — Эй, чувак, — повторил он.

Дэнни Браун посмотрел на него.

— Эй, чувак, — снова сказал Рассел.

— Я должен зайти в дом, — произнес Дэнни.

Дэнни положил автомобильное зеркало на дорожку и вошел в дом. Миссис Калески лежала на диване. Шторы в гостиной были задернуты, работал телевизор. Миссис Калески была намазана розовым каламиновым лосьоном.

— Вы себя хорошо чувствуете? — спросил Дэнни.

Миссис Калески курила сигарету. Она посмотрела на Дэнни. Обычно она была очень милой, гостеприимной женщиной, а сейчас даже не улыбнулась. Она покачала головой. Вид у нее был самый что ни на есть несчастный. Ее лицо было покрыто буграми и пупырышками. Она выглядела гораздо хуже Рассела.

— Я вернусь, миссис Калески, — сказал Дэнни. — Я только поднимусь наверх. Мне на минуточку надо наверх.

Дэнни быстро поднялся по лестнице и прошел по коридору. Он знал, где комната Полетты. Он подошел к двери и постучал.

— Это Дэнни, — сказал он. — Это я.

Он вошел. Полетта лежала на кровати в пижаме, не укрытая ни простыней, ни одеялом. Увидев Дэнни, она расплакалась. Выглядела она намного хуже Рассела и матери. Она закрыла лицо руками.

— Так чешется, — всхлипнула она. — Так ужасно чешется!

— Ладно, — сказал Дэнни. — Ты потерпи, ладно?

Дело в том, что Дэнни переболел ветрянкой. И болел не таким уж маленьким — ему тогда было почти одиннадцать. В то время его мать не могла отлучаться с работы, и ухаживал за ним отец. Дэнни помнил, что отец очень старался, ухаживая за ним.

Дэнни спустился и прошел на кухню. Рассел вошел в дом.

— Какого фига, чувак? — спросил Рассел.

— Рассел, — произнесла миссис Калески. — Не надо.

Она была слишком слаба и воспротивиться сквернословию сына решительнее попросту не могла.

— Рассел, — сказал Дэнни. — Мне просто нужно немного овсянки.

— Какого фига, чувак? — требовательно возвысил голос Рассел.

На этот раз миссис Калески совсем ничего не сказала. Он была совсем слаба.

Дэнни нашел большую жестяную банку с овсяными хлопьями и сказал Расселу:

— Это чтобы не чесалось. Полетте нужно, ясно?

Он поднялся наверх. Рассел молча пошел следом за ним. Дэнни пустил чуть теплую воду в ванну, закрыл ее пробкой. Он высыпал в ванну все овсяные хлопья из банки, потрогал воду рукой, закатал рукав рубашки, запустил руку в воду и хорошенько размешал овсянку. Оставив воду включенной, Дэнни отправился в спальню Полетты. Мимо Рассела он прошел, не сказав ни слова.

— Полетта, — сказал Дэнни, — ты немного посидишь в ванне, хорошо? Это поможет тебе. Будет меньше чесаться. Я посижу с тобой, ладно?

Он помог ей сесть на кровати, а потом повел в ванную. Она все еще плакала, но уже не так громко. Он держал ее за руку, и они вместе прошли мимо обалдевшего Рассела Калески, бывшего обидчика Дэнни, стоявшего в коридоре.

— Извини, — вежливо сказал Дэнни Расселу. — Прости.

Дэнни завел Полетту в ванную, закрыл дверь и запер на шпингалет.

— Ну вот, — сказал он Полетте. — Приступим, да?

Полетта была в пижаме. Пижама насквозь промокла от пота. Полетта была очень, очень слаба.

— Так, — сказал Дэнни. — Тебе придется раздеться, хорошо?

Полетта оперлась рукой о раковину, сняла носки, потом пижамные штаны и трусики.

— Хорошо, — сказал Дэнни. — Сейчас я помогу тебе снять рубашку, а потом мы тебя посадим в ванну, ладно? Тебе станет намного лучше, понимаешь? Хорошо? Подними руки, Полетта.

Полетта стояла на месте и не двигалась.

— Давай, — сказал Дэнни, — подними руки.

Полетта подняла руки — совсем как маленькая девочка, которая не может сама снять длинную ночную рубашку. Дэнни стащил с нее пижамную кофту.

— Ну вот, — сказал Дэнни. — Похоже, на животе у тебя сыпь хуже всего.

— Ты только посмотри на мою кожу! — воскликнула Полетта и снова расплакалась.

— С твоей кожей все будет хорошо, слышишь?

Дэнни снова потрогал воду. Она была чуть теплая. Такая температура успокаивала, подбадривала. Дэнни снова помешал рукой воду с овсяными хлопьями и помог Полетте забраться в ванну.

— Так лучше, правда? — спросил пятнадцатилетний Дэнни Браун. — Помогает, верно?

Полетта села в ванну и, прижав колени к груди, опустила голову на колени, продолжая плакать.

— Начнем, — сказал Дэнни Браун. Он взял в обе руки по пригоршне мокрых, прохладных овсяных хлопьев и стал раскладывать кашицу по спине Полетты. — Вот так. Вот так.

Дэнни укладывал хлопья на шею, плечи и предплечья Полетты. Он взял с раковины кружку и полил водой голову Полетты, чтобы сыпь под волосами не так сильно чесалась. Когда вода в ванне начала остывать, он снова включил кран.

Дэнни Браун опустился на колени рядом с сидевшей в ванне Полетой. Лежавшая в гостиной на диване миссис Калески гадала, что происходит наверху. Бывший драчун Рассел Калески сидел на полу в коридоре, прямо напротив закрытой двери ванной. Рассел не сводил глаз с двери. Он пытался подслушать, что там происходит, но ничего не слышал.

А в ванной Дэнни ухаживал за больной Полеттой.

— Теперь ты можешь откинуть голову, — сказал он ей.

Он помог ей улечься. Он свернул полотенце и подложил ей под голову как подушку. Прохладная вода заполнила ванну, она доходила Полетте до подбородка. Ее груди всплыли. Они стали легче в воде.

— Ровно через пять минут тебе станет легче, — сказал Дэнни Браун и улыбнулся. А потом спросил: — Хочешь стакан воды?

— Нет, спасибо, — ответила Полетта.

Возможно, прошло минут пять. Минут пять прошло, возможно. Миссис Калески лежала в гостиной на диване и ждала, продолжая гадать, что же происходит. Через несколько домов от дома Калески мать Дэнни Брауна собиралась на работу в ожоговое отделение. Отец Дэнни Брауна на другом краю города пытался покормить умирающего больного обедом. В средней школе Монро было пусто. «Форд» Рассела Калески стоял на подъездной дорожке, как обычно.

Был август. Все было так, как всегда бывает в августе.

А потом Полетта Калески сказала Дэнни Брауну:

— Ты очень хорошо работаешь.

Рассел Калески сидел напротив ванной очень тихо. Он не понимал, чем там занимается его друг. Он не знал, чем там занимается его сестра. Рассел не понимал, зачем сидит здесь, на что тут смотреть, но он пристально смотрел на дверь ванной комнаты — так пристально, как только может смотреть человек. И к чему прислушивается, он тоже не понимал. Но Рассел Калески очень старательно прислушивался, сидя напротив ванной и склонив голову набок.

Названия цветов
и имена девушек

* * *

В то время, когда в жизни моего деда появилась Бабетта, ему не исполнилось и двадцати лет. Но хотя в наше время, а может, и тогда тоже молодость вовсе не обязательно была замужем за невинностью, в случае с моим дедом все обстояло именно так. Некоторые его ровесники уже отслужили, вернулись с войны, но он не попал в их число по весьма прозаической причине: у него одна нога была на несколько размеров больше другой. Снабдить его подходящей обувью для армии США оказалось настолько затруднительно, что его не призвали на военную службу, и годы войны он, как и все предыдущие годы, провел в обществе своей престарелой двоюродной бабушки.

В тот особенный вечер, в среду, он решил не говорить бабушке, куда пойдет. Не из хитрости, нет — мой дед по натуре вовсе не был врунишкой. Скорее он посчитал, что бабушка не поймет его, а может быть, даже не услышит, поскольку она пребывала в маразме. Он попросил соседку, вдову с больными коленями, присмотреть за его двоюродной бабкой в этот вечер, и соседка согласилась. Он уже обращался к ней с такой просьбой месяц назад, чтобы посмотреть боксерский матч, а потом отпросился, совсем ненадолго, поздно вечером в субботу. В тот вечер он немного постоял в дверях очень шумного и очень опасного местного бара. Поэтому, можно сказать, ему не впервые предстояло столкнуться с большим скоплением народа. Правда, за время своих первых двух «выходов в свет» мой дед мало что успел понять — кроме того что запах табачного дыма накрепко въедается в волосы и одежду. На этот вечер он возлагал большие надежды.

Оказалось, что в ночном клубе, куда он пришел, намного темнее, чем на улице. Шоу началось рано, как и полагалось в будний день, но в клубе уже было полным-полно курящих и расхаживающих туда-сюда мужчин. Как раз в тот самый момент, когда мой дед вошел в зал, немногочисленные лампы около оркестра погасли, и ему пришлось разыскивать дорогу к свободному месту в полумраке, перешагивать через ноги сидящих людей. Он старался не прикасаться к людям, но все равно то задевал шерстяную ткань чьего-то костюма, то прикасался к чьей-то коже, пока наконец не нашел свободный стул и не сел.

— Время? — кто-то сердито проговорил рядом с ним. Мой дед насторожился, но не отозвался. — Который час? — снова прозвучал голос.

Мой дед тихо спросил:

— Вы со мной говорите?

Но тут на сцене возник луч света, и мой дед забыл о своем вопросе. Бабетта начала петь. Правда, тогда мой дед еще не знал ее имени. Когда его глаза привыкли к слепящему белому свету, не замечая ничего, он видел только цвет ее платья — ярко-зеленый, который в наши дни принято называть лимонно-зеленым или лаймовым. Такого цвета в природе нет, но теперь этого оттенка добиваются искусственно и производят краски такого цвета для ткани и пищевые красители. Теперь этот цвет нас не шокирует, мы к нему успели привыкнуть. А в тысяча девятьсот девятнадцатом году еще невозможно было увидеть ни автомобиля такого цвета, ни маленького домика на окраине, ни ткани для платья.

Как бы то ни было, платье Бабетты, короткое, без рукавов, было именно такого цвета. Мой дед из-за этого ярко-зеленого платья даже не сразу заметил, что она поет. Она не была такой уж талантливой певицей, но об этом не стоило и говорить, поскольку для ее работы музыкальные способности вовсе не так уж требовались. Свою работу она исполняла очень хорошо, то есть покачивалась в такт музыке, переступая с ноги на ногу, а ноги у нее были красивые. Романисты, слагавшие свои творения всего за десять лет до этого вечера, при описании красивой женщины прибегали к таким клише, как «у нее были пухлые, округлые руки». Но к концу Первой мировой мода изменилась настолько, что женщины стали выставлять напоказ другие части тела, и женские руки стали привлекать к себе намного меньше внимания, чем раньше. И очень жаль, потому что руки у Бабетты были очень хороши. Пожалуй, руки даже были самым лучшим в ней. Но мой дед и в молодости был не очень современным человеком, и он красоту рук Бабетты оценил.

Осветился задник сцены, и позади Бабетты появилось несколько танцевальных пар. Это были хорошие, профессиональные танцоры — стройные мужчины в темных костюмах, женщины в коротких развевающихся платьях. Освещение было такое, что наряды их казались коричневыми и серыми, и моему деду не оставалось ничего другого, как заметить появление танцоров и вернуться взглядом к Бабетте.

Он был плохо знаком с шоу-бизнесом, поэтому не догадывался о том, что происходящее на сцене — всего-навсего малозначащая прелюдия к долгому ночному представлению. Этот номер предназначался только для того, чтобы за открытым занавесом оказалась не пустая сцена, чтобы разогрелся маленький оркестр, а зрители настроились и поняли, что шоу началось. В Бабетте не было ничего вызывающего, кроме длины платья, и, возможно, мой дед был единственным человеком в клубе, кого искренне взволновало то, что видит перед собой. Почти наверняка никто из мужчин не вытирал о брюки влажные от волнения ладони, не шевелил беззвучно губами, подыскивая нужные слова для описания платья Бабетты, ее рук, ее удивительных рыжих волос и яркой помады. Большинство зрителей уже слышали эту песню в записи, сделанной другой, более талантливой и красивой певицей, но мой дед очень мало знал о популярной музыке и красивых девушках.

Когда артисты поклонились и свет на сцене еще больше приглушили, мой дед встал и быстро пошел вдоль ряда стульев. Он наступал людям на ноги и шептал слова извинения. Он выбрался в проход и направился к тяжелым дверям. Когда он толкнул створки дверей и они приоткрылись, на пол полутемного зала легли узкие треугольники света. Мой дед выскользнул в фойе, подошел к билетеру и схватил его за руку.

— Мне нужно поговорить с певицей, — сказал он.

Билетер, ровесник моего деда, но при этом ветеран войны, спросил:

— С которой?

— С певицей. С той, у которой волосы такие... красные...

В замешательстве он теребил кончики волос.

— С рыжей, — кивнул билетер.

— Да.

— Она тут на гастролях.

— Да, хорошо, хорошо, — глупо закивал мой дед. — Чудесно!

— Чего вам от нужно от нее?

— Мне нужно с ней поговорить, — повторил мой дед.

Возможно, билетер, увидев, что мой дед трезв и молод, решил, что перед ним посыльный, а возможно, ему просто не захотелось вдаваться в подробности. Как бы то ни было, он провел моего деда к гримерке Бабетты, которая находилась под сценой, в темном коридоре с множеством дверей.

— Тут кое-кто хочет вас видеть, мисс, — проговорил билетер, дважды постучав в дверь, и ушел, не дожидаясь ответа.

Бабетта открыла дверь, проводила взглядом удаляющегося билетера и только потом посмотрела на моего деда. Она была в комбинации, а плечи, словно шалью, прикрывала большим розовым полотенцем.

— Да? — произнесла она, вздернув высокие брови еще выше.

— Мне нужно поговорить с вами, — сказал мой дед.

Она смерила его взглядом. Долговязый, бледный, в недорогом костюме. Свернутый плащ он держал под мышкой, словно футбольный мяч. У него была дурная привычка сутулиться, но сейчас он стоял совершенно прямо, немного запрокинув голову и расправив плечи, отчего они казались шире. Эта поза давала ему возможность выглядеть солиднее. В нем не было ничего такого, что побудило бы Бабетту захлопнуть перед ним дверь, поэтому она осталась. Она стояла перед ним в комбинашке, придерживая на груди полотенце.

— Да? — повторила она.

— Я хочу рисовать вас, — сказал мой дед.

Бабетта нахмурилась и шагнула назад.

Мой дед встревожился. Он подумал, что она могла неправильно понять его и решить, что он хочет разрисовать ее тело, как кто-то разрисовывает стену. Он испуганно поторопился объяснить:

— Я хотел сказать, что я хотел бы написать с вас картину, ваш портрет!

— Прямо сейчас? — спросила Бабетта, и он поспешно ответил:

— Нет, нет, не сейчас. Но мне бы очень этого хотелось, понимаете? Очень хотелось бы.

— Вы художник? — осведомилась Бабетта.

— О, очень плохой, — признался мой дед. — Я ужасный художник, отвратительный.

Бабетта рассмеялась.

— Меня уже рисовали несколько художников, — соврала она.

— Конечно, — кивнул мой дед.

— Вы слышали, как я пела? — спросила она, и он ответил, что слышал. — Вы не останетесь до конца представления? — спросила она, и он ответил не сразу. Он только теперь понял, что посмотрел не все представление.

— Нет, — сказал мой дед. — Мне не хотелось упустить вас. Я боялся, что вы сразу уйдете.

Бабетта пожала плечами:

— Я не пускаю мужчин в свою гримерную.

— Конечно! — воскликнул мой дед, надеясь, что он не сказал ничего такого, из-за чего она могла бы подумать, что он напрашивается на приглашение. — У меня и в мыслях этого не было.

— Но торчать в коридоре и болтать с вами я не собираюсь, — добавила Бабетта.

Мой дед сказал:

— Простите, что побеспокоил вас.

Он расправил плащ и хотел было надеть его.

— Я хотела сказать, что, если вы хотите поговорить со мной, вам придется войти, — пояснила Бабетта.

— Я не могу, я не собирался...

Но она уже шагнула назад, в маленькую комнатку с тусклым освещением, и придержала дверь, чтобы он мог войти. Мой дед переступил порог, а когда Бабетта закрыла дверь, он прижался к двери спиной, стараясь занять как можно меньше места. Бабетта придвинула к умывальнику старенький фортепианный стул и посмотрела на себя в серебряное зеркальце на длинной ручке. Она включила воду, дождалась, пока пойдет горячая, намочила два пальца и поправила выбившуюся прядь за ухом. Затем она взглянула на моего деда через плечо:

— Может быть, теперь вы мне скажете, что вам нужно.

— Я хотел нарисовать вас.

— Но вы же говорите, что вы плохой художник.

— Да.

— Вам не следует так говорить, — сказала Бабетта. — Если вы хотите добиться успеха и кем-то стать, вы должны говорить людям, что вы хороший художник.

— Я не могу так говорить, — покачал головой мой дед. — Это не так.

— Но ведь это так просто — говорить, что вы хороший художник. Ну, давайте скажите так... Скажите: «Я хороший художник». Давайте.

— Не могу, — сказал мой дед. — Это неправда.

Бабетта взяла карандаш для подводки бровей с края раковины и бросила ему.

— Нарисуйте что-нибудь, — сказала она.

— Где?

— Где хотите. На этой стене, на той — где угодно. Мне все равно.

Он растерялся.

— Давайте же, — сказала Бабетта. — Эта каморка хуже не станет, так что не переживайте.

Мой дед нашел место рядом с умывальником, где побелка не так сильно облупилась и стена была не так сильно исписана. Он начал медленно рисовать руку, держащую вилку. Бабетта стояла у него за спиной, наклонившись и глядя на стену через его плечо.

— Мне не очень удобно здесь рисовать, — сказал мой дед, но Бабетта промолчала, поэтому он продолжал рисовать. Он пририсовал мужское предплечье и наручные часы. — Получается размазано, потому что карандаш такой мягкий, — проговорил он извиняющимся тоном, а Бабетта сказала:

— Хватит болтать. Заканчивайте свой рисунок.

— Он закончен. — Мой дед сделал шаг назад. — Он уже закончен.

Бабетта посмотрел на него и перевела взгляд на карандашный набросок.

— Но ведь это всего-навсего рука, — сказала она. — Ни лица, ни человека.

— Понимаете, я плохой художник. Я вам сразу сказал, что никуда не гожусь.

— Ну нет, — решительно возразила Бабетта. — Я думаю, что вы очень даже хороший художник. По-моему, просто замечательная рука и вилка. Глядя на этот рисунок, я готова позволить вам нарисовать мой портрет. Просто очень странно рисовать на стене, правда?

— Не знаю, — признался мой дед. — Я никогда прежде не рисовал на стене.

— В общем, это хороший рисунок, — объявила Бабетта. — Я считаю вас отличным художником.

— Благодарю вас.

— А теперь вы должны сказать мне, что я хорошая певица.

— Но это так и есть! — воскликнул мой дед. — Вы просто прекрасны!

— Как это любезно с вашей стороны, — мило улыбнувшись, сказала Бабетта. — Но на самом деле это не так. В таких местах хороших певиц не бывает. Танцовщицы неплохие есть, но я плохая танцовщица и ужасная певица.

Мой дед не знал, что на это сказать, но Бабетта смотрела на него так, словно ждала от него каких-то слов, поэтому он спросил:

— Как вас зовут?

— Бабетта, — ответила она и добавила: — И между прочим, когда девушка себя критикует, вы должны из кожи вон вылезти, чтобы ей возразить.

— Простите, — смущенно проговорил мой дед. — Я не знал.

Бабетта снова посмотрелась в зеркальце.

— Значит, вы хотите нарисовать только мою руку? — спросила она. — Но у меня здесь нет вилки.

— Нет-нет, — возразил мой дед. — Я хочу нарисовать вас целиком, на черном фоне, и чтобы вокруг вас все были в черном. И еще будет белый свет, и вы посередине... — он поднял руки и очертил ими воображаемую раму, — посередине, в зеленом и красном. — Он опустил руки. — Видели бы вы сами этот зеленый и красный цвет.

— Значит, вам нравится только мое платье, — сказала Бабетта. — Только платье и волосы.

«И еще руки», — подумал мой дед, но вслух не сказал. Он только кивнул.

— Но все это на самом деле не я, — сказала Бабетта. — Даже волосы у меня фальшивые.

— Фальшивые?

— Да. Фальшивые. Крашеные. Пожалуйста, не надо так удивляться. Ну правда же, наверняка вы раньше не видели волос такого цвета.

— Нет! — вскричал мой дед. — Никогда не видел. Мне кажется, это просто замечательно, что вы можете сделать, чтобы ваши волосы были такого цвета. Я думал об этом, но, конечно, мне и в голову не пришло, что у вас волосы крашеные. Похоже, на свете так много цветов, которых я никогда не видел... Можно мне потрогать ваши волосы?

— Нет, — отказалась Бабетта. Она взяла с умывальника расческу, вытянула из ее зубьев один рыжий волосок и протянула моему деду. — Вот возьмите. Я вас слишком мало знаю, чтобы позволить вам хватать меня за голову.

Мой дед поднес волосок к свету, прижал к электрической лампочке и сосредоточенно сдвинул брови.

— Он с одного конца каштановый, — сказал он.

— Значит, волосы отросли, — объяснила Бабетта.

— Ваши настоящие волосы?

— Волосы у меня все настоящие. Просто каштановый — это мой настоящий цвет.

— Совсем как у меня, — удивленно проговорил мой дед. — Но я бы ни за что так не подумал, когда увидел вас на сцене. То есть даже представить невозможно, что у нас с вами волосы одинакового цвета. Разве это не замечательно?

Бабетта пожала плечами:

— Я бы не сказала, что это замечательно. Я к своим волосам привыкла.

— Да, конечно, я понимаю.

— Вы ведь не из Нью-Йорка, да? — спросила Бабетта.

— Из Нью-Йорка, — ответил мой дед. — Я здесь прожил всю жизнь.

— А вот ведете вы себя, будто вы не отсюда. Вы себя ведете, будто маленький мальчик из деревни. Вы только не обижайтесь. Это не так плохо.

— А я думаю, это очень плохо. Это просто ужасно. Это из-за того, что я мало говорю с другими людьми.

— Чем же вы тогда весь день занимаетесь?

— Иногда я работаю в типографии. Я живу с моей двоюродной бабушкой.

— И она очень старая, — заключила Бабетта.

— Да. И выжила из ума. Теперь она ничего не помнит, кроме названий цветов и имен девушек.

— Как это?

— Она помнит только названия цветов и имена девушек. Я не знаю почему. Если я задаю ей вопрос, она очень долго думает, а потом произносит что-нибудь вроде: «Анютины глазки, Маргарита, Эмили, Кэтрин, Виола».

— Не может быть! — воскликнула Бабетта. — Вот это прелесть! Наверное, очень красиво слушать ее.

— Иногда. А иногда просто грустно, потому что я понимаю, как ей тоскливо. Иногда она вдруг начинает говорить и словно плетет венок из имен и названий: «Лилия — Роза — Делия — Азалия». Тогда действительно получается красиво.

— Не сомневаюсь, — кивнула Бабетта. — Порой мы забываем, сколько названий цветов превратились в женские имена.

— Верно, — сказал мой дед. — Я это заметил.

— Она о вас заботилась, да?

— Да, — ответил мой дед. — Когда я был моложе.

— Вы и сейчас молодой, — рассмеялась Бабетта. — Даже я еще молодая, но, думаю, я постарше вас.

— Я не представляю, сколько вам лет. Я об этом даже не задумывался.

— Я понимаю, почему вы не задумывались об этом. — Бабетта снова взяла зеркальце и посмотрела на свое отражение. — Косметика все прячет. Трудно понять, какая же я на самом деле. Я-то, конечно, считаю себя хорошенькой, но я только на этой неделе поняла, что стариться я буду некрасиво. Некоторые мои знакомые женщины всю жизнь выглядят юными девушками, и я думаю, это из-за того, что у них хорошая кожа. Издалека и я выгляжу неплохо, а на сцене я не первый год и потому хорошо смотрюсь, но, если вы подойдете ко мне ближе, вы многое чего заметите.

Она вскочила и в два прыжка оказалась в противоположном углу комнаты.

— Вот видите, отсюда я выгляжу божественно, — сказала она и тут же стремительно подошла вплотную к моему деду — так близко, что они почти соприкасались носами. — Но поглядите на меня теперь. Видите эти маленькие морщинки вот тут и вот тут? — Она указала на уголки глаз.

Мой дед не увидел ничего похожего на морщинки. Он увидел только быстро порхающие ресницы и слой пудры. Он обратил внимание на то, что от Бабетты пахнет сигаретами и апельсинами, и он, затаив дыхание, боялся нечаянно прикоснуться к Бабетте или сделать что-то неправильное. Он сделал шаг назад и выдохнул.

— Но так бывает со всем на свете, если посмотреть ближе, — продолжала Бабетта. Зеленое платье, в котором она выходила на сцену, висело переброшенное через проходящую под низким потолком трубу. Бабетта сняла платье с трубы, прижала его к себе и снова отошла в дальний угол. — Посмотрите на этот чудесный зеленый наряд, — сказала она. — На сцене я в этом платье могу мужчинам голову вскружить, верно?

Я в этом платье выгляжу просто обалденно, вы так не думаете?

Мой дед сказал, что именно так и думает. Бабетта снова приблизилась к нему, но на этот раз, к его облегчению, не так близко.

— Но вы посмотрите, какая это на самом деле дешевая тряпка, — сказала Бабетта, вывернув платье наизнанку. — Взгляните на эти швы. Как будто шил ребенок. И везде булавки. И пощупайте ткань, пощупайте, не стесняйтесь.

Мой отец несмело сжал в пальцах край подола платья, но ничего особенного не почувствовал.

— Сразу понятно, что это не натуральный шелк. Нет, ничего замечательного в этом платье нет. Надень я его и явись к кому-нибудь в гости, я бы выглядела как уличная девка. Оно жалкое. — Она отвернулась, потом, обернувшись через плечо, добавила: — А уж понюхать его я вам даже не предлагаю. Не сомневаюсь, вы можете себе представить, как оно пахнет.

На самом деле мой дед вовсе не представлял, как может пахнуть платье Бабетты. Он думал, что от платья пахнет сигаретами и апельсинами, но так ли это — не догадывался. Бабетта бросила на пол розовое полотенце и повернулась к моему деду, оставшись в комбинации и чулках.

— Наверное, вот так я выгляжу очень хорошо, — сказала она. — Правда, у меня нет большого зеркала, поэтому я не очень в этом уверена. Но если бы я сняла комбинацию и вы подошли бы ко мне близко-близко, вы бы увидели, что у меня полным-полно прыщиков, волосков и родимых пятен, — и вы бы, наверное, были очень разочарованы. Вы ведь никогда не видели голую женщину, да?

— Нет, видел, — сказал мой дед, и Бабетта посмотрела на него с нескрываемым удивлением.

— Не видели, — резко проговорила она. — Ни разу не видели.

— Видел. Уже три года моя двоюродная бабушка не может заботиться о себе. Я ее мою и переодеваю.

Бабетта поморщилась:

— Наверно, это противно. — Она подняла полотенце с пола и снова завернулась в него. — Наверно, она совсем ничего не соображает. Небось вся покрыта всякой гадостью.

— Я слежу, чтобы она была чистая, — возразил мой дед. — Я забочусь, чтобы она не...

— Нет-нет... — Бабетта протестующе подняла руки. — Я не могу это слушать, не надо. Меня стошнит, честное слово.

— Простите, — пробормотал мой дед. — Я не хотел...

— А вам не противно? Заниматься всем этим? — прервала его Бабетта.

— Нет, — честно ответил мой дед. — Думаю, это примерно так же, как если бы вы ухаживали за маленьким ребенком, вам так не кажется?

— Нет. Мне вовсе так не кажется. А правда, забавно, что мне показалось таким противным то, о чем вы мне только что сказали? В моей жизни полным-полно всякого такого, что вас бы просто шокировало, но я никак не думала, что вы сможете шокировать меня.

— Я вовсе не собирался вас шокировать, — извинился мой дед. — Я просто ответил на ваш вопрос.

— А вот я вам скажу кое-что шокирующее, — сказала Бабетта. — Когда я была маленькая и мы жили в Эльмире, с нами по соседству жил один старик. Старый-престарый, ветеран Гражданской войны. У него в бою руку раздробило. Руку ампутировали, но он не разрешил хирургу выбросить ее, представляете? Он ее сохранил, высушил на солнце и привез домой. Сувенирчик, так сказать. И хранил ее до самой смерти. Когда его внуки баловались, он гонял их по двору, пугая этой жуткой рукой, да еще и лупил их ей. А как-то раз он меня усадил рядом, взял эту руку и показал маленькую отметину в кости — в детстве он сломал эту руку. Ну как, противно?

— Нет, — признался мой дед. — Интересно. Я никогда не был знаком ни с кем, кто воевал в Гражданскую войну.

— А вот это и вправду забавно, — сказала Бабетта. — Потому что все, кому бы я эту историю ни рассказывала, были в шоке. А мне не было ни страшно, ни противно. Тогда почему же я не могу слушать про то, как вы моете свою старенькую бабусю?

— Не знаю, — пожал плечами мой дед. — Но только ваша история намного интереснее.

— Вот уж не думала, что мне от чего-то еще может стать противно, — призналась Бабетта. — Я вам еще одну историю расскажу. В городке, где я выросла, была церковь, и в этой церкви детям бесплатно раздавали мороженое, так мы этим мороженым так объедались, что нас начинало тошнить. Но как откажешься от такого лакомства? В общем, мы выходили из церкви, нас тошнило, а потом мы бежали, чтобы еще поесть мороженого. Вскоре к церкви сбегались собаки. Нас тошнило мороженым. А собаки его подъедали. Ну как? Противно?

— Нет, — улыбнулся мой дед. — Смешно.

— Я тоже так думаю. Мне и тогда так казалось, и теперь так кажется. — Бабетта немного помолчала. — И все-таки за последние годы я столько всякой дряни навидалась, что вас бы точно стошнило, если бы вы услышали. Я бы могла еще как вас шокировать. Я делала такие ужасные вещи, что не стала бы вам про них рассказывать, даже если бы вы меня умоляли.

— Я не стану вас умолять. Я ни о чем таком не хочу знать, — сказал мой дед, но потом, когда он ушел домой, ему вдруг отчаянно захотелось услышать о чем-нибудь именно таком.

— Да это и не важно. Мы об этом совсем не будем говорить. А вы забавный, честно. С вами я чувствую себя просто старой шлюхой. Знаете, среди певиц столько старых шлюх, и все они смотрят на молодых парней и говорят: «А ты забавный». Но с вами все так и есть. Большинству мужиков только дай принюхаться к прошлому девушки, и потом давай выкладывай все, как было. А вы только смотрите на меня, но я не привыкла, чтобы на меня вот так смотрели.

Мой дед покраснел.

— Извините, если вам показалось, что я на вас пялюсь, — сказал он.

— Если бы только на меня! Вы на всю комнату пялитесь. Готова об заклад побиться: вы запомнили каждую трещинку на этих стенах, столбики на спинке кровати и даже то, что у меня лежит на дне чемоданов.

— Нет.

— Да, запомнили. И меня вы все время запоминали. Даже не сомневаюсь.

Мой дед промолчал, потому что Бабетта, конечно, была совершенно права. Он молчал и нервно переступал с ноги на ногу — и вдруг резко ощутил, что ноги у него разные. Не в первый раз в жизни ему стало из-за этого не по себе, даже голова немного закружилась.

— Ну вот, я вас смутила, — сказала Бабетта. — Думаю, вас очень легко смутить, поэтому мне нечем гордиться. — Немного помедлив, она добавила: — Нет, теперь я точно верю, что вы художник, иначе бы вы так не таращились на меня и на все вокруг. Вы любитель посмотреть, а не послушать. Я права?

— Я не понимаю, что вы имеете в виду, — ответил мой дед.

— Напойте мне хоть кусочек мелодии той песни, которую я пела сегодня. Скажите хоть строчку текста. Ну давайте.

Мой дед поспешно задумался, но на ум ему приходил только голос человека, который спрашивал, который час. Он еще немного помолчал и сказал:

— Вы пели, кажется, про то, что вам грустно из-за того, что кто-то ушел. Мужчина, кажется... — У него сорвался голос. Затем он робко добавил: — Песня была очень красивая. Вы ее хорошо исполняли.

Бабетта расхохоталась:

— Я так и знала, что вы не слушали. Песня очень глупая. Дурацкая песня. А вот скажите: сколько пар танцевали позади меня?

— Четыре, — без малейших раздумий проговорил мой дед.

— А кто из девушек на сцене был самого маленького роста?

— Вы.

— А в оркестре сколько было музыкантов?

— Я никого не видел, кроме дирижера и контрабасиста — конечно, потому что он играл стоя.

— Ну да, ясно.

Бабетта пошла к умывальнику и несколько минут возилась там с туалетными принадлежностями. Потом она повернулась и, подойдя к моему деду, вытянула руку. Она нанесла несколько мазков помады на руку выше запястья. Оттенки помады едва заметно отличались один от другого. Затем Бабетта подкрасила губы помадой из тюбика, который держала в другой руке, и спросила:

— Какой цвет у меня сейчас на губах?

Мой дед опустил глаза и стал разглядывать руку Бабетты. Красные мазки на белой коже его неожиданно встревожили. Он немного помедлил, прежде чем ответить, потому что внимание его привлекло нечто другое — тонкая синеватая вена, тянувшаяся к сгибу локтя Бабетты. Затем он указал на второй мазок от запястья и сказал:

— Вот этот.

В глаза Бабетты он посмотрел только тогда, когда она опустила руку и заинтриговавшая его голубоватая вена скрылась из виду. Бабетта стояла, прижав вторую руку к губам, и смотрела на своего странного гостя такими большими и испуганными глазами, что моему деду показалось, что ее рука принадлежит не ей, а кому-то другому, кто готов ее обидеть, напасть на нее. Мой дед осторожно взял руку Бабетты и медленно опустил. Он посмотрел на ее губы и понял, что цвет определил верно. Не особенно задумываясь над тем, что делает, он приподнял ее подбородок, чтобы на ее лицо лучше падал свет, и стал разглядывать форму ее лба, носа, скул. Бабетта наблюдала за ним.

— Послушайте, — сказала она. — Если вы собираетесь меня поцеловать, просто...

Она умолкла. Мой дед убрал руку от подбородка Бабетты, снова взял ее за руку и стал внимательно изучать мазки помады на коже. Он смотрел на руку Бабетты очень долго, и в конце концов она не выдержала и начала стирать помаду уголком полотенца. Ей словно бы стало стыдно за то, что она сделала. Но мой дед смотрел не на помаду. Он смотрел на тонкую голубоватую вену, лежавшую, словно в колыбели, в сгибе руки Бабетты. Немного погодя он взял другую руку Бабетты и сравнил вены на одной и другой руке. Он очень нежно сжимал запястья Бабетты, но смотрел на ее руки так пристально, что она не выдержала этого взгляда и потянула руки к себе. Мой дед сразу же отпустил их.

Он подошел к переброшенному через трубу платью и еще раз присмотрелся к его слишком яркому зеленому цвету. Потом вернулся к Бабетте, чтобы снова разглядеть цвет ее волос. Он протянул руку, чтобы прикоснуться к ее волосам, но она перехватила его руку.

— Пожалуйста, — сказала она. — Хватит.

Мой дед ошеломленно заморгал, будто его только что разбудили или сообщили какую-то ужасную новость. Он обвел гримерную взглядом, будто хотел отыскать здесь еще кого-то, потом нахмурился и перевел взгляд на Бабетту.

— Вам следует знать, что есть правила поведения, — строго проговорила Бабетта. — Можно сказать какие-то слова, чтобы девушка не чувствовала, что ею пользуются.

Ее лицо было бесстрастным, но, взяв зеркальце на длинной ручке, она сжала его крепко, как теннисную ракетку или оружие.

Мой дед покраснел.

— Простите меня, — пробормотал он. — Я не хотел... Со мной порой такое случается... Бывает. Я вот так начинаю смотреть, приглядываться...

Бабетта прервала его резким, раздраженным взглядом. По ее лицу словно тень пробежала.

— Вы не должны так вести себя с людьми, — сказала она. Мой дед снова принялся извиняться, но она решительно покачала головой и сказала: — У вас получится очень хорошая картина, но мне она совсем не польстит. И это нормально, — добавила она, небрежно пожав плечами, — потому что я ее никогда не увижу.

— Простите, — проговорил мой дед, чувствуя себя совершенно чужим. Он словно бы снова оказался в коридоре за ее дверью, где стены были затянуты паутиной.

Бабетта снова пожала плечами, подняла руку и прикоснулась к рыжему локону, который благополучно лежал, где ему было положено. Мой дед молча смотрел на нее.

— Вы не думаете, что теперь вам лучше уйти? — наконец спросила Бабетта.

Мой дед, смущенный до последней степени, скованно кивнул и вышел. Он прошел по темному коридору и дорогу к выходу нашел сам. Ему не понадобился молодой билетер, который провел его к Бабетте. Билетер сразу же забыл о нем. Дождь прекратился. Плащ моего деда успел высохнуть в гримерной Бабетты, а он и забыл, что плащ был мокрым.

Когда мой дед вернулся домой, вдова с больными коленями была еще там. Она не спросила, где он был. Сказала только, что его двоюродная бабушка заснула в кресле и спит до сих пор.

— Я ей супа дала, — прошептала соседка, когда мой дед отпирал дверь.

— Спасибо, — сказал он. — Вы очень добры.

Мой дед тихо закрыл дверь и снял туфли. Стараясь не разбудить бабушку, он прошел через гостиную. В своей спальне он приступил к работе над самой первой важной картиной в своей жизни. Он покрыл несколько листов бумаги набросками. Он изобразил толпу зрителей в ночном клубе. Он рисовал их схематично, без лиц, и на каждом наброске оставлял посередине пустое место. Через несколько часов мой дед просмотрел плоды своего труда и остался очень недоволен собой. Все рисунки получились почти одинаковыми — темная, неподвижная аудитория и зияющая белизна на том месте, где должна была быть изображена певица. Но как приступить к ее изображению, мой дед не знал.

Он уткнулся лицом в рукав рубашки и закрыл глаза. Он стал вдыхать запах табака, которым пропиталась его рубашка, — сначала непроизвольно, а потом намеренно, словно осознавая, что чем глубже он вдохнет этот неприятный запах, тем сильнее отточит свое мастерство. Через некоторое время он открыл небольшой ящичек с масляными красками и начал смешивать их, пытаясь воспроизвести цвет платья Бабетты.

Хотя позже мой дед стал непревзойденным мастером цвета, в ту ночь он, молодой человек со скудным набором красок, был просто сражен стоящей перед ним задачей — вспомнить оттенок зеленого платья Бабетты. Он работал очень старательно, и несколько раз ему показалось, что он близок к успеху, но когда краска высыхала, эффект терялся, цвет тускнел. Мой дед был потрясен невозможностью быть выразительным.

Его стол был усеян обрывками бумаги, покрыт липкими пятнами неправильного зеленого цвета. Он снова просмотрел свои наброски и подумал о том, что говорила ему Бабетта. Она была права, сказав, что картина получится хорошей, но ошибалась, решив, что в ней не будет ничего лестного для нее. Мой дед прекрасно представлял себе фигуру, которая окажется на пустом пространстве, он был уверен в том, что героиня его картины будет выглядеть очень привлекательно. И все же он считал, что картина обречена остаться всего лишь слабым отражением зыбкого, фантастического момента. Эта работа не могла польстить ему. Каким несчастьем для него было осознавать это в его молодом возрасте.

Вдруг он услышал звук и положил на пол блокнот с набросками. Его двоюродная бабушка что-то говорила. «Давно ли она проснулась?» — подумал мой дед. Он пошел в гостиную и включил маленькую настольную лампу. Старушка медленно покачивалась в кресле, и он немного послушал, как она бормочет:

— Гортензия, Грейс, Анна, Флора, Сара...

Состарившись, двоюродная бабушка моего деда как бы усохла. Но при свете настольной лампы, укутанная в темные пледы, обложенная вышитыми подушками, она выглядела если не крепкой, то довольно статной старухой. Мой дед сел у ее ног, будто ребенок, ожидающий, что ему расскажут сказку.

— Шиповник, Фейт, Цинния, Колокольчик, — проговорила старушка.

Мой дед опустил голову ей на колени, и она умолкла. Она положила руку ему на голову. Ее рука старчески подрагивала. Мой дед вскоре задремал — и очнулся от голоса старушки.

— Беби, — проговорила она.

Мой дед полуоткрыл глаза, не поднимая головы. Он не был уверен, точно ли услышал это слово или ему почудилось.

Но старушка стала повторять это слово вновь и вновь. Тихим, шелестящим голосом.

— Беби, беби, беби, — произносила она, а мой дед так устал, и ему, полусонному, казалось, что она без конца повторяет: «Бабетта». Он думал, что из всех девичьих имен и названий цветов его двоюродная бабушка в конце концов выбрала это одно, звонкое и мучительное, имя и теперь повторяет его снова и снова.

Он зажмурился. Но даже закрытые, его глаза болели. Словно кто-то заставил глаза моего деда увидеть себя шестидесятилетним, старым и умирающим, зовущим к себе дочерей и внучек. Он звал их и всех называл Бабеттами.

Оптовый овощной рынок в Бронксе

* * *

Джимми Моран был еще довольно молод — ему едва перевалило за сорок, когда у него начались сильные боли в спине. Семейный врач сказал, что ему, скорее всего, понадобится операция на межпозвоночном диске, а другой врач (высокооплачиваемый специалист) это подтвердил. Оба доктора сошлись на том, что Джимми придется на шесть месяцев оставить работу. Все эти шесть месяцев ему предписывалось лежать на спине и совершенно ничего не делать, и только тогда у него появится шанс на полное выздоровление.

— Шесть месяцев! — возразил Джимми докторам. — Я работаю с пищевыми продуктами, ребята! Вы шутите?

Шесть месяцев! Он попытался уговорить врачей согласиться на четыре месяца, хотя и это был для него слишком долгий срок. В конце концов сговорились на пяти месяцах, но при этом оба доктора ворчали и высказывали явное неодобрение. Пять месяцев — этого Джимми Моран просто не в силах был себе представить. Он не покидал оптовый овощной рынок в Бронксе дольше чем на неделю с тех пор, как начал там работать грузчиком, а было это в тысяча девятьсот семидесятом году. Пять месяцев! Ему нужно было содержать жену и столько детей, что даже страшно сказать сколько. Но делать было нечего. Спина у него болела, операция была нужна, и он согласился. И вот как они пережили это: его жена, Джина, взяла на работе дополнительные часы, они истратили все свои небольшие сбережения, и немного денег им дал брат Джимми, Патрик. Все обошлось не так плохо, как могло бы.

Вышло так, что за время вынужденного отсутствия на рынке Джимми Морана в его жизни произошли два события. Во-первых, он купил роскошный голубой седан — «крайслер» тысяча девятьсот пятьдесят шестого года. Машина была в отличном состоянии, и, садясь в нее, Джимми чувствовал себя будто за штурвалом роскошного океанского лайнера. Джина это приобретение не одобрила, но им нужна была другая машина, а «крайслер» оказался намного дешевле любого нового автомобиля. Кроме того, Джимми купил «крайслер» в Пелхэм-Бэй у старика, который несколько десятков лет не выводил машину из гаража и понятия не имел о том, сколько она на самом деле стоит. Честно говоря, купить «крайслер» за такие деньги было почти что украсть.

Да что там — «почти что». Натурально украсть. Джимми всегда хотелось иметь красивый старинный автомобиль, потому что он бы его ценил по достоинству, ухаживал бы за ним. Он мечтал разъезжать на такой машине по городу, надев красивую старомодную шляпу с широкими полями — такую, как носил его отец.

Вторым достижением Джимми было то, что он решил баллотироваться на пост председателя местного профсоюза водителей грузовиков и складских рабочих.

Нынешним президентом четыреста восемнадцатого профсоюза водителей и грузчиков был человек по имени Джозеф Д. Диселло. Он обладал явными преимуществами в том смысле, что был священником и при этом итальянцем. Большинство членов профсоюза на оптовом овощном рынке в Бронксе были итальянцами, и если бы даже половина итальянцев проголосовала за Диселло, Джимми Морана, можно сказать, отхлестали бы как паршивого пса, и он это очень хорошо понимал. Однако Джимми все же верил, что у него есть шанс победить на выборах. Почему? Потому что Джозеф Диселло был, фактически, идиот и к тому же взяточник. Словом, бесполезное дерьмо.

Диселло водил большущий «бонвиль» и в последние шесть лет интересы работяг защищал не слишком рьяно. Он уже почти не появлялся на оптовом овощном рынке в Бронксе, а когда появлялся, всегда привозил с собой какую-нибудь проститутку, которую подбирал где-нибудь у ворот. Обычно китаянку. Диселло обращался к какому-нибудь измотанному грузчику:

— Эй, парень! Как тебе моя новая жена? Тебе нравится моя жена?

И грузчик, как правило, отвечал:

— Конечно, босс.

Тогда Диселло смеялся над бедным парнем. Даже китайская проститутка смеялась над бедным парнем. Поэтому, а также еще по многим причинам людей уже просто-таки тошнило от Джозефа Д. Диселло.

Джимми Морана, с другой стороны, многие любили. Немногочисленные ирландцы, оставшиеся работать на рынке, проголосовали бы за него не задумываясь, да и с большинством итальянцев Джимми тоже очень неплохо ладил. У него не было никаких проблем с итальянцами. С португальцами у него проблем тоже не было, и он вовсе не считал их, как другие, прирожденными воришками. У него также не было проблем с чернокожими (в отличие от этого гада, расиста Диселло), и к нему неплохо относились латиноамериканцы. За прошедшие годы Джимми на рынке кем только не работал, но не так давно его снова наняли грузчиком, а это означало, что работал он по большей части с доминиканцами и пуэрториканцами. На взгляд Джимми Морана, все они были ребята вежливые и любители повеселиться.

Джимми полагал, что когда дело дойдет до голосования мексиканцев, то и тут особых загвоздок не предвидится. Мексиканцы постарше вспомнят, что много лет назад Джимми Моран выполнял чисто мексиканскую работу — сортировал и упаковывал перец. (И не сладкий итальянский, между прочим, а термоядерный испанский — джалапеньо, побланос, кайенский, чили, жгучий ямайский — короче, это были те самые зверские сорта перца, с которыми умели правильно обращаться только мексиканцы, потому что, если человек не знал, что делает, он мог по-настоящему обжечься. Если сок какого-то из этих перцев попадал человеку в глаз, чувство у него было такое, словно ему в глаз хорошенько кулаком врезали.) В принципе, работать с перцем было не так уж утомительно, но это была работа не для белого человека, и Джимми Моран с ней давным-давно расстался. Но у него все еще сохранились хорошие отношения с мексиканцами постарше, да и с молодыми тоже.

Что касается корейцев, с ними Джимми особо не общался. Да и все остальные тоже, но это на самом деле большого значения не имело. Потому что Джозефа Диселло тоже нельзя было назвать большим другом корейцев, и все такое. Корейцы вообще были ребята странные. Про них, короче говоря, можно было забыть. У корейцев на оптовом овощном рынке в Бронксе был свой базарчик, и торговали они исключительно со своими сородичами. Друг с другом они переговаривались по-корейски и к тому же не состояли в профсоюзе.

Было у Джимми Морана, так сказать, и еще одно очко в его пользу. Он был настоящим членом профсоюза, не то что какой-то выскочка, сынок местного гангстера Диселло. Он даже родился не в Нью-Йорке. Родом он был из Виргинии и вырос среди шахтеров — рабочего люда, добрых христиан. В Виргинии, когда Джимми было всего десять лет, он видел, как его дед во время забастовки рабочих перевернул грузовик с углем, принадлежавший угледобывающей компании, и разрядил винтовку в двигатель. Его дядю убили детективы, нанятые компанией, а еще один его дядя умер от силикоза. Его предки бастовали против компании «US Steel». Так что Джимми Моран был самым что ни на есть настоящим рабочим человеком, каким Джозефу Д. Диселло, к примеру, не дано было стать, проживи он свою гнилую жизнь хоть тысячу раз.

О том, чтобы выдвинуть свою кандидатуру на пост председателя профсоюза, Джимми Моран размышлял всего один вечер. Прошло четыре месяца после операции на позвоночнике. Он подумал о всех плюсах и минусах начала избирательной кампании — первой в его жизни. Конечно, Джина бы эту идею не одобрила, но спина у Джимми больше не болела, он стал владельцем красавца «крайслера» выпуска тысяча девятьсот пятьдесят шестого года и чувствовал себя преотлично. Он не видел ни единой причины, почему бы ему — человеку с долгим рабочим стажем, порядочному, сменившему на рынке так много разных работ, — не стать председателем профсоюза.

И все же он поразмышлял один вечерок о своей кандидатуре, а проснувшись на следующее утро, решился. Слабо сказать — «решился». Он был простотаки твердо убежден в своей правоте. Это было потрясающее чувство. Это было все равно что проснуться рядом с любимой.

Так что Джимми Моран вернулся на оптовый овощной рынок в Бронксе всего через четыре месяца после операции. План у него был таков: несколько дней посвятить избирательной кампании, а затем официально выйти на работу. Он приехал на рынок спустя несколько часов после полуночи, в то время когда к рынку на загрузку съезжались доставочные фуры. Въехав в главные ворота, Джимми остановился поболтать с Бахиз, арабской женщиной, которая проверяла у водителей идентификационные карточки. Бахиз была весьма недурна собой, поэтому с ней все заигрывали. Кроме того, она была единственной женщиной, работавшей на рынке, — по крайней мере, за двадцать пять лет без малого Джимми здесь других женщин не замечал.

— Бахиз! — сказал Джимми. — Кто тебя выпустил из гарема?

— О господи! Это Джимми. Что, уже на работу? От звонка до звонка? — спросила жующая резинку Бахиз.

— От звонка? До звонка? Уж больно это похоже на «грыжу позвонка». Ты такого при мне не говори, радость моя. Как тебе моя новая машина?

— Очень красивая.

— Угадай, какого года.

— Не знаю.

— Ну попробуй угадать.

— Не знаю. Тысяча девятьсот шестьдесят восьмого?

— Смеешься?

— А какого? Шестьдесят шестого, что ли? Откуда мне знать?

— Бахиз! Пятьдесят шестого! *Пятьдесят* шестого, Бахиз!

— Ой, правда?

— Глаза разуй хоть разок, Бахиз.

— Ну откуда мне знать? Я твою машину и не вижу почти — темнотища еще.

— А женщинам она очень нравится, моя радость. Я тебя как-нибудь покатаю. Ты бы мне не отказывала столько лет, если бы я раньше водил такую шикарную машину, правда, Бахиз?

— Ой, Джимми. Ну тебя к чертям.

— Здорова ты ругаться, Бахиз. Слушай-ка, не угостишь парочкой фиников?

Иногда у Бахиз бывали потрясающие финики. Те сушеные финики, которых было полным-полно на оптовом овощном рынке в Бронксе, большей частью привозили из Калифорнии. Но, отведав фиников Бахиз, Джимми Моран уже не мог в рот взять ни одного калифорнийского финика. Некоторые из лучших павильонов на рынке закупали импортные испанские финики, и они были очень вкусные, но дорогие. Кроме того, испанские финики поступали на рынок в коробках, обтянутых пластиком, и в эти коробки нельзя было залезть и стащить горсточку-другую на пробу.

А у Бахиз порой бывали просто невероятные израильские финики, и она всегда угощала ими Джимми. Мать Бахиз присылала ей финики с Ближнего Востока авиапочтой, это было дороговато, но того стоило. Все знали, что таких фиников, как в Израиле, больше нет нигде в мире. Вкус у израильских фиников был как у засахарившегося меда. А шкурка — будто тонкий слой карамели.

Но в ту ночь у Бахиз фиников не было.

— Все, Бахиз, я забыл про тебя, — сказал Джимми Моран. — Никакого от тебя толка, старая ты летучая мышь.

— Надеюсь, кто-нибудь врежется в твою тупозадую колымагу! — ответила ему Бахиз, и они улыбнулись друг другу и помахали руками на прощание. Джимми остановил машину около ангара братьев Графтон, где в последнее время работал. Это был один из самых больших оптовых складов на рынке, и совсем неплохо было начать избирательную кампанию с этого павильона. Братья Графтоны имели неплохую прибыль, и вот почему: Сэлви и Джон Графтоны скупали залежавшийся товар за гроши. Потом они нанимали людей для сортировки товара, большая часть которого была попросту гнилой. То, что оставалось, работники заново упаковывали. Графтоны втрое экономили на дешевой доставке, сбывая товар дешевле всех остальных. По большому счету, это был самый натуральный обман.

Сэлви и Джон Графтоны на этом деле здорово разбогатели, у них во Флориде было несколько собственных ферм, где выращивали скаковых лошадей, но при этом вся их оптовая империя воняла, как навоз, из-за того, что на их складах валялись кучи гнили, а уж крыс на складах Графтонов водилось больше, чем на любом другом складе на рынке. Продукцию Графтонов можно смело было назвать мусором.

На рынке были другие склады, где к товару относились очень требовательно, где торговали только красивыми, качественными овощами и фруктами. В северных складах работал один русский еврей, которому каждый день доставляли самолетом свежий цикорий с маленькой семейной фермы в Бельгии, и это был самый лучший цикорий в мире. Еще был филиппинец, который продавал ежевику в феврале по пять долларов за пинту оптом, и покупатели с радостью брали ежевику за эту цену, потому что ежевика была просто фантастическая и стоила того. Склад Графтонов, конечно, в этом смысле ни в какое сравнение не шел.

Джимми Моран работал на Графтонов почти двадцать пять лет — грузчиком, водителем, сортировщиком овощей, да мало ли кем еще. Вот только ему никак не удавалось получить работу в конторе. Работу в конторе на оптовом овощном рынке в Бронксе всегда было найти непросто. Тут была большая конкуренция, а побеждали в ней те, у кого было хорошо с математикой. Как бы то ни было, на складе у братьев Графтон трудились сотни простых работяг, и Джимми был знаком почти со всеми.

Джимми Моран зашагал вдоль погрузочных платформ складов братьев Графтон. Он шел, забросив за спину тяжелый джутовый мешок, наполненный агитационными значками, который получил из мастерской днем раньше. На значках красовалась надпись: «ДИСЕЛЛО НЕ ЗА НАС, ТАК ПУСТЬ ЕГО НЕ БУДЕТ С НАМИ. ДЖИММИ МОРАНА В ПРЕДСЕДАТЕЛИ». Значки были большущие, диаметром с грейпфрут, с черными буквами на желтом фоне. Джимми лавировал между штабелями ящиков, витринами с овощами и автокарами, всем раздавал значки, со всеми разговаривал. При этом он старался говорить на личные темы.

— Привет, Сэмми! Твоя жена по-прежнему дает тебе обед с собой?

— Привет, Лен! Ты все такой же любитель соснуть, когда работы нет?

— Привет, Сонни! Все еще работаешь с тем ненормальным ублюдком?

Он раздавал значки, пожимал работягам руки, и снова раздавал значки, и снова пожимал руки. Настроение у Джимми Морана было преотличное. И спина совсем не болела. Он чувствовал себя отдохнувшим, полным сил. За несколько часов он обошел склады Графтонов.

Он увидел своего старого приятеля Херба. Тот разговаривал с молодым грузчиком. Джимми крикнул:

— Здорово, Херб! А это кто? Твой новый бойфренд?

Джимми заметил еще одного грузчика, который был немного старше его сына Дэнни. Парень покуривал марихуану, спрятавшись за витрину с дынями. Джимми крикнул:

— Полиция! Ты арестован, наркоман несчастный!

Джимми увидел своего старого друга Анджело. Тот играл с другими рабочими в карты, разложенные на перевернутом вверх дном ящике. Джимми сказал:

— Так-так... Это что же, Анджело, тут у вас? Казино?

Анджело и остальные картежники расхохотались. Все спросили у Джимми, как его спина, и выразили надежду на то, что он чувствует себя лучше. Джимми Морана всегда любили на складах Графтонов, и все были рады, что он вернулся. Когда он работал в холодильном отделении для хранения огурцов, он порой разыгрывал одну смешную сценку. Он притворялся слепым. Смотрел в одну точку, вытягивал руки перед собой, ходил, спотыкаясь и налетая на других рабочих. Он говорил: «Я слепой овощной работник... Извините, сэр, не подскажете мне, где лежат огурцы?»

Над этой шуткой Джимми не смеялся только один парень — тихий и серьезный носильщик-гаитянин по имени Гектор. Джимми старался разыгрывать слепого только тогда, когда Гектор был поблизости. Он пытался заставить гаитянина хоть раз рассмеяться. Бывало, Джимми наступал Гектору на ноги, начинал ощупывать его лицо, но Гектор просто стоял, сложив руки на груди, молчал и даже не улыбался. В конце концов Джимми сдавался и говорил:

— Да что с тобой, Гектор? Может, это ты слепой?

— А где этот гаитянский малый, Гектор? — спросил Джимми у своего старого друга Анджело. Мешок с агитационными значками почти наполовину опустел. Джимми чувствовал, что избирательная кампания идет хорошо.

— Гектор? — переспросил Анджело. — Гектор у нас теперь дистрибьютор.

— Иди ты! Гектор — *дистрибьютор*?

— Ага. В отделе брокколи.

— Я исчезаю на какие-то пару-тройку месяцев, а Гектор уже дистрибьютор?

Джимми пошел вдоль погрузочных плаформ к большим складским холодильникам, где хранили брокколи. И точно, там, в дистрибьюторской кабинке, он нашел Гектора. Каждый отдельный холодильник был огромный, как склад мебели, поэтому каждому холодильнику был нужен свой дистрибьютор. Работа дистрибьютора заключалась в том, чтобы следить за бумагами, в которых было указано, сколько продукции хранится в каждой холодильной камере, сколько отпущено по каждой накладной. Замечательная это была работа. Конечно, легче было с ней справляться, если ты в ладах с математикой. На самом деле Джимми Моран как-то проработал пору месяцев дистрибьютором в отделе моркови, но его приятели, грузчики, постоянно подшучивали над ним и то и дело нарочно отвлекали его от работы, поэтому с дистрибьюторством у Джимми не заладилось. Пришлось снова податься в носильщики.

Конечно, дистрибьюторы тоже работали на складах. Вот только трудились они, сидя в маленьких дощатых кабинках, похожих на те, которые ставят над прорубью при зимней рыбалке. В кабинках стояли обогреватели, а иногда даже пол был покрыт ковролином.

Гектор сидел в кабинке и просматривал бумаги, а рядом с ним сидел еще один работник и жевал гамбургер.

— Гектор! — воскликнул Джимми. — Поглядите-ка на сеньора Гектора, дистрибьютора!

Гектор высунул руку в окошко кабинки и пожал руку Джимми. На стене за его спиной висело множество картинок с изображением голых чернокожих женщин. Гектору, видно, было тепло. Он был без куртки, в тонкой хлопчатобумажной рубашке. Да, в дистрибьюторской кабинке не замерзнешь.

— Как делишки? — спросил Джимми.

— Неплохо.

— А кто твой приятель?

— Это Эд. Он из конторы.

Эд и Джимми обменялись рукопожатием.

— Ну и чем вы тут, ребята, занимаетесь? — спросил Джимми. — Раскладываете брокколи по маленьким коробочкам и приклеиваете к ним ярлычки, на которых написано «двадцать пять фунтов»? Обман трудящихся, так сказать?

Гектор промолчал. Эд тоже.

— Слушай, Гектор, я же шучу! Кстати, вот какое дело. Я избираюсь на должность председателя нашего профсоюза. — Джимми протянул Гектору два агитационных значка. — Вот вам по значку, — сказал он.

Гектор уставился на значок и прочитал с забавным акцентом:

— «ДИСЕЛЛО НЕ ЗА НАС, ТАК ПУСТЬ ЕГО НЕ БУДЕТ С НАМИ. ДЖИММИ МОРАНА В ПРЕДСЕДАТЕЛИ».

— Ты собираешься пойти против *Диселло*? — спросил Эд из конторы.

— Попал в точку.

Эд долго, очень долго смотрел на Джимми Морана. Он не спеша прожевал кусок гамбургера, проглотил и наконец задал Джимми другой вопрос:

— Ты что задумал?

— В каком смысле?

— Я серьезно. Ты что задумал? Хочешь, чтобы тебя кокнули?

— Ой, да ладно тебе.

— Ты чего хочешь? Хочешь очнуться в багажнике машины? Нет, я серьезно.

Джимми Моран посмотрел на Гектора и дурашливо пожал плечами. Гектор не улыбнулся, а Эд продолжал:

— Ты чего хочешь? Хочешь, чтоб тебе ноги отпилили?

— Я не боюсь Джоуи Диселло, — заявил Джимми. — Я очень надеюсь, что вы, ребята, его тоже не боитесь.

— Уж я его, мать твою, точно боюсь, — сказал Эд.

— С чего бы Джоуи Диселло ополчился против такого славного парня, как я? Вы что думаете — он меня прикончит и оставит всех моих детишек без отца? Даже забудьте так думать.

Эд высунул руку в окошко и протянул Джимми значок:

— Забери свой значок, приятель.

— Проголосуете за меня — и тут все станет по-другому.

Гектор промолчал, а Эд спросил:

— У тебя жена есть?

— Да, есть.

— Ты ее так ненавидишь, что готов сделать вдовой? Я серьезно. Так ненавидишь?

— Я с вами препираться не стану, — сказал Джимми, — не имею привычки спорить с людьми, которые не понимают, что для них лучше.

Джимми забросил мешок с агитационными значками за плечо и пошел дальше вдоль погрузочных платформ.

— Мы за Диселло голосовать будем! — крикнул ему вслед Гектор. — Мы не дураки!

— Ну и черт с вами, если так! — весело крикнул в ответ Джимми.

Потом Джимми Моран украл с одной витрины пару красивых гаитянских манго и сунул в карман куртки. От латиноамериканцев Джимми знал, что гаитянские манго самые лучшие в том смысле, что их легко кусать — шкурка тонкая. Обычно у Графтонов на складах хороших фруктов не попадалось, а это были чудесные манго, просто исключительные, кожица у них была мятно-зеленая, чуть начавшая желтеть. На оптовом рынке в Бронксе были люди, проработавшие там всю жизнь и за всю жизнь ни разу не попробовавшие свежих овощей и фруктов. И это было очень грустно. Все эти люди могли умереть от инфаркта в пятьдесят лет, потому что каждый день лопали говядину и бекон вместо фруктов и овощей, которых кругом просто горы лежали. Взять хотя бы дружка Гектора, Эда. Сидел перед складом, забитым брокколи, и жрал гамбургер. Ему точно грозил инфаркт.

А вот Джимми Моран, напротив, питался разнообразно, потому что любил овощи. Его мать всегда выращивала прекрасные овощи, и он их ел. Было время, когда он работал комплектовщиком в большом складском холодильнике, где хранили свежую зелень, так он там петрушку лопал пучками. Редиску и цветную капусту грыз, как яблоки. Он мог даже взять маленький артишок, очистить его от жестких наружных листьев и сьесть сырую сердцевинку целиком. Овощей он съедал больше, чем какой-нибудь хиппи. Люди считали его ненормальным.

В ту ночь он вышел из складского ангара братьев Графтон, поедая гаитянские манго на пуэрториканский манер. Сначала он тер и давил манго большими пальцами, пока мякоть не становилась мягкой и сочной, как желе. Потом надкусывал плод сверху и высасывал сок. Сладкий, как кокосовое молоко. Вкус, конечно, иностранный, чужой, но приятный.

Следующие часы Джимми Моран посвятил предвыборной кампании на оптовых складах «Далруни», «Эвангелисти и сыновья», «Импортеры Де Роза» и «Оптовики Э. и М.». Он представлялся рабочим и со всеми немного беседовал. Он поговорил с одним глупым бедолагой, который потратил все, что скопил за жизнь, на приобретение грейхаунда, потом пообщался с другим рабочим, у которого дочка-подросток была больна раком, а потом с одним везунчиком, который собирался в отпуск на Бермуды. Он поговорил с очень многими работягами, и все говорили ему, что он, наверное, съехал с катушек, если решился бороться за пост председателя профсоюза с такой мафиозной скотиной, как Джозеф Д. Диселло.

На ходу Джимми сжевал несколько молоденьких цукини, которые стащил с витрины на складе «Эвангелисти и сыновья». Цукини рамером не больше мизинца Джимми, и они были такие нежные, немного солоноватые — зрелые цукини такими никогда не бывают. А эти было так чудесно есть сырыми, им не нужны были никакой соус, никакая приправа. Молоденькие цукини в это время года были редкостью и стоили немало. Джимми у «Эвангелисти и сыновей» набил ими карманы. Деликатес. Он их поедал, как арахис.

К четырем утра он добрался до дна своего мешка с агитационными значками и подошел к небольшому новенькому складу под названием «Белла Фудз». Сюда поступали по-настоящему шикарные овощи и фрукты. Со склада «Белла Фудз» продукцию поставляли в лучшие рестораны Нью-Йорка. Джимми думал, что из здешних работяг никого не знает, но вдруг увидел своего старого приятеля Каспера Денни. Они немного потолковали насчет избирательной кампании Джимми, о женах и детишках. У Каспера тоже был целый выводок ребятни и жена-итальянка. Каспер тоже много лет проработал грузчиком.

— Ну что с тобой стряслось? Какая-то авария, что ли, я так слышал? — спросил Каспер.

— Ну прямо весь город про это болтает, — ухмыльнулся Джимми. — Операцию мне на спине сделали, дружище. Ну а ты? Ты теперь дистрибьютор, поди?

Каспер сидел в аккуратной маленькой кабинке, выкрашенной белой краской, и пил кофе.

— Ни в коем случае, — покачал головой Каспер. — Я открыл маленькое собственное дельце. Продаю кофе и запасные колесики для ручных тележек.

— Да ну? — рассмеялся Джимми.

— Кроме шуток, Джимми. Очень крутой бизнес.

— Иди ты к черту.

— А ты погляди, в чем смысл. Сколько на рынке ручных тележек?

— Сотни. Миллионы.

— Тысячи, Джимми. Тысячи. Тележка стоит недорого, всякий знает. Но каждому носильщику нужна тележка, верно я говорю? Потому что сколько ящиков человек может на руках унести?

— Ой, ну тебя совсем, Каспер.

— Один ящик, правильно? Даже тебе, здоровяку, в лучшие годы под силу было только два ящика поднять. А на ручную тележку сколько ящиков взгромоздить можно? Ну, сколько? Десять! А то и двенадцать! Ручная тележка, мистер Моран, очень важный инструмент для экономического успеха работника.

— Каспер, дружище! Ты меня прости, но ты с кем тут разговариваешь?

— Ну так вот, мистер Моран, представьте себе: время за полночь, а у твоей долбаной тележки ломается колесико. Как ты поступишь?

— Найду тележку какого-нибудь остолопа и украду ее.

— А потом схлопочешь по мордасам? Нет, это устаревший способ. Теперь ты можешь просто прийти ко мне. Ты мне — пять долларов, а тебе — новенькое колесико. Ты мне — еще пять долларов в залог, и я тебе выдаю молоток и гаечный ключ. Возвращаешь мне инструмент — а я тебе отдаю твои пять долларов. А потом ты мне — доллар, а я тебе — десятицентовую чашку кофе. Так что от каждой сделки у меня навару шесть баксов, а у тебя тележка в полном порядке.

— Да кто на такое согласится?

— Все, Джимми. Теперь все ко мне приходят.

— И это случилось за последние четыре месяца?

— Говорю тебе, Джимми. Круче не бывает. И никаких тебе налогов. И никакого профсоюза.

— Ну ты даешь, Каспер. Слушай, ты даешь.

— Старым клячам вроде нас с тобой без новых идей никак.

— У меня есть идея, — смеясь, проговорил Джимми. — Совсем новая идея. Ты берешь меня в напарники, дружище.

Каспер расхохотался и стукнул Джимми по плечу.

— Слушай, — сказал он, — ты в этом заведении никогда не работал?

— Здесь? Нет.

— Грибника видал хоть раз?

— Каспер, — сказал Джимми, — даже в толк не возьму, о чем ты.

— Ни разу не видал грибника? Ох, это просто закачаешься. Нет, ты должен это увидеть, Джимми. Не поверю, что ты даже не слышал про этого малого. Хочешь на чокнутого поглазеть? Ты обязательно должен увидеть этого малого.

Каспер вышел из своей аккуратной кабинки и провел Джимми в большой складской холодильный комплекс.

— Тебе понравится этот малый, Джимми.

Они прошли в самый конец холодильника, и Каспер остановился перед большим дверным проемом, затянутым широкими полосками пластика, помогавшего поддерживать ровную температуру. Дверь вела в отдельную кладовую. Каспер оторвал несколько полосок пластика. Ухмыляясь с таким видом, словно за дверью бордель, он махнул рукой Джимми, чтобы тот шел за ним.

Переступив порог, Джимми Моран увидел самые лучшие грибы, какие только видел в жизни.

— Погляди на эти упаковки, Джимми, — сказал Каспер. — Погляди на эту продукцию.

Ящики стояли аккуратно, не более пяти в штабеле, и каждый верхний ящик был открыт. Прямо у двери стоял открытый ящик со снежно-белыми шампиньонами, размером крупнее сливы. Тут стояли ящики с блестящими, лоснящимися грибами шиитаке, ящики с желтыми, будто лакированными травяными шампиньонами, с молоденькими порчини, на вид такими дорогущими, что их бы Господу Богу подавать. Джимми увидел ящики с грибами портобелло — мясистыми и сочными, будто филейная вырезка. Он увидел ящик с мелкими черными лесными грибами, пластинки которых были похожи на жабры. Он увидел ящик с какими-то древесными грибами — его мать такие называла поганками — и ящик с какими-то грибами, которые были очень похожи на кочанчики цветной капусты. Были тут и сморчки, цветом и формой напоминающие кораллы. Еще Джимми увидел ящики с рыжеватыми плоскими грибами, растущими на подгнившей древесной коре. Еще были ящики, наполненные китайскими грибами, названий которых Джимми не знал, а в других ящиках лежали грибы с красными и голубыми пятнышками на шляпках — на вид ядовитые. В грибной кладовой пахло сырым навозом. Так пахнет в хранилище для картошки и свеклы под амбаром.

Джимми Моран потянулся за грибом портобелло — самым большим, какой он видел в жизни. Ему так захотелось взять этот гриб, но, как только он к нему прикоснулся, он услышал рычание, похожее на звериное. К нему шагнул здоровенный и уродливый мужик в комбинезоне и коричневой вязаной шапочке, ужасно похожий на огромного пса.

Джимми в страхе отпрянул назад. Каспер оттолкнул его и крикнул:

— Уходи! Уходи!

Джимми качнулся и, можно сказать, вывалился из кладовой. Он пролетел через пластиковые ленты и стукнулся спиной о бетонный пол. Каспер выскочил из грибной кладовой следом за ним, хохоча как припадочный.

Джимми лежал на спине на холодном полу. Каспер сказал:

— Тут тебе бояться нечего, Джимми. Старикан грибник никогда из своей кладовки не выходит. Господи, он совсем чокнутый. Не трогай грибы, Джимми. Надо было тебе сказать, чтобы ты к ним не прикасался без разрешения.

Джимми попытался сесть, но спину его словно свинцом сковало. Он еще немного полежал, надеясь, что онемение отступит. Каспер протянул ему руку, но Джимми покачал головой.

— Ты в порядке, друг? — спросил Каспер.

Джимми кивнул.

— Черт, ты небось спину ушиб. Я совсем забыл про твою треклятую спину. Господи, ты уж прости меня.

Джимми снова кивнул.

— Все из-за этого чокнутого, — сказал Каспер и снова протянул Джимми руку. На этот раз Джимми ухватился за руку Каспера и довольно легко встал. Каспер раздвинул пластиковые ленты и крикнул: — Погляди только на этого чокнутого!

Джимми покачал головой. Он поймал себя на том, что дышит очень осторожно.

— Ну давай. Входить туда не обязательно. Стой тут, отсюда посмотри на этого верзилу. Если не будешь трогать грибы, и он тебя не тронет. Ты должен его хорошенько разглядеть.

Каспер не отставал, и Джимми в конце концов осторожно заглянул в грибную кладовую. Мужчина, охранявший грибы, стоял посередине кладовой. Настоящий великан в коричневом комбинезоне, с длинной каштановой бородой. Он стоял, расставив ноги и сжав кулаки. Джимми Моран и грибник не трогались с места и смотрели друг на друга. Грибник не рычал и не двигался. Джимми медленно попятился назад. Они с Каспером пошли к кабинке.

По пути Каспер сказал:

— Лучшие грибы на всем нашем долбаном рынке.

Джимми сел на ящик рядом с кабинкой Каспера и закрыл глаза. Спина у него затекла, поясница ничего не чувствовала. Сидеть было не легче, и он снова встал.

— Хозяин нанял этого чокнутого пару месяцев назад, — объяснил Каспер. — Раньше этот малый грузовик водил. Из Техаса он, что ли. Толком никто не знает откуда. У него с хозяевами уговор. Он никогда не выходит из кладовки. Я тут просиживаю целыми ночами, Джимми, и я тебе точно говорю: этот чокнутый совсем носа не высовывает из своей кладовки. А эти грибы, Джимми, — лучше этих долбаных грибов ты нигде не увидишь. У хозяев раньше проблемы были — подворовывали у них грибочки, понимаешь?

— Господи.

— Все, теперь никаких проблем. Никто ничего не сворует. Я тебе вот как скажу: если хочешь грибков стырить, сначала придется подраться с этим верзилой чокнутым.

— У тебя аспирин есть?

— Нет, но я тебе кофе налью, балда ты несчастная. А теперь уматывай отсюда, Джимми. Поправляйся. И удачи тебе на выборах, хотя лично я считаю, что ты дурак набитый, и еще я думаю, кто-нибудь тебе всенепременно пулю в затылок пустит очень скоро. Давай забирай свой кофе и катись отсюда. Давай проваливай, а не то все подумают, что я тут кофе на халяву раздаю. Решат, что я свой долбаный бизнес делать не умею.

Джимми Моран медленно шел по запутанным, соединяющимся между собой стоянкам в поисках своей машины. На ходу он размахивал руками, пытаясь распрямить спину. Он думал, что, наверное, выглядит по-идиотски, но ему было все равно. Он шел по дальней автостоянке корейского рынка, и ему было безразлично, что о нем подумают корейцы. Джимми Моран думал о том, что в один прекрасный день корейцы могут захватить весь оптовый овощной рынок в Бронксе, и эта мысль его вовсе не грела. Корейцы работали чуть ли не целыми сутками, а профсоюза у них вообще не было. Они продавали такие овощи, о которых никто сроду не слыхал.

Он устал. За четыре месяца после операции он впервые в своей взрослой жизни стал соблюдать нормальный режим — спал ночью и бодрствовал днем, — и ему было не очень привычно ходить по рынку среди ночи. Оставалось совсем недолго до рассвета. У Джимми ушел почти целый час, чтобы вернуться туда, где он оставил машину. Ярко светил фонарь. Его автомобиль выглядел великолепно. Он обожал свою машину. В эту облачную и сырую ночь под широким лучом искусственного света «крайслер» походил на какого-то морского зверя — блестящий, голубой, мощный, с искрящимися плавниками. Задние фары были похожи на фасетчатые глаза.

В багажнике у Джимми лежал еще один мешок с агитационными значками. Он собирался проехать к северной стороне рынка и раздать значки рабочим нескольких крупных коммерческих складов, расположенных там, до окончания ночной смены. Он поехал на север, минуя один за другим ряды фур, выстроившихся у темных погрузочных платформ. В кабинах грузовиков было пусто и темно. Водители — большей частью южане, как и Джимми, — спали на сиденьях, пока грузчики укладывали товар в фургоны. Носильщики толкали ручные тележки, нагруженные ящиками, лавируя по узким проходам между огромными фурами. Иногда кто-то из носильщиков останавливался и поднимал вверх большой палец в знак похвалы прекрасной машине Джимми Морана. Некоторые носильщики пробегали с тележками перед самым носом «крайслера», едва не попадая под колеса.

Джимми заметил знакомого охранника, который патрулировал автостоянку. Синеватые выхлопные газы стелились у самой земли, и казалось, охранник шагает через пелену тумана. Джимми притормозил, чтобы поговорить с этим дружелюбным поляком, живשим с ним по соседству. Его звали Пол Гадомски. Джимми опустил стекло на окошке, Пол облокотился о капот «крайслера» и закурил сигарету.

— Это что же, пятьдесят восьмой? — поинтересовался Пол.

— Пятьдесят шестой, Поли.

— Красавчик.

— Спасибо. Вот, держи, — сказал Джимми и через окошко подал Полу агитационный значок.

— Это что еще такое? Уж не решил ли ты сбросить Диселло?

— Решил, — сказал Джимми. Боже, как же он устал! — И хотелось бы верить, что я могу рассчитывать на твой голос, Пол.

— Черт, я в твоем профсоюзе не голосую. Не состою я в нем. Головой подумай. Я же не водила. Я коп.

— Это ты головой подумай, Поли. Никакой ты не коп, приятель.

— Все равно.

— Ты же охранник?

— Ну... Уж точно не водила.

— Я был бы рад, если бы ты все равно прицепил этот значок.

— Черт, Джим. Я ношу форму и не могу нацепить агитационный значок профсоюза водил.

— Ладно, ты подумай все-таки, Поли.

— Отнесу домой, пусть ребятишки с ним поиграют, — сказал Пол и сунул значок в карман форменной куртки.

Они были совсем одни на стоянке и заговорили о работе. Пол рассказал, что, когда Джимми отлеживался после операции на спине, одному водителю грузовика ночью перерезали глотку. Пока никого за это не арестовали. Джимми признался, что ничего об этом не слышал. Пол сказал, что тело нашли под днищем машины другого водителя. А тот водитель, какой-то малый, который привез на рынок бананы аж из самой Флориды, божился, что ничего не знает ни про какое убийство, и копы его отпустили. Пол не мог поверить в то, что копы оказались вдруг такими покладистыми. Пол решил, что копы, похоже, не слишком сильно напрягались, чтобы выяснить, что на самом деле стряслось той ночью. Джимми заметил, что так почти всегда бывает, потому что копы — такие же продажные мафиози, как все прочие. Пол точно знал, что тот парень, которого убили, в тот самый день выиграл «трифекту»* и похвалялся насчет того, что отхватил кусков двадцать. Еще Пол сказал, что на рынке в последнюю неделю творится сущее дерьмо: копы закрывают складские зоны, задают неправильные вопросы. Джимми заявил, что, на его взгляд, убийство могло произойти из-за борьбы за место на парковке и он бы все-таки заподозрил в этом того малого, доставщика бананов из Флориды. Джимми вспомнил, что в первый год своей работы на рынке видел, как парня забили до смерти ободом от колеса в споре за место для грузовика. Джимми много раз становился свидетелем суровых разборок на стоянках.

Пол сказал, что тут орудует банда долбаных скотов. Джимми с ним согласился, и они с Полом распрощались.

Джимми Моран поехал дальше. Он миновал красивую флотилию рефрижераторов, развозивших овощи и фрукты по супермаркетам и загружавшихся на складах «Бенетти и Перке», главного корпоративного оптовика, поставлявшего продукты во все большие сетевые супермаркеты Восточного побережья. Джимми не знал, кто владеет «Бенетти и Перке», но это был явно жутко, просто жутко богатый человек. Наверняка он сейчас крепко спал где-нибудь в огромном доме с видом на океан.

Просто невероятно, какие огромные состояния каждую ночь вращались здесь, на оптовом овощном

---

* Выигрыш на скачках, при котором игрок угадывает первую тройку призеров.

рынке в Бронксе. В это никто бы не поверил, кроме тех, кто здесь работал, кто видел, как здесь все делается. Противоураганные заборы, мотки колючей проволоки, охранные прожекторы — все это придавало рынку такой вид, будто здесь находится тюрьма. Но на самом деле это, конечно, была вовсе не тюрьма, и Джимми это отлично знал, знали и все остальные, кто тут трудился. Это была не тюрьма. Это был банк.

Когда Джимми Моран был совсем молодым носильщиком, он и его приятели порой подолгу болтали о том, как бы оттяпать хоть маленький кусочек этих сумасшедших капиталов. Они часами пытались подсчитать, сколько же денег за ночь проходит через рынок. Но, конечно, это была игра для молодежи. Люди постарше понимали, что реальных денег с рынка никак не уведешь, если ты уже не богач.

Прошлым летом Дэнни, старший сын Джимми, подрабатывал грузчиком на складах братьев Графтон. Дэнни тоже от нечего делать пытался подсчитать, какие денежки гуляют на рынке и как можно на них лапу наложить. Джимми знал про эти разговорчики сына. Дэнни хотелось понять, нельзя ли эти деньги украсть, увести, стибрить. Когда они рано утром возвращались домой, Дэнни бесцельно болтал насчет денег. «Вот было бы здорово, — говорил Дэнни, — снимать хотя бы по одному вшивому центу с каждого фунта от всего, что на рынке за ночь продается... Сколько бы это получалось в неделю? А в месяц? А за год? Разве это не было бы по-честному — оттяпывать для себя хоть капельку? Ведь грузчикам и носильщикам платят гроши!»

«Сам не знаешь, о чем треплешься, — говорил Джимми сыну. — Даже думать забудь».

«А как насчет корейского рынка? — спрашивал Дэнни. — Они только налом рассчитываются. Можно просто прижать к стенке какого-нибудь узкоглазого — и у тебя в кармане капиталец. У каждого корейца при себе всегда не меньше пяти кусков».

«Нет, Дэнни. Никто столько при себе не носит».

«Корейцы носят. Они боятся бабки в банке хранить».

«Сам не знаешь, про что говоришь».

«От водителей слышал».

«Ну, раз так, то уж точно не знаешь, про что говоришь».

Конечно, глупо было думать насчет того, чтобы украсть здесь у кого-то деньги, потому что многие на рынке ходили с пистолетами и ножами. Люди всегда убивали друг друга ни *за что*, просто чтобы убить время. И думать о том, какие бабки тут делали другие люди, было глупо. Стоило только подумать об этом, и у тебя сердце ныть начинало.

Джимми собирался припарковаться около «Бенетти и Перке». Он думал, что тут неплохо было бы раздать агитационные значки из второго мешка, но теперь он уже не был в этом так уверен. Спина здорово его беспокоила, и он не знал, как понесет тяжелый мешок. Если на то пошло, он не понимал, как теперь вернется на работу грузчиком всего через два дня. Как он будет таскать тяжелые ящики с овощами и фруктами? Как он будет это делать? Правда, как?

И Джимми Моран поехал дальше. Было около шести утра, и спина у него сильно болела. Он объехал вокруг «Бенетти и Перке» и направил машину к выезду с рынка. Он решил просто поехать домой и забыть про свою предвыборную кампанию. По пути он впервые за много лет вспомнил о своем старом друге, Мартине О'Райене.

С марта тысяча девятьсот восемьдесят первого по январь тысяча девятьсот восемьдесят второго года Джимми взяли на испытательный срок закупщиком для дисконтной фруктово-овощной сети под названием «Яблочный рай». Это был неплохой шанс продвижения по службе, и на эту работу Джимми сосватал его старый друг, Мартин О'Райен. Это было настоящее повышение — уйти из грузчиков и стать закупщиком. Закупщики работали в конторах, расположенных на втором этаже сборных домиков, то есть выше рынка как такового, и зарабатывали совсем неплохо.

Друг Джимми, Мартин О'Райен, был очень хорошим закупщиком. Он трещал по телефону как ненормальный, он свирепо торговался с водителями, фермерами, импортерами и дистрибьюторами, сбивая цену. За тот год Мартин заработал кучу денег для «Яблочного рая» и сам внакладе не остался.

«Что-что у тебя есть? — кричал Мартин в трубку телефона. — Мне нужен салат „айсберг“! Двадцать пять долларов? Да пошел ты куда подальше! Двадцать пять долларов? По восемнадцать, так и быть, возьму!.. Давай по восемнадцать, а не то я приду и сожгу к чертям собачьим твой долбаный *склад*!.. Давай по восемнадцать, а не то я приду и порву тебя *в клочки*!... Давай по восемнадцать, а не то я выколю тебе глаза, приду на твой склад и выколю глаза твоим... Ладно, идет, беру по двадцать».

Потом Мартин клал трубку, делал вдох-выдох и принимался за следующие переговоры.

Мартина О'Райена и Джимми Морана разместили в одном кабинете, их столы стояли один напротив другого. Они были лучшими друзьями. Мартин был первым, с кем Джимми подружился, когда приехал с мамой из Виргинии. Ему было тогда двенадцать. Джимми с Мартином начинали грузчиками, и в профсоюз вступили вместе, и были друг у друга на свадьбе. Джимми любил Мартина, но никак не мог сосредоточиться, договариваясь о сделках по телефону, потому что Мартин так жутко орал: «Раздобудь мне этот грузовик с картошкой, раздолбай ты безмозглый, а не то я тебя самолично трахну!»

Мартин был отличным малым, но его переговоры по телефону очень мешали Джимми нормально работать. К концу года Мартин отхватил приличную премию, и его взяли на постоянную работу в компанию, а Джимми нет. Кончилось все на самом деле нормально. Джимми довольно быстро нашел другую работу — он снова пошел трудиться грузчиком.

Нет, правда, Мартин был одним из самых лучших людей на свете, и Мартин с Джимми очень друг друга любили, но давно не виделись.

Джимми нужно было заправить «крайслер», а он знал, что маленькая бензозаправочная станция в его районе еще не закрыта, поэтому он выехал с рынка не там, где выезжал обычно. Он поехал вокруг рынка в поисках круглосуточной бензозаправки и в конце концов оказался на девяносто пятой дороге.

Это шоссе Джимми знал. В середине восьмидесятых он некоторое время работал водителем-доставщиком на небольшую оптовую овощную компанию под названием «Парфенон Продьюс», хозяевами которой были двое греков. Такой хорошей работы у него никогда не было. Он развозил высококачественную зелень — чаще всего рукколу и водяной кресс — с оптового рынка в Бронксе по девяносто пятой дороге во все дорогие магазины вдоль побережья Лонг-Айленда и в города штата Коннектикут, вплоть до Риджфилда. Поездки получались долгие, но приятные, а в Риджфилд (который они с Джиной называли «Рич-Филд») Джимми добирался к восьми-девяти часам утра, когда состоятельные люди только отправлялись на работу.

Ему нравилась эта работа. Он с радостью трудился доставщиком, но в тысяча девятьсот восемьдесят пятом году греки продали свой бизнес. Они предлагали ему выкупить маршрут доставки, но в то время у Джимми Морана не было таких денег.

Джимми Моран миновал Нью-Рошель и Маунт-Вернон и въехал в Коннектикут. Было еще очень рано, занимался ясный, погожий день. Джимми вел машину и думал о том, что, если бы он сумел заработать побольше денег на оптовом овощном рынке в Бронксе, он бы давным-давно перевез жену с детьми в Коннектикут. Они до сих пор то и дело говорили об этом: широкие лужайки, тихие школы, высокие ивы. Брат Джимми Морана, Патрик, по иронии судьбы, женился на сестре Джины, Луизе, и они сразу переехали в Коннектикут. Правда, у Патрика и Луизы не было детей, и им легче было сняться с насиженного местечка. Они перебрались в Денбери и купили там симпатичный домик с патио.

В подростковом возрасте сестра Джины, Луиза, была на редкость сексуальной девчонкой. В районе о ней ходили самые разные слухи. Брат Джимми Морана, Патрик, был просто без ума от Луизы Лизанте. А Джимми всегда больше нравилась Джина. Летом тысяча девятьсот семидесятого, когда Джимми устроился на рынок грузчиком, он, бывало, возвращаясь с работы по утрам, видел, как Джина и Луиза Лизанте ждут автобуса. Обе — в шортах и сандалиях. На лето они устроились официантками в кафе на побережье. Бывало, Джимми воровал на рынке красивые, зрелые голландские помидоры и прятал в них маленькие любовные записочки для Джины: *«Я люблю Джину... Джина красотка... У Джины красивые ноги... Я хочу, чтобы Джина вышла за меня...»*

Всю дорогу до Риджфилда, штат Коннектикут, Джимми думал о Джине, Патрике и Луизе. Он вовсе не хотел, чтобы так получилось, но вышло так, что в это утро он вел свой «крайслер» по девяносто пятой дороге в то самое время, когда ездил по ней, работая на «Парфенон Продьюс» доставщиком, и в Риджфилде оказался как раз тогда, когда жители города шли на работу. Джимми почти десять лет не был в Риджфилде. В прежние годы, закончив доставку, он имел обыкновение проехаться по самым дорогим кварталам и поглазеть на дома. Все эти дома тогда казались ему на редкость незащищенными, и он ощущал витающее в воздухе желание людей ограбить эти дома. Но Джимми не было никакого дела до того, что находилось внутри этих домов. Ему хотелось владеть этими домами. Особенно ему нравились большие, каменные.

Тот дом, который Джимми Морану хотелось иметь больше всего, был просто огромным. Он стоял в полумиле от центра Риджфилда — большой особняк с колоннами под черепичной крышей на вершине высокого холма. К дому вела спиральная подъездная дорога. Доставив в магазины деликатесную зелень, Джимми ехал к этому дому. В конце смены опустевший грузовик Джимми жутко гремел, проезжая по утренним улицам. Но возле этого дома Джимми ни разу не видел ни машин, ни людей. Ему всегда казалось настоящим преступлением то, что такой здоровенный дом пустует. Такой шикарный дом пустовал, и Джимми порой думал: а что, если просто взять и въехать туда? Что будет, если он так сделает? Что, если он возьмет да и заберет этот дом себе? «Подумать только, как бы там резвились мои ребятишки — ведь там столько свободного места», — думал он.

Этим утром он остановил свой «крайслер» на дороге напротив дома. Насколько показалось Джимми, дом выглядел точно так же, как раньше. Чуть раньше Джимми залил в бак бензин на автозаправке «Стемфорд» и купил в тамошнем магазинчике упаковку аспирина.

Боже, как же у него разболелась спина! Как он сможет выйти на работу через два дня? Правда — как?

Джимми откупорил баночку и принял несколько таблеток аспирина — разжевал и проглотил, не запивая водой. Известно, что разжеванная таблетка аспирина, хоть она и довольно противная на вкус, действует сильнее целой таблетки. Целая таблетка лежит в желудочном соке какое-то время и не переваривается. Джимми проглотил аспирин и почему-то вдруг вспомнил о своей первой брачной ночи. Ему тогда было всего девятнадцать, а Джине — и того меньше.

В первую брачную ночь Джина спросила у него:

«Сколько бы ты хотел иметь детей, Джимми?»

А он спросил у нее:

«Когда ты будешь беременна, у тебя соски будут набухать, да?»

«Наверное».

«Если так, то я хотел бы иметь десять или одиннадцать детей, Джина», — ответил Джимми.

В итоге у них родилось шестеро, но и это было очень много. Шестеро ребятишек! И это притом что Джимми работал грузчиком на рынке! О чем они с Джиной только думали? У них родились три девочки и три мальчика. Девочек назвали итальянскими именами, а мальчиков — ирландскими. Это была хитрая затея Джимми — получилось поровну. Шестеро ребятишек!

Боль в спине Джимми, начавшаяся со спазма и перешедшая в прострелы, стала еще сильнее. Болело в том самом месте, где ему сделали операцию. То и дело боль пульсировала, и все его тело сотрясалось, как от рыданий. Он вытряс из баночки на ладонь еще несколько таблеток аспирина и посмотрел на большой дом на холме. Он вспомнил своего деда, разрядившего ружье в мотор грузовика угольной компании, а потом вспомнил своего дядю, которого за организацию забастовки убили нанятые компанией детективы. Вспомнил про силикоз. Потом он стал думать о врачах, о Джозефе Д. Диселло, о великане грибнике, о гаитянине Гекторе, ставшем дистрибьютором, и о своем брате Патрике, которого теперь так редко видел, потому что тот перебрался в Коннектикут.

Джимми стал жевать аспирин и считать окна в большом доме на холме. Раньше Джимми Морану в голову такое не приходило — считать окна. Кончиком языка он выковыривал крошки аспирина из зубов. Он насчитал тридцать два окна. Тридцать два окна, и ведь это были только те, которые он видел с дороги! Он долго думал, а потом произнес вслух:

— Даже для меня, с шестью детишками и женой... Даже для меня, с шестью детишками и женой, наверное, грешно иметь такой здоровенный дом. Наверное, так.

Джимми Моран думал и думал, но ничего лучшего в голову ему не приходило. Только это.

— Даже для меня, — повторил он, — это было бы грешно.

Знаменитый фокус
с сигаретой

В Венгрии семейство Ричарда Хоффмана занималось производством розовой воды — продукта, который в то время применяли как в косметических, так и в медицинских целях. Мать Хоффмана пила розовую воду из-за несварения желудка, а его отец протирал розовой водой кожу в паху для охлаждения и отдушки после определенного вида нагрузок. Слуги полоскали льняные скатерти и салфетки Хоффманов в холодной воде, сдобренной розовой водой, так что даже в кухне очень приятно пахло. Повариха подмешивала несколько капель розовой воды в сдобное тесто. Перед вечерними приемами или визитами в оперу будапештские дамы употребляли дорогие импортные одеколоны, но розовая вода Хоффмана была испытанным средством дневной гигиены для всех женщин — таким же незаменимым, как мыло. Венгерский мужчина мог быть женат десятки лет и даже не догадываться о том, что от природы кожа его супруги вовсе не источает аромат цветущих роз.

Отец Ричарда Хоффмана был настоящим джентльменом, а его мать отвешивала слугам пощечины. Его дед по отцовской линии был пьяницей и драчуном, а дед по материнской линии — баварцем, охотником на кабанов. В возрасте девяноста лет его насмерть затоптали собственные лошади.

После того как ее муж умер от заворота кишок, мать Хоффмана отдала все свои сбережения смазливому русскому шарлатану по фамилии Катановский, известному спириту, пообещавшему устроить мадам Хоффман беседы с духами умерших. А Ричард Хоффман переехал в Америку и там убил двух человек.

Хоффман эмигрировал в Питсбург по время Второй мировой войны и десять лет работал автобусным кондуктором. С пассажирами он разговаривал в жуткой, унизительной манере.

— Я из Венгрии! — рявкал он. — Ты тоже Венгрия? Если ты Венгрия, то ты попал куда надо!

Много лет он разговаривал на этом тарабарском языке, даже после того, как овладел английским в совершенстве и его уже можно было принять за какого-нибудь сталевара, уроженца Штатов. Однако ритуальное самоуничижение приносило ему неплохие чаевые, и он скопил небольшой капиталец, которого хватило на приобретение вечернего клуба под названием «Дворец фараона», где в каждом представлении участвовали фокусник, комик и танцовщицы. Заведение пользовалось большой популярностью у азартных игроков и нуворишей.

Когда Хоффману было уже хорошо за сорок, он согласился принять молодого человека по имени Эйс Дуглас — посмотреть, не сгодится ли он на роль фокусника-дублера. У Эйса не было опыта выступлений в клубах, не было ни профессиональных фотографий, ни рекомендаций, но по телефону он говорил очень красивым голосом, и Хоффман назначил ему просмотр.

В день просмотра, ближе к вечеру, Эйс явился в клуб во фраке. Его туфли сияли дорогим блеском, сигареты он вынимал из серебряного портсигара, крышка которого была украшена его аккуратными инициалами. Стройный, привлекательный мужчина со светло-каштановыми волосами. Когда он не улыбался, он выглядел как звезда кинофильмов, показываемых на дневных сеансах, а когда улыбался, становился похож на дружелюбного телохранителя. В общем, и с улыбкой, и без нее он, казалось, выглядел слишком мило для того, чтобы быть хорошим фокусником (другие фокусники, выступавшие у Хоффмана, старались выглядеть как можно более зловеще), однако выступление его казалось чудесным, весьма завлекательным, и к тому же он не был подвержен довольно глупой моде, бытовавшей среди иллюзионистов тех лет. (Эйс, к примеру, не утверждал, что произошел от вампира, что ему были открыты великие тайны в усыпальнице Рамзеса, что в детстве его похитили цыгане или что его вырастили и воспитали миссионеры в загадочной стране Востока.) У него даже не было женщины-ассистентки, в отличие от других фокусников Хоффмана, которые хорошо знали, что красотка в сетчатых чулках способна отвлечь на себя внимание и спасти любой промах иллюзиониста. И что еще важнее: Эйсу хватало ума и класса не именовать себя «Великим» или «Могущественным» тем-то и тем-то.

На сцене, с гладко зачесанными волосами, в белых перчатках, Эйс Дуглас вел себя с эротичной легкостью Синатры.

В тот день, когда состоялся просмотр выступления Эйса Дугласа, во «Дворце фараона» работала одна немолодая официантка, которую все называли Большой Сандрой. Она наводила порядок в коктейль-баре. Несколько минут она понаблюдала за представлением, а потом подошла к Хоффману и шепнула ему на ухо:

— Ночью, когда я лежу в постели совсем одна, я порой думаю о мужиках.

— Не сомневаюсь, Сандра, — ответил ей Хоффман.

Она всегда так говорила. Она была фантастически грязной женщиной, и если честно, то Хоффман несколько раз с ней переспал.

Сандра прошептала:

— Когда я думаю о мужиках, Хоффман, я думаю как раз о таком мужике.

— Он тебе нравится? — спросил Хоффман.

— Ох!

— Думаешь, он понравится дамам?

— Ох! — страстно вздохнула Большая Сандра, обмахиваясь ладонью. — Господи, ты еще спрашиваешь!

Не прошло и часа, как Хоффман уволил двух своих старых фокусников.

После этого Эйс Дуглас работал каждый вечер, когда «Дворец фараона» был открыт. Он стал самым высокооплачиваемым артистом в Питсбурге. Это было не в те годы, когда красивые молодые женщины так уж часто являлись в бары без спутников, но «Дворец фараона» стал таким заведением, куда красивые женщины — необыкновенно привлекательные молодые, одинокие женщины — приходили со своими лучшими подругами и надевали самые шикарные платья, чтобы посмотреть выступление фокусника Эйса Дугласа. А мужчины приходили во «Дворец фараона», чтобы полюбоваться на красивых молодых женщин и угостить их дорогими коктейлями.

У Хоффмана был свой собственный столик у дальней стены ресторана, и после того, как выступление иллюзиониста заканчивалось, они с Эйсом Дугласом усаживались за этот столик и развлекали молодых дам. Девушки завязывали Эйсу глаза, а Хоффман выбирал какой-нибудь предмет из лежавших на столе, а Эйс угадывал и называл этот предмет.

— Это вилка, — говорил Эйс. — Это золотая зажигалка.

Более подозрительные девушки открывали свои сумочки и выуживали оттуда необычные предметы — семейные фотографии, рецепты от врача, автобусные билетики, — но Эйс без труда отгадывал и называл эти вещицы. Девушки смеялись и говорили, что Эйс наверняка подсматривает, и закрывали ему глаза влажными от волнения руками. Девушек звали как-нибудь вроде Летти и Перл, Зигги и Донна. Все они очень любили танцевать и к столику подходили в красивых меховых накидках — чтобы повыпендриваться. Хоффман представлял их проверенным или просто интересующимся ими бизнесменам. Среди ночи Дуглас провожал красивых молодых дам до автостоянки, учтиво выслушивал их разговоры, а когда дама махала рукой, подзывая такси, Эйс ободряюще прикасался рукой к ее спине.

В конце каждого вечера Хоффман печально изрекал:

— Мы с Эйсом видим так много красивых девушек. Они приходят и уходят...

Эйс Дуглас мог превратить жемчужное ожерелье в белую перчатку, а зажигалку — в свечу. Он мог извлечь шелковый шарф из дамской шпильки. Но самый лучший свой фокус он показал в тысяча девятьсот пятьдесят девятом году. Он забрал свою младшую сестру из школы при монастыре и предложил ее Ричарду Хоффману в качестве невесты.

Ее звали Анджела. В монастырской школе она была чемпионкой по волейболу, а ноги у нее были как у кинозвезды, и еще она очаровательно смеялась. В день свадьбы она была десять дней как беременна, хотя познакомились они с Хоффманом всего за две недели до этого. Вскоре Анджела родила дочку, которую назвали Эстер. В начале шестидесятых они жили весело и счастливо.

Эстер исполнилось восемь лет, и в честь ее дня рождения Хоффманы устроили праздник во «Дворце фараона». В тот вечер в кабинке коктейль-бара сидел грабитель.

Он вовсе не походил на грабителя. Он был довольно хорошо одет, у официантки не возникло никаких проблем с его обслуживанием. Грабитель выпил несколько бокалов мартини. А потом, во время выступления фокусника, он перепрыгнул через барную стойку, оттолкнул барменшу, рывком открыл кассу и выбежал из «Дворца фараона» с охапкой десяток и двадцаток.

Посетители раскричались. Хоффман находился на кухне, но крики услышал. Он выбежал на автостоянку, догнал воришку и схватил за волосы.

— Красть у меня вздумал? — завопил Хоффман. — У меня, мать твою, красть вздумал?

— Полегче, приятель, — сказал грабитель. Его звали Джордж Перселл, и он был порядком пьян.

— Красть, мать твою, у меня вздумал? — гаркнул Хоффман.

Держа Перселла за волосы, он стукнул его о дверцу желтого «бьюика». Несколько посетителей ресторана выбежали на улицу, остановились у дверей и смотрели на происходящее. Вышел и Эйс Дуглас. Он прошел мимо посетителей, вышел на автостоянку и закурил сигарету. На глазах у Эйса Хоффман схватил грабителя за ворот рубахи и, толкнув, стукнул о стоявший рядом с «бьюиком» «кадиллак».

— Отвяжись от меня! — тявкнул Перселл.

— У меня, мать твою, красть?

— Ты мне рубашку порвал! — взвыл Перселл. Едва он опустил глаза, чтобы посмотреть на свою порванную рубашку, как Хоффман снова припечатал его к желтому «бьюику».

Эйс Дуглас проговорил:

— Ричард, успокойся.

Новенький «бьюик» принадлежал ему. Хоффман методично колотил головой Перселла о дверцу.

— Ричард! Извини, пожалуйста! Прости, Ричард. Пожалуйста, не надо ломать мою машину.

Хоффман толкнул воришку. Тот навзничь рухнул на асфальт. Хоффман верхом уселся ему на грудь и ухмыльнулся.

— Никогда, — рычал он. — Никогда... Не смей... Красть у меня...

Сидя верхом на груди у Перселла, он спокойно собрал десятки и двадцатки, рассыпавшиеся по асфальту, и отдал Эйсу Дугласу. Затем он сунул руку в боковой карман пиджака Перселла, вытащил бумажник и открыл. Из бумажника он взял девять долларов — больше не было. Перселл возмутился.

— Это мои деньги! — прокричал он. — Не имеешь права забирать мои деньги!

— *Твои* деньги? — Хоффман влепил Перселлу пощечину. — *Твои* деньги? *Твои*, мать твою, деньги?

Эйс Дуглас легонько похлопал Хоффмана по плечу и проговорил:

— Ричард! Прошу прощения! Давай просто дождемся полиции, ладно? Хорошо, Ричард?

— *Твои* деньги? — орал Хоффман, охаживая Перселла по физиономии бумажником. — Ты, мать твою, у меня спер деньги, а теперь говоришь про *свои* деньги? Нет никаких *твоих* денег! Ты, мать твою, меня ограбил, и теперь все *твои* деньги мои!

— О господи! — простонал Перселл. — Ну хватит уже, а? Отпусти меня, ну!

— Отпусти его, — посоветовал Эйс Дуглас.

— *Твои* деньги? — не унимался Хоффман. — Все *твои* деньги — мои! И весь ты мой. Ты, мать твою, меня ограбил, а я заберу *твои* туфли!

Хоффман приподнял ногу Перселла и снял туфлю — хорошую, коричневую кожаную остроносую туфлю. Заехав Перселлу туфлей по физиономии, Хоффман сорвал с него вторую туфлю и бил ей грабителя, пока не устал. Потом еще некоторое время он сидел верхом на Перселле, сжимая в руках его туфли и тоскливо раскачиваясь из стороны в сторону.

— О господи! — снова простонал Перселл. Из его рассеченной губы текла кровь.

— Ричард, а теперь давай-ка встанем, ладно? — предложил Эйс Дуглас.

Через пару секунд Хоффман слез с Перселла и, держа в руках туфли грабителя, вернулся во «Дворец фараона». Брюки у него на колене были порваны, край рубашки вылез из-за пояса. Посетители в испуге вжались в стены, давая ему пройти. Хоффман прошел в кухню и швырнул туфли Перселла в один из больших мусорных баков, стоявших рядом с раковинами для мытья посуды. Потом он ушел в свой кабинет и закрыл за собой дверь.

Посудомойщиком работал молодой кубинец по имени Мануэль. Он вытащил туфли из мусорного бака и приложил одну подметкой к своей ноге. По идее, туфли были ему в самый раз, поэтому он снял свою обувь и надел туфли Перселла. Свои пластиковые сандалии Мануэль выбросил. Чуть позже Мануэль с удовольствием наблюдал за тем, как шеф-повар вылил в мусорный бак остывший соус и залил им сандалии. Вернувшись к раковине и занявшись мытьем посуды, Мануэль принялся весело насвистывать, радуясь своей необыкновенной удаче.

Прибыл полицейский. Он надел на Перселла наручники и привел его в кабинет Хоффмана. Следом за ними вошел Эйс Дуглас.

— Желаете выдвинуть обвинения? — спросил коп.

— Нет, — ответил Хоффман. — Забудем об этом.

— Если вы не выдвинете обвинения, мне придется его отпустить.

— Отпускайте.

— Этот человек говорит, что вы украли его туфли.

— Он преступник. Он явился в мой ресторан без туфель.

— Он забрал мои туфли, — заявил Перселл. Воротник его рубашки был залит кровью.

— Не было на нем никаких туфель. Поглядите на него. Он босой.

— Ты забрал мои деньги и туфли, скотина! Туфли за двадцать долларов!

— Выведите этого ворюгу из моего ресторана, пожалуйста, — сказал Хоффман.

— Офицер! — вмешался Эйс Дуглас. — Простите, но я был здесь все время, и на этом мужчине не было туфель. Он бродяга.

— Но ведь я же в носках! — завопил Перселл. — Посмотрите на меня! Нет, посмотрите!

Хоффман встал и вышел из кабинета. Полицейский пошел за Хоффманом и повел за собой Джорджа Перселла. Эйс Дуглас пошел за ними. Выйдя из ресторана, Хоффман по дороге задержался и забрал свою дочь Эстер с праздничной вечеринки. Он взял Эстер на руки и вышел на автостоянку.

— Слушай меня хорошенько, — сказал он Перселлу. — Еще раз попробуешь ограбить меня, и я тебя убью.

— Полегче, — сказал полицейский.

— Если я тебя хотя бы увижу на этой улице, сразу, мать твою, прикончу.

Полицейский сказал:

— Желаете выдвинуть обвинение против этого человека — выдвигайте, а если нет — то тогда полегче на поворотах.

— Он не любит, когда его грабят, — объяснил Эйс Дуглас.

— Скотина, — проворчал Перселл.

— Видишь эту маленькую девочку? — спросил Хоффман. — Моей малышке сегодня исполнилось восемь лет. Если я буду гулять по улице с моей дочуркой и увижу тебя, я оставлю ее на тротуаре, перейду на другую сторону и убью тебя на глазах у моей дочурки.

— Ну все, хватит, — сказал полицейский, увел Джорджа Перселла с автостоянки и снял с него наручники.

Полицейский и вор ушли вместе. Хоффман, стоя на ступеньках перед входом во «Дворец фараона», держал Эстер на руках и кричал:

— Сделаешь так, чтобы я прикончил тебя на глазах у моей дочурки? Что ты за человек?! Готов разрушить жизнь малютки? Чудовище!

Эстер расплакалась. Эйс Дуглас забрал ее у Хоффмана.

На следующей неделе воришка Джордж Перселл снова явился во «Дворец фараона». Был полдень, в клубе было тихо. Повар разделывал кур, а посудомойщик Мануэль прибирал на полках для хранения бакалеи. Хоффман находился в своем кабинете, он заказывал овощи у оптового поставщика. Перселл, трезвый как стеклышко, вошел в кухню.

— Я хочу обратно мои чертовы туфли! — проревел он, барабаня кулаком по двери кабинета Хоффмана. — Мои чертовы туфли за двадцать долларов!

В следующее мгновение Ричард Хоффман вышел из кабинета и забил Джорджа Перселла насмерть молотком для отбивания мяса. Посудомойщик Мануэль попытался удержать хозяина. Хоффман и его забил насмерть тем же самым молотком.

Эстер Хоффман не родилась фокусницей. Ей недоставало ловкости рук. Она не была в этом виновата — такая уж она уродилась. А в остальном Эстер была очень способная.

Ее дядя, Эйс Дуглас, три года подряд выигрывал чемпионат США среди иллюзионистов. Все свои высокие звания он выигрывал, не пользуясь никакими приспособлениями, никакими инструментами, кроме одной-единственной серебряной долларовой монеты. На одном чемпионате он на протяжении пятнадцати головокружительных минут делал так, что монета исчезала и появлялась снова. При этом никто из опытнейших экспертов, составлявших жюри, не заметил, что большую часть времени монета попросту спокойно лежала на колене у Эйса Дугласа. Она лежала там и блестела, и любой из судей сразу заметил бы ее, если бы только хоть на миг отвел глаза от рук Эйса. Но никто не отводил глаз, потому что все были уверены, что Эйс прячет монету в пальцах. Судьи были не идиоты, но они покупались на финты и ложные пассы Эйса, а он делал руками такое количество мелких движений, что уследить за ними было попросту невозможно. В арсенале Эйса Дугласа были приемы, которым даже он сам не давал названия. Он был гением обмана зрения. Его пальцы работали со скоростью мысли.

А вот у Эстер Хоффман с фокусами дела шли так себе. Она исполняла знаменитый фокус «Пляшущая свеча», знаменитый фокус «Исчезающее молоко» и знаменитый фокус «Соединяющиеся китайские колечки». Она вынимала длиннохвостых попугаев из ламп с абажуром, доставала голубя из раскаленной сковороды. Она выступала на детских праздниках и могла привести в восторг ребятишек. Она выступала в начальных школах и там могла разрезать пополам галстук учителя, а потом сделать его целым. Если это была учительница, Эстер могла попросить у нее колечко, потерять, а потом найти в кармане ученика. Если учительница не носила никаких украшений, Эстер могла просто проткнуть ее шею мечом, к восторженному ужасу детей.

Все эти фокусы были простейшими и не требовали большого мастерства.

— Ты еще молодая, — говорил ей Эйс. — Научишься.

Но она так и не научилась. Эстер зарабатывала больше денег, давая девочкам уроки игры на флейте, чем показывая фокусы. Она была прекрасной флейтисткой, но неудачи в фокусах сводили ее с ума. На что ей сдался этот музыкальный талант?

— У тебя пальцы очень быстрые, — говорил ей Эйс. — С твоими пальцами все в порядке. Но дело не в быстроте, Эстер. В фокусах с монетами быстрота ни при чем.

— Ненавижу монеты.

— Ты должна работать с монетами так, словно они тебя забавляют, Эстер, а не так, будто они тебя пугают.

— Когда я пытаюсь работать с монетами, у меня словно кухонные варежки на руки надеты.

— С монетами не всегда легко получается.

— Я никого не могу провести. У меня не получается обманных движений.

— Дело не в обманных движениях, Эстер. Дело в *движениях*.

— У меня не руки, — сокрушалась Эстер. — У меня лапы.

И правда, с монетами и картами Эстер работала крайне неуклюже, и талантливая фокусница из нее никогда не получилась бы. У нее не было таланта. Кроме того, она не умела держаться на сцене, подавать себя. Эстер видела фотографии своего дяди, на которых он в молодости выступал во «Дворце фараона». Дядя Эйс стоял, прислонившись к патрицианской мраморной колонне, во фраке и сорочке с запонками. Для него не существовало фокусов, которых он не мог бы выполнить перед самым носом зрителя. Он мог сидеть на стуле, окруженный со всех сторон весьма непочтенной публикой — такими зрителями, которые его оскорбляли, подзуживали или хватали за руки во время пасса. А он брал у хулигана какой-нибудь простой предмет и делал так, что предмет исчезал начисто. Бывало, ключи от машины хулигана в руке Эйса обращались в ничто. Исчезали напрочь.

Ночные представления Эйса во «Дворце фараона» были данью всем изящным порокам: монетам, картам, шампанскому и сигаретам. Все делалось для того, чтобы поощрять выпивку, разврат, азартные игры и мотовство. Зыбкость фортуны. Эйс мог на протяжении всего своего выступления показывать только фокусы с сигаретами. Он мог начать с одной сигареты, которую брал у какой-нибудь дамы из числа зрителей. Он протыкал сигаретой монету и отдавал монету даме. Он ломал сигарету пополам и делал ее целой, глотал ее и выкашливал вместе с еще шестью сигаретами, делал так, что их становилось вдвое больше, и еще вдвое больше, и в конце концов зажженные сигареты оказывались между всеми его пальцами, у него во рту, за ушами, они торчали из каждого кармана. А он разыгрывал изумление и ужас, а потом стоило ему только кивнуть — и все сигареты исчезали, кроме одной. Ее он закуривал под оглушительные аплодисменты.

Были у Эстер и фотографии отца, сделанные в то же время, когда он был владельцем «Дворца фараона». Он был очень хорош собой в смокинге, но фигура у него была тяжеловесная. Эстер унаследовала его широкие запястья.

Выйдя из тюрьмы, Ричард Хоффман поселился с Эйсом и Эстер. К тому времени Эйс стал владельцем шикарного загородного дома — высокого викторианского особняка из желтого кирпича, на милю окруженного лесом и с лужайкой, которой не постыдился бы барон. На фокусах Эйс Дуглас заработал небольшое состояние. С момента ареста Хоффмана он управлял «Дворцом фараона» и со временем, с разрешения Хоффмана, продал заведение за хорошие деньги ресторатору-гастроному. Эстер жила вместе с Эйсом после окончания школы. В доме ей был предоставлен целый этаж. Младшая сестра Эйса, Анджела, развелась с Хоффманом (он дал согласие на развод) и уехала со своим новым мужем во Флориду. Но вот чего Хоффман категорически не разрешал, так это чтобы Эстер навещала его в тюрьме, поэтому не виделись они четырнадцать лет. В тюрьме он еще сильнее располнел. Казалось, он стал меньше ростом, чем помнили Эйс и Эстер. Из-за набранного веса он словно раздался в плечах. Еще он отрастил окладистую бороду с приятной рыжиной. Он стал слезлив — по крайней мере, его можно было очень легко довести до слез. В первые несколько недель жизни под одной крышей Эстер и Хоффман общались с трудом. Разговоры между ними были короткими.

Допустим, Хоффман спрашивал Эстер:

— Сколько тебе сейчас лет?

— Двадцать два.

— У меня есть майки старше тебя.

Либо в другой беседе Хоффман мог сказать:

— Те парни, с которыми я познакомился в тюрьме, самые замечательные ребята в мире.

А Эстер говорила:

— Папа, но на самом деле это, наверное, не так.

И так далее.

В декабре того года Хоффман посетил выступление Эстер с фокусами в местной начальной школе.

Потом он сказал Эйсу:

— Она не слишком хороша.

— А я думаю, все у нее в порядке, — ответил Эйс. — Для детей она вполне годится, и ей самой нравится.

— Она просто ужасна. Слишком уж все у нее театрально.

— Может быть.

— Она говорит «НУ, А ТЕПЕРЬ ДЕРЖИТЕСЬ!», «БЕРЕГИТЕСЬ!»... Просто кошмар. «БЕРЕГИТЕСЬ того! БЕРЕГИТЕСЬ этого!»

— Но она же имеет дело с детьми, — возразил Эйс. — Когда выступаешь перед детьми, приходится объявлять им, что ты сейчас сделаешь фокус, или говорить о том, что ты только что сделал, потому что они настолько взволнованны, что не понимают, что происходит. Они даже не понимают, кто такой фокусник. Они не чувствуют разницы, показываешь ты фокусы или просто стоишь перед ними.

— Я думаю, она очень нервничает.

— Может быть.

— Она говорит: «А ТЕПЕРЬ ДЕРЖИТЕСЬ! СЕЙЧАС ПОЯВИТСЯ ПОПУГАЙ!»

— Кстати, ее фокусы с попугаями не так уж плохи.

— В ней нет тщеславия, — покачал головой Хоффман. — Никто не поверит в ее фокусы.

— Ей вовсе не нужно тщеславие, Ричард, — возразил Эйс. — Она выступает перед детьми.

На следующей неделе Хоффман купил Эстер большущего белого кролика.

— Если ты показываешь фокусы детям, тебе никак не обойтись без кролика, — сказал он дочери.

Эстер обняла отца и сказала:

— У меня никогда не было кролика.

Хоффман вытащил кролика из клетки. Кролик оказался неестественно громадным.

— Это она? — спросила Эстер. — Она что, беременная?

— Нет. Она просто большая.

— Слишком большой кролик, — заключил Эйс. — Такой для фокусов не годится.

Эстер грустно проговорила:

— Нет таких огромных шляп, куда бы поместилась такая великанша.

— На самом деле она складывается, — сказал Хоффман. Он сжал крольчиху руками, словно меха аккордеона, и она превратилась в большой белый шар.

— Похоже, ей это нравится, — сказал Эйс, а Эстер рассмеялась.

— Она не против, — кивнул Хоффман. — Ее зовут Бонни. — Он взял крольчиху за шкирку, как крупного котенка. Вытянувшись во весь рост, Бонни была крупнее большого енота.

— Откуда ты ее взял? — спросила Эстер.

— Из газеты! — лучисто улыбаясь, ответил Хоффман.

Эстер полюбила крольчиху Бонни больше своих голубей и попугаев. Они, конечно, были хорошенькие, но до крольчихи им было далеко. Эйс тоже проникся теплыми чувствами к Бонни. Он позволял Бонни ходить по огромному викторианскому дому, где ей вздумается. Никто особенно не возражал против ее какашек — они были маленькими, твердыми, не слишком вонючими. А Бонни больше всего любила сидеть посередине кухонного стола. Сидела и серьезно посматривала на Эйса, Эстер и Хоффмана. В эти моменты она вела себя весьма по-кошачьи.

— Интересно, она всегда будет такая суровая? — спрашивала Эстер.

Когда Бонни позволили гулять за пределами дома, в ее поведении появилось что-то собачье. Она, бывало, спала на крыльце — ложилась на бок и грелась на солнышке. А если кто-то подходил к крыльцу, Бонни поднимала голову и лениво смотрела на человека, совсем как старый и доверчивый пес. А по ночам она спала с Хоффманом. Хоффман чаще всего спал на боку, свернувшись калачиком, как ребенок, а Бонни укладывалась на него, выбирая местечко повыше — чаще всего бедро Хоффмана.

Однако в качестве участницы представления от Бонни никакого толку не было. Она была слишком велика и тяжела для того, чтобы легко и изящно вынести ее на сцену. Один-единственный раз, когда Эстер попыталась вытащить Бонни из шляпы, она повисла в воздухе так неподвижно, что дети решили, что она не настоящая. Она показалась им мягкой игрушкой, купленной в магазине.

— Бонни никогда не станет звездой, — заключил Хоффман.

— Ты испортил ее, Эйс, как фокусники уже много лет портят своих хорошеньких ассистенток. Ты испортил Бонни тем, что спал с ней.

Весной в большом викторианском доме по соседству с большим викторианским домом Эйса Дугласа поселился молодой юрист с женой (жена тоже была молодой юристкой). Все произошло очень быстро. Вдова, которой принадлежал этот дом, умерла во сне, и дом был продан через несколько недель. Новые соседи оказались с большими претензиями. Молодой юрист, которого звали Рональд Уилсон, позвонил Эйсу по телефону и спросил, нет ли в этой местности каких-то сложностей, о которых ему следовало бы знать, типа особенностей дренажа почвы или времени заморозков. Рональд намеревался развести огород и устроить беседку позади дома. Его жена, которую звали Рут-Энн, претендовала на пост окружного судьи. Рональд и Рут-Энн были высокого роста и обладали утонченными манерами. Детей у них не было.

Через три дня после того, как по соседству с Эйсом, Эстер и Хоффманом поселились Уилсоны, Бонни пропала. Только что лежала на крыльце — и вдруг исчезла.

До позднего вечера Хоффман искал Бонни. По совету Эстер он взял фонарик и прошелся с ним вдоль дороги, чтобы посмотреть, не сбила ли Бонни машина. На следующий день он ходил по лесу за домом и несколько часов звал крольчиху. Он оставил на крыльце миску с нарезанными овощами и миску с водой. Несколько раз за ночь Хоффман вставал посмотреть, нет ли Бонни на крыльце, не ела ли она из миски. В конце концов он завернулся в одеяло и улегся на крыльце. Он лежал и не спускал глаз с миски. Целую неделю он ложился спать на крыльце, каждое утро и каждый вечер менял корм и воду в мисках, чтобы от еды хорошо пахло.

Эстер изготовила плакатик, на котором нарисовала Бонни (крольчиха получилась очень похожей на спаниеля) и написала крупными буквами: «ПРОПАЛ КРУПНЫЙ КРОЛИК». Эстер расклеила копии этого плакатика на телефонных столбах по всему городу и поместила объявление в газете. Хоффман написал письмо соседям, Ричарду и Энн-Рут Уилсон, и подсунул под их дверь. В письме были описаны цвет и вес Бонни, указаны дата и время ее исчезновения и высказана просьба сообщить любые сведения о крольчихе. Уилсоны не позвонили. На следующий день

Хоффман подошел к их дому и позвонил в дверной звонок. Дверь открыл Рональд Уилсон.

— Вы получили мое письмо? — спросил Хоффман.

— Насчет кролика? — спросил Рональд. — Вы его нашли?

— Это крольчиха. Она принадлежит моей дочери. Я подарил ее дочери. Вы ее видели?

— А она не могла выбежать на дорогу?

— Бонни в вашем доме, мистер Уилсон?

— Крольчиху зовут Бонни?

— Да.

— Каким образом Бонни могла попасть в наш дом?

— Может быть, у вас есть разбитое окно в подвале?

— Вы полагаете, что она у нас в подвале?

— Вы искали ее у себя в подвале?

— Нет.

— Могу я ее поискать?

— Вы хотите искать кролика в нашем подвале?

Некоторое время они молча смотрели друг на друга. На голове у Рональда Уилсона была бейсболка. Он снял ее, почесал лысеющую макушку и снова надел бейсболку.

— Вашего кролика нет в нашем доме, мистер Хоффман, — сказал Уилсон.

— Хорошо, — сказал Хоффман. — Хорошо. Конечно.

Хоффман вернулся домой. Он сел за кухонный стол, и, когда в кухню вошли Эстер и Эйс, он объявил:

— Они забрали ее. Уилсоны забрали нашу Бонни.

В июле Хоффман начал строить башню. Между домом Эйса Дугласа и домом Уилсонов росли посаженные в ряд дубы, и листва этих дубов загораживала от Хоффмана соседский дом. Несколько месяцев он наблюдал за домом Уилсонов в бинокль из чердачного окна, пытаясь разглядеть Бонни внутри дома, но из-за деревьев он не мог заглянуть в помещения на нижнем этаже, и это его ужасно расстраивало. Эйс уверял его в том, что к осени листва с дубов облетит, но Хоффман опасался, что к осени Бонни умрет. Он не мог с этим смириться. Теперь ему не позволялось подходить к дому Уилсонов и заглядывать в окна подвала, потому что Рут-Энн Уилсон пожаловалась на него в полицию. И угрожающие письма ему писать было не позволено. И звонить Уилсонам по телефону. Он обещал Эйсу и Эстер ничего такого не делать.

— На самом деле он совершенно безобиден, — сказала Эстер Рут-Энн Уилсон, хотя сама не была так уж в этом уверена.

Рональд Уилсон откуда-то узнал, что Хоффман сидел в тюрьме, и связался с патрульным офицером. А патрульный офицер связался с Хоффманом и настойчиво посоветовал ему оставить Уилсонов в покое.

— Если бы вы только позволили ему поискать кролика в вашем доме, — вежливо проговорил Эйс Дуглас, беседуя с Уилсонами, — все бы очень быстро закончилось. Просто дайте ему полчасика. Все дело в том, что он до сих пор уверен, что Бонни томится у вас в подвале.

— Мы сюда переехали не для того, чтобы пускать в наш дом убийц, — заявил Рональд Уилсон.

— Он не убийца, — робко возразила Эстер.

— Он пугает мою жену.

— Я вовсе не хочу пугать вашу жену, — заметил Хоффман.

— Правда, он совершенно безобиден, — повторила Эстер. — Может быть, вы могли бы купить ему другого кролика?

— Я не хочу никакого другого кролика.

— Вы пугаете мою жену, — повторил Рональд. — И мы не должны вам никакого кролика.

В конце весны Хоффман спилил самый маленький дуб из тех, что росли между двумя домами. Сделал он это во второй половине дня в понедельник, когда Уилсоны были на работе, Эстер выступала с фокусами на празднике гёрлскаутов, а Эйс отправился за покупками. За несколько недель до этого дня Хоффман приобрел циркулярную пилу и спрятал ее. Дерево было не слишком большое, но оно упало поперек заднего двора Уилсонов, чуть не повредило беседку и помяло несколько грядок на огороде.

Приехала полиция. После продолжительной беседы Эйсу Дугласу удалось доказать, что дуб, росший между двумя домами, на самом деле находился на его земле, поэтому он имел полное право его спилить. За нанесенный ущерб он предложил щедрую компенсацию. В тот же день вечером Рональд Уилсон снова пришел к соседям, но говорить согласился только после того, как Эйс уговорил Хоффмана выйти из комнаты.

— Вы понимаете, какая сложилась ситуация? — спросил Рональд.

— Понимаю, — кивнул Эйс. — Очень хорошо понимаю.

Некоторое время они молча сидели за кухонным столом, смотрели друг на друга и молчали. Эйс предложил Рональду кофе, но тот отказался.

— Как вы можете жить с ним? — спросил Рональд.

Эйс не ответил. Он налил себе кофе, открыл холодильник, достал картонный пакет молока, понюхал и вылил молоко в раковину. Потом понюхал кофе в чашке и тоже вылил в раковину.

— Он — ваш бойфренд? — спросил Рональд.

— Ричард — мой бойфренд? Нет. Он — мой очень хороший друг. К тому же он мой шурин.

— Вот как, — сказал Рональд и стал вертеть на пальце обручальное кольцо с таким видом, будто пытался прикрутить его покрепче.

— Наверное, когда вы купили этот красивый старый дом, вам казалось, что сбылись все ваши мечты? — спросил Эйс Дуглас. Его вопрос прозвучал дружелюбно, сочувственно. — А теперь все стало как страшный сон, да? Жить рядом с нами...

— Да, так и есть.

Эйс Дуглас рассмеялся. Рональд Уилсон тоже рассмеялся и добавил:

— И точно, чертовски страшный сон.

— Мне очень жаль, что ваша жена нас боится, Рональд.

— Что ж...

— Мне действительно очень жаль.

— Благодарю вас. Это нелегко. Она порой немного... параноидальна.

— Да... — проговорил Эйс все тем же дружелюбным и сочувственным тоном. — Подумать только... Паранойя! В этих краях?

Они оба снова рассмеялись. А в другой комнате Эстер разговаривала с отцом.

— Зачем ты это сделал, папа? — спросила Эстер. — Такое красивое было дерево.

Хоффман долго плакал, потом перестал.

— Потому что мне так грустно, — сказал он. — Я хотел, чтобы они это почувствовали.

— Чтобы они почувствовали, как тебе грустно?

— Да, чтобы они почувствовали, как мне грустно, — всхлипнул Хоффман. — Как мне грустно.

В общем, в июле он начал строить башню.

У Эйса был старый грузовичок-пикап, и Хоффман каждое утро отправлялся на нем на городскую свалку, чтобы поискать там разные деревяшки и прочие бросовые стройматериалы. Основание башни он выстроил из сосновых досок и укрепил кусками рамы от старой стальной кровати. К концу июля высота башни равнялась десяти футам. Хоффман не собирался делать внутри лестницу, поэтому башня представляла собой прочный куб.

Уилсоны вызвали представителя совета по разграничению собственности, и этот представитель обвинил Эйса Дугласа в том, что тот возводит незаконную постройку на своей территории, и стал настаивать на том, чтобы строительство было немедленно прекращено.

— Это всего-навсего деревянный домик, — солгала Эстер чиновнику.

— Это наблюдательная вышка, — поправил ее Хоффман. — Чтобы я мог следить за домом соседей.

Чиновник долго пристально смотрел на Хоффмана.

— Да, — подтвердил Хоффман. — Самая настоящая наблюдательная вышка.

— Сломайте ее, — сказал чиновник, переведя взгляд на Эстер. — Сломайте ее немедленно.

У Эйса Дугласа была приличная коллекция старинной магической литературы, в том числе несколько томов, вывезенных Хоффманом из Венгрии во время Второй мировой. Эти книжки уже тогда обладали огромной ценностью. Эти редкие издания Хоффман скупал у цыган и букинистов на последние фамильные деньги. Некоторые фолианты были написаны по-немецки, некоторые — по-русски, некоторые — по-английски.

В этих книгах раскрывались тайны чудес, которые можно было показывать в гостиных. На рубеже веков этим увлекались весьма достойные и образованные господа. В книгах говорилось не о фокусах, а об иллюзиях. Иллюзии порой создавались обманными пассами, но зачастую речь шла о несложных научных экспериментах. Нередко требовался гипноз — или видимость гипноза — либо был нужен хорошо обученный «подсадной» ассистент, о чем другие гости, само собой, не догадывались. Джентльмен на таком сеансе мог с помощью дыма и зеркала вызвать в гостиную духа. Джентльмен мог погадать по руке или заставить чайный поднос парить над столом. Кроме того, джентльмен мог просто продемонстрировать публике, что яйцо может стоять вертикально, что магниты взаимодействуют друг с другом, что электрический ток способен заставить вращаться маленький моторчик.

Книги были богато иллюстрированы. В пятидесятые годы Хоффман подарил их Эйсу Дугласу, поскольку в ту пору надеялся воскресить в Питсбурге забытые европейские забавы. Он мечтал устроить во «Дворце фараона» зону, декорированную на манер богатой венгерской гостиной, — и чтобы Эйс надевал гетры и лайковые перчатки. Эйс изучил книги Хоффмана, но обнаружил, что в точности воспроизвести большинство фокусов, описанных в них, невозможно. Для всех старых фокусов требовались предметы и материалы, которых теперь было днем с огнем не сыскать: коробка парафина, щепотка нюхательного табака, кусок пчелиного воска, плевательница, цепочка для карманных часов, пробковый шарик, мыло для кожи. Даже если бы удалось собрать весь этот реквизит, эти вещи ничего не значили бы для современных зрителей. Это было бы музейное представление. Оно никого не развлекло бы.

Для Хоффмана это стало сильным разочарованием. В ранней юности он видел, как русский шарлатан, спирит Катановский, демонстрировал подобные чудеса в гостиной его матери. Мать Хоффмана, на ту пору недавно овдовевшая, носила темные платья, отделанные темно-синими шелковыми ленточками того же самого оттенка, что знаменитые синие флаконы для «Розовой воды Хоффмана». Вела она себя с достоинством решительной регентши. Сестренки Хоффмана, в платьицах с кружевными передничками, смотрели на Катановского широко раскрытыми от восторга глазами. Они собирались в гостиной всей семьей, и все до одного слышали это. Сам Хоффман, глаза которого слезились из-за жгучего сернистого дыма, слышал это: гадкие губы Катановского говорили голосом недавно умершего отца. И голос этот говорил по-венгерски прекрасно, без малейшего акцента. Это было послание с того света. Утешение и призыв к вере.

Поэтому Хоффман ужасно расстроился, когда Эйс Дуглас сказал, что не в состоянии сотворить это чудо. Хоффман с большим удовольствием снова побывал бы на таком сеансе. Наверняка это был какой-то простой фокус, хотя и старинный. Хоффман был бы так рад услышать хрипловатый голос покойного отца. Ему так хотелось, чтобы отец ему многое растолковал, и если бы он не понял — повторил бы снова.

В первый день сентября Хоффман проснулся на заре и начал готовить к поездке пикап. Несколько месяцев спустя адвокат Уилсонов попытается доказать, что Хоффман хранил в кузове грузовика оружие, но Эстер и Эйс горячо возразят против этого обвинения. Инструменты в кузове, конечно, были: несколько лопат, кувалда и топор, — но если в этих инструментах и крылась какая-то угроза, то непреднамеренная.

Незадолго до этого Хоффман приобрел несколько десятков роликов черной изоленты. На рассвете он принялся обматывать этой изолентой корпус грузовика. Заканчивался один ролик — он накладывал изоленту поверх уже намотанной, слой за слоем, как броню.

Эстер рано утром нужно было давать урок игры на флейте на дому у ученицы. Она встала и отправилась на кухню приготовить себе кукурузные хлопья с молоком. Из кухонного окна она увидела, что отец обклеивает грузовик изолентой. Передние, задние фары и дверцы уже были заклеены. Эстер вышла на крыльцо.

— Папа! — проговорила она.

Хоффман почти извиняющимся тоном объяснил:

— Я еду туда.

— Не к Уилсонам?

— Я еду за Бонни, — сказал Хоффман.

Эстер вернулась в дом. Ей было немного не по себе. Она разбудила Эйса Дугласа. Тот выглянул из окна спальни, увидел Хоффмана и вызвал полицию.

. — О, только не полицию, — страдальчески произнесла Эстер. — Только не полицию...

Эйс обнял ее.

— Ты плачешь? — спросил он.

— Нет, — солгала она.

— Не плачешь?

— Нет. Просто мне грустно.

Когда у Хоффмана закончилась изолента, он обошел грузовик по кругу и обнаружил, что не может сесть в кабину. Он достал из кузова кувалду и легонько стукнул ей по стеклу со стороны пассажирского сиденья несколько раз, пока на стекле не появились трещинки, похожие на паутину. Тогда Хоффман надавил на стекло, и мелкие осколки бесшумно упали на сиденье. Хоффман забрался в кабину, но обнаружил, что у него нет ключей, поэтому он вылез через разбитое окошко, вошел в дом и нашел ключи на кухонном столе. Эстер хотела поговорить с отцом, но Эйс Дуглас не пустил ее. Он зашел в кухню и сказал:

— Прости, Ричард. Но я вызвал полицию.

— Полицию? — страдальчески переспросил Хоффман. — Только не полицию, Эйс.

— Мне очень жаль, прости.

Хоффман долго молчал и смотрел на Эйса.

— Но ведь я же еду туда за Бонни, — наконец выговорил он.

— Тебе не стоит этого делать.

— Но она же у них! — воскликнул Хоффман и расплакался.

— Не думаю, что она у них, Ричард.

— Но ведь они *украли* ее!

Хоффман взял ключи, вышел на улицу и, всхлипывая, забрался в обмотанный изолентой грузовик. Он направил машину к дому Уилсонов и несколько раз объехал его по кругу. Он проехал прямо по растущей в огороде кукурузе. Из дома выбежала Рут-Энн Уилсон, вытащила из земли несколько кирпичей, обрамлявших дорожку, и погналась за Хоффманом. Она швыряла кирпичи в грузовичок и кричала.

Хоффман направил машину к раздвижным металлическим дверям подвала Уилсонов. Он хотел протаранить эти двери, но у него ничего не получилось — пикап был маломощным, и колеса увязли в грязи на мокрой лужайке. Тогда Хоффман начал давить на клаксон. Понеслись противные, заунывные звуки.

Когда прибыли полицейские, Хоффман отказался выходить из кабины. Правда, он положил руки на руль, чтобы показать, что безоружен.

— У него нет пистолета, — крикнула Эстер из окна дома своего дяди.

Двое офицеров обошли пикап по кругу и осмотрели. Офицер помоложе постучал по стеклу кабины и попросил Хоффмана опустить стекло. Тот отказался.

— Скажи им, пусть вынесут ее! — крикнул он. — Пусть отдадут крольчиху, и я вылезу из машины! Ужасные люди!

Офицер постарше перерезал изоленту на дверце со стороны пассажирского сиденья складным ножом. Наконец ему удалось открыть дверцу, и он вытащил Хоффмана из кабины. При этом и тот, и другой порезали руки об осколки стекла. Хоффман беспомощно упал ничком на мокрую траву. На него надели наручники и увезли в патрульной машине.

Эйс и Эстер поехали за полицейскими в участок. Офицеры забрали у Хоффмана ремень и сняли отпечатки пальцев. Хоффман остался в майке. Его посадили в тесную, холодную камеру.

Эстер спросила у того полицейского, что был постарше:

— Можно мне съездить домой и привезти отцу куртку? Или одеяло?

— Можно, — ответил полицейский и сочувственно погладил руку Эстер. — Конечно, можно.

Вернувшись домой, Эстер умылась и приняла несколько таблеток аспирина. Она позвонила матери своей ученицы и отменила утренний урок. Мать спросила, нельзя ли перенести урок на другое время, но Эстер смогла только пообещать перезвонить позже. Она заметила пакет молока на кухонной стойке и убрала его в холодильник. Потом она почистила зубы, надела утепленные осенние ботинки, пошла в гардеробную и нашла там легкое шерстяное одеяло для отца. И тут она услышала шум.

Она пошла в ту сторону, откуда доносился шум. Это был звук включенного мотора автомобиля. Эстер подошла к окну гостиной и раздвинула шторы. На подъездной дорожке стоял фургончик с надписью на боку. Фургончик принадлежал Американскому обществу предотвращения жестокого обращения с животными. Окна фургончика были зарешечены.

— О боже, — проговорила Эстер.

Из парадной двери дома Уилсонов вышел человек в белом комбинезоне. Он держал большую проволочную клетку. В клетке сидела Бонни.

Эстер никогда не бывала в здании городского отделения Общества предотвращения жестокого обращения с животными, и в тот день она тоже туда заходить не стала. Она остановила свою машину рядом с фургоном, за которым ехала от самого дома. Она увидела, как мужчина в белом комбинезоне открыл задние дверцы и вытащил клетку. В этой клетке сидели три серых котенка. Мужчина понес их внутрь здания, а дверцы фургона оставил открытыми.

Когда мужчина скрылся из виду, Эстер вышла из машины и быстро подошла к фургону. Она нашла клетку с Бонни, без труда открыла ее и достала крольчиху. Бонни сильно похудела с тех пор, как Эстер видела ее в последний раз. Она смотрела на Эстер равнодушно, не узнавая свою хозяйку. Эстер отнесла Бонни к себе в машину и отправилась в полицейский участок.

Припарковав машину на автостоянке, Эстер взяла крольчиху под мышки, вышла из машины и закуталась в шерстяное одеяло, которое привезла для отца. Затем она торопливо зашагала к зданию полицейского участка. Она прошла мимо полицейского постарше, который в этот момент разговаривал с Эйсом Дугласом и Рональдом Уилсоном. Проходя мимо них, она подняла руку и торжественно произнесла:

— Хау, бледнолицые.

Эйс улыбнулся ей, а полицейский махнул рукой и указал, куда идти.

Камера, в которую посадили Хоффмана, находилась в самом конце коридора. Горела тусклая лампочка. Хоффман несколько недель недосыпал. Он замерз, руки у него были все в мелких порезах. Оправа его очков треснула, он плакал с самого утра. Он увидел идущую к нему навстречу Эстер, закутанную в светло-серое шерстяное одеяло, и она показалась ему потрясающе похожей на его мать. Зимой в Будапеште мать носила широкие пальто, и у нее была такая же царственная, горделивая осанка.

Эстер подошла к камере и протянула отцу руку через прутья решетки. Хоффман поднялся, прихрамывая, подошел к решетке и сжал руку дочери. В это полубезумное мгновение Эстер показалась ему духом покойной матери. Она улыбнулась.

Улыбка дочери заставила Хоффмана оторвать взгляд от ее руки и посмотреть на ее лицо. Эстер сунула руку под одеяло и изящно извлекла крольчиху. Она ловко просунула сильно исхудавшую Бонни между прутьями решетки. Крольчиха, которую Эстер держала за шкирку, повисла на том самом месте, где только что была пустая рука дочери Хоффмана. Получилось так, что Хоффман отвлекся на улыбку Эстер, а крольчиху увидел там, где ее только что не было. Произошло настоящее чудо. Нечто возникло из ничего.

— Держи, — шутливо произнесла Эстер.

Ричард Хоффман взял мягкую шелковистую крольчиху. Он узнал Бонни. Он обнял ее неуклюжими, большими руками. А потом он взял за руку свою дочь Эстер.

Необычайно талантливую девушку.

Самая лучшая жена

* * *

Когда Роуз было шестнадцать лет и при этом она была на пятом месяце беременности, она выиграла конкурс красоты в Южном Техасе — из-за удачного прохода по сцене в красивом ярко-синем купальнике. Это случилось незадолго до войны. Всего лишь прошлым летом Роуз была тощей девчонкой с острыми коленками, но беременность неожиданно одарила ее соблазнительными формами. Казалось, жизнь зародилась не в ее животе, а в бедрах, грудях и ягодицах. Будто бы набранный за счет беременности вес равномерно и идеально распределился по всей ее фигуре. Те части тела, которые не мог скрыть синий купальник, вызвали восторг у некоторых судей и части зрителей, и она стала бесспорной королевой красоты.

Отец Роуз тоже заметил, как расцвела его дочь, и, опоздав на пять месяцев, начал слегка волноваться. Вскоре после конкурса состояние Роуз стало очевидным. Отец отвез ее в клинику в Оклахоме. Роды у Роуз продолжались четыре дня. Она родила мертвого мальчика. После этого Роуз уже не могла иметь детей, но чудесная фигурка осталась при ней. Впоследствии она вышла замуж, и этому тоже поспособствовал изящный проход в синем купальнике.

Но с будущим мужем Роуз познакомилась только после окончания войны, а до того оставалась в Оклахоме. У нее появились предпочтения в выборе мужчин. Ей стали нравиться высокие, улыбчивые мужчины в темных шляпах. Они были в ее вкусе. Еще в ее вкусе были некоторые мужчины, посещающие церковь, а также левши, военные, рыбаки, почтальоны, члены законодательных собраний, пожарные, патрульные полисмены, механики, ремонтирующие лифты, мексиканцы и автобусные кондукторы, заходившие в ресторанчик, где она работала. Мексиканцы почтительно назвали ее La Rubia — Блондинка, будто она была знаменитой гангстершой или карточным шулером.

Роуз вышла за своего мужа, потому что полюбила его больше всех. Он по-доброму относился к официанткам и собакам и не проявлял никакого интереса к былым пристрастиям Роуз. Он был высоким и крупным мужчиной, а спина у него была как у здоровенного зверя — мускулистая и волосатая. Номера телефонов он набирал с помощью наполовину исписанных карандашей, потому что его пальцы не пролезали в дырочки на диске набора. Губы у него были такие большие, что, когда он курил сигарету, она казалась зубочисткой. Он не мог заснуть, если Роуз не прижималась к нему. На руках он ее держал, как щенка. После того как они купили телевизор, несколько лет подряд они усаживались рядышком на диване и смотрели игровые шоу, и муж Роуз громко аплодировал победителям, выигравшим автомобили или лодки. Он радовался за этих людей. Он хлопал в ладоши, вытянув здоровенные ручищи, — совсем как дрессированный морской котик.

Со временем они переехали в Миннесоту. Муж Роуз купил большое стадо овец и малюсенький домик. Роуз была замужем за ним сорок три года, а потом он умер от инфаркта. Он был намного старше Роуз и прожил долгую жизнь. На взгляд Роуз, он прожил такую жизнь, после которой не грех сказать: «Да! Славно я пожил!» Роуз искренне горевала по нему.

Без мужа ухаживать за овцами стало тяжело, и Роуз распродала их. Овцы разъехались по нескольким штатам. Кто-то покупал их в качестве домашних зверюшек, кто-то — на корм собакам, а кто-то — на отбивные с мятным соусом. Когда все овцы были проданы, Роуз стала водить автобус местного детского сада. Ей было под семьдесят.

Имена Роуз запоминала уже плоховато, но зрение у нее было хорошее, и автобус она водила аккуратно. Она всегда была осторожным водителем. Ей дали замечательный маршрут. Сначала она должна была забрать сам автобус на стоянке за гравийными карьерами, рядом с двухколейной железной дорогой. Затем Роуз должна была заехать за мальчиком, который жил с ней по соседству, рядом с бензозаправочной станцией. Потом она забирала хнычущего мальчика. Потом — девочку, которую мать всегда одевала в парусиновые жилетки, потом — мальчика, похожего на Орсона Уэллса*, потом — капризную девочку, потом мальчика, который вечно что-то бубнил себе под нос, потом — девочку, заклеенную невероятным количеством пластырей. После дома девочки с пластырями Роуз вела автобус по мосту через реку и ехала в гору. Там она забирала чернокожую девочку, воспитанного мальчика, мальчика-драчуна, еще одну чернокожую девочку и запыхавшуюся девочку. Последним был еще один мальчик, но он никогда не выходил к остановке.

Тринадцать пассажиров. Двенадцать, если не считать отсутствующего мальчика, но Роуз его всегда считала.

Но в то особенное утро, о котором пойдет рассказ, на остановках не оказалось соседского мальчика, хнычущего мальчика и девочки в парусиновой жилетке. Роуз подумала: «*Грипп*?» Она поехала дальше, но ни мальчика, похожего на Орсона Уэллса, ни капризной девочки, ни мальчика, бубнящего что-то себе под нос, на остановках не оказалось. Тогда Роуз подумала: «*Ветрянка*?» На остановке перед мостом девочки с пластырями не было, на дороге в гору Роуз тоже не увидела ни одного ребенка. Несколько смутившись, она подумала: «Может быть, сегодня воскресенье?» И тут она вспомнила, что на стоянке за гравийными карьерами не видела ни одного водителя автобуса и ни одного школьного автобуса, который пересек бы железнодорожный переезд. Если на то пошло, она вообще не видела на дорогах ни единой машины. Конечно, это бы-

---

* Джордж Орсон Уэллс (1915—1985) — американский актер, кинорежиссер, писатель. Фильмы: «Гражданин Кейн», «Леди из Шанхая», «Процесс» и др.

ли не скоростные автострады, но все же обычно на этих дорогах встречалось не так мало автомобилей. И тогда у Роуз мелькнула мысль: *«Конец света?»*

Однако она проехала по своему маршруту до самого конца. И хорошо сделала, потому что кто-то поджидал ее в конце подъездной дорожки у дома того мальчика, который всегда отсутствовал. Если точнее, там стояли двое. Роуз остановила автобус, мигнула фарами, как полагалось, открыла дверь и впустила пассажиров. Это были двое стариков. Один невысокого роста, второй долговязый. Они с трудом поднялись по ступенькам.

— Решили прокатиться нынче, джентльмены? — осведомилась Роуз.

Старики уселись у нее за спиной.

— Слава богу, тут чисто и пахнет хорошо, — сказал один из них.

— Я пользуюсь средством для мытья ванн и кафеля, — сказала Роуз. — Каждую неделю мою.

Долговязый старик сказал:

— Моя милая Роузи. Ты потрясающе выглядишь.

На самом деле так оно и было. Каждый день, отправляясь на работу, она надевала шляпу и белые перчатки, будто везла детишек в церковь или на какой-то особенный пикник.

— Ты могла бы стать первой леди, — продолжал долговязый. — Могла бы выскочить за президента.

Роуз удивленно посмотрела на его отражение в широком зеркале заднего вида и вдруг узнала его и ахнула. Потом она присмотрелась к старику невысокого роста и снова ахнула. Вот кто это были такие: Тейт Палинкус и Дейн Лэдд. Тейт был тем самым парнем, который обрюхатил Роуз в Южном Техасе перед войной. Дейн был военным, с которым она часто целовалась и обнималась в ту пору, когда оправлялась после родов в оклахомской клинике для незамужних матерей. Это тоже было до войны.

— Чтоб мне пропасть, — проговорила Роуз. — Вот уж не думала, не гадала, что снова увижу вас. Да еще в Миннесоте. Вот это мило.

Дейн проворчал:

— Ну скажи, разве этот Тейт Палинкус не сукин сын? Только что он рассказал мне, как обрюхатил тебя.

Тейт вмешался:

— Роуз. Я тогда не знал, что ты залетела. Мне никто про это не сказал даже много лет спустя, когда я стал тебя разыскивать. Это правда, Роуз.

— Тейт Палинкус, — сказала Роуз. — Мерзавец ты этакий.

Дейн проворчал:

— Заморочил голову пятнадцатилетней малышке. Нет, ничего противнее я сроду не слышал.

— Дейн Лэдд, — улыбнулась Роуз. — Старый ты шалопай.

— Она была чертовски хороша, — заявил Тейт.

— Уж мне-то можешь не рассказывать, — буркнул Дейн.

Роуз переключила скорость и развернула автобус.

— Ну вы даете, — удивилась она, покачав головой. — Я чуть голову не потеряла.

— Не теряй свою милую головку, — посоветовал Дейн. — И свою чудную фигурку.

Они поехали назад. Оказалось, что в конце дорожки у дома запыхавшейся девочки кто-то стоит, опершись о столбик с почтовым ящиком. Еще один старик. Роуз остановила автобус и впустила его.

— Прелесть моя, — поприветствовал ее старик и прикоснулся кончиками пальцев к краю шляпы. Это был Джек Ланс-Хейни, дьякон пресвитерианской церкви. Однажды он участвовал в выборах на пост сенатора от Оклахомы. В сороковые годы он, бывало, вывозил Роуз на пикники и брал с собой корзинки с настоящим китайским фарфором и настоящим столовым серебром своей жены. Он научил Роуз ложиться на мужчину сверху и тому, как в комнате отеля, набрав номер телефона, сказать: «Говорит миссис Ланс-Хейни. Не могли бы вы прислать мне бутылочку тоника? У меня просто раскалывается голова».

Джек уселся на переднее сиденье в другом ряду и положил шляпу рядом с собой.

— Мистер Лэдд, — кивнув, проговорил он. — Чудесное утро, не правда ли?

— Верно, — согласился Дейн. — В какой чудесной стране мы живем.

— Чудесная страна, что и говорить, — подтвердил Джек Ланс-Хейни. — И тебе доброе утро, Тейт Палинкус, самец ты недорезанный, змей подколодный.

— Я же не знал тогда, что она беременная, Джек, — оправдывался Трейт. — Узнал много лет спустя. Я бы с радостью на ней женился.

Роуз еле слышно произнесла:

— Так-так-так... Вот это новость, мистер Палинкус.

Она вела свой автобус по маршруту в обратную сторону и на каждой остановке подбирала кого-то из своих бывших возлюбленных. Она открывала дверь им всем. У дома чернокожей девочки в автобус сел кузен Роуз из Миссисипи Карл, с которым она познакомилась на кровати своей тетки во время семейного праздника в День благодарения. Около почтового ящика драчливого мальчика Роуз увидела целую компанию стариков. Все они оказались ее возлюбленными-почтальонами, но без почтальонской формы. Когда-то все они водили маленькие грузовички. В кузове всегда имелся запас брезентовых мешков, на которые Роуз могла улечься. Роуз не помнила, как зовут почтальонов, но, похоже, мужчины в автобусе их хорошо знали, и все они приветствовали друг друга с профессиональной вежливостью.

У дома второй чернокожей девочки Роуз посадила в автобус двух престарелых ветеранов. Она помнила их новобранцами, стриженными наголо, с розовыми макушками. Оба тогда были до смешного лопоухими, и она не упускала случая подергать того и другого за уши. Ветераны уселись позади Лейна и Тейта и заговорили об экономике. У одного из них была отнята рука по локоть, а у другого — нога по колено. Безрукий неожиданно толкнул Тейта здоровой рукой и выругался:

— Кто ты такой, а? Сказать тебе, кто ты такой? Вшивый ты, никчемный вонючий козел! Трахаешь девочек, а потом бросаешь, да?

— Он утверждает, что не знал, что она забеременела, — сказал Джек Ланс-Хейни, и все почталь-

оны дружно расхохотались. Они в это явно не поверили.

— Я тогда не знал, что она залетела, — терпеливо повторил Тейт. — Узнал только много лет спустя.

— Господи, — покачала головой Роуз. — Я и сама-то не сразу поняла.

— Этот ребеночек одарил тебя чудесной фигуркой, — заметил Тейт.

По автобусу прокатился дружный одобрительный гомон.

У дома воспитанной девочки Роуз открыла дверь автобуса жирному старику. Она его не узнала, и ему пришлось представиться. Старик оказался первым мужем сестры Роуз.

— Коуч! Ах ты негодник!

Он работал механиком, ремонтировал лифты. На ночных свиданиях с Роуз он учил ее подтасовывать карты и целоваться с открытыми глазами.

— Помереть можно на этих ступеньках, — проговорил побагровевший от натуги толстяк.

Одноногий ветеран ухмыльнулся:

— Чья бы корова мычала, Коуч.

Около дома девчушки с пластырями в автобус Роуз сели три бармена из разных штатов, в которых она когда-то влюблялась, а у дома мальчика, вечно что-то бубнившего себе под нос, подобрала патрульного полисмена, с которым в юности провела ночь в Оклахома-сити. Следом за ним в автобус вошли ловец креветок и водитель пожарной машины. Полисмена они пропустили вперед, поскольку решили, что так положено по чину.

— Мэм, — поприветствовал Роуз патрульный полисмен и широко улыбнулся, после чего обозвал Тейта Палинкуса тухлым яйцом, дурным семенем, подонком, разбойником и мешком навоза за то, что он обрюхатил Роуз в ту пору, когда она была совсем ребенком и не могла отличить отвратительного сукина сына от вазы с фруктами.

В начале дорожки у дома капризной девочки Роуз поджидал судья из аризонского окружного суда. Он уселся на переднее сиденье рядом с Джеком Ланс-Хейни. И заявил Роуз, что она до сих пор роскошно выглядит и поэтому он готов пускать ее к себе под судейскую мантию хоть каждый день.

Роуз возразила:

— Ваша честь, теперь мы с вами старые.

Судья сказал:

— Ты все та же красотка, Роуз.

У дома мальчика, похожего на Орсона Уэллса, стоял Хэнк Спеллмен и пинал камни носком ботинка. Стоило ему войти в автобус, как все остальные хором воскликнули:

— Хэнк!

Казалось, все они и вправду рады его видеть. Хэнк когда-то продавал и устанавливал в домах печи, и у него всегда было много хороших приятелей. Бывало, он танцевал с Роуз у нее в подвале, похлопывая ее по бедрам или скользя ладонями по всему ее телу. Порой он сжимал ее ягодицы и шептал ей на ухо:

— Если когда-нибудь я пропаду без вести и ты примешься искать меня, вот тут меня ищи — на этой попке.

На том месте, где обычно ждала автобус девочка в парусиновой жилетке, стоял высокий старик в темной шляпе. Когда-то он был дантистом, к которому ходила Роуз. У него был бассейн в доме и горничная, которая всю ночь молча, безропотно приносила дантисту и Роуз полотенца и коктейли. В автобус дантист забрался с помощью тросточки, а стекла его очков были толстыми, как ломти хлеба. Он сказал Роуз, что она необычайно хороша собой и что фигурка у нее до сих пор просто чудо.

Роуз ответила:

— Спасибо тебе большое. Мне повезло, что я так выгляжу. Мои родственницы стареют по-разному. Большинство из них к старости выглядят так, словно они выкурили слишком много сигарет, а другие — так, словно слопали слишком много пончиков.

— А ты выглядишь так, словно перецеловала слишком много парней, — заметил механик.

— Ты могла бы стать первой леди, — повторил Лейн, а Тейт задумчиво изрек:

— Ты была моей первой леди.

Возле живой изгороди у дома хнычущего мальчика стояли четверо мексиканцев, бывших автобусных кондукторов. Состарившись, они стали похожи друг на друга, как близнецы. Все были в аккуратно отглаженных белых костюмах, седые, со снежно-белыми усами.

— La Rubia, — по очереди поприветствовали они Роуз. По-английски они говорили не лучше, чем прежде, но безрукий ветеран воевал с фашистами в Испании и довольно неплохо переводил.

Столько пассажиров в автобусе у Роуз еще не бывало никогда. Автобус был не слишком большой. Он был предназначен для детсадовских детишек, а если точнее — для одной утренней детсадовской группы. Конечно, автобусная компания дала Роуз отличный маршрут, но еще ни разу ее поездки не были такими напряженными. Обычно она заканчивала работу к полудню. Но все-таки ей было под семьдесят, и, хотя она не была дряхлой, выжившей из ума старушкой, она все же уставала. Поэтому ей и дали только тринадцать детей, живших не слишком далеко от ее дома. Со своей работой Роуз справлялась хорошо, просто отлично. Все так считали. Она была осторожным и вежливым водителем, одним из самых лучших.

В тот день Роуз проехала туда и обратно по всему своему маршруту, собрав в детсадовский автобус всех стариков, которые когда-то были ее возлюбленными. Она не увидела никого из детей, ей не встретилось ни одной машины. Она была немного смущена и решила, что, наверное, сегодня все же воскресенье. Прежде она никогда не совершала таких ошибок и решила не говорить об этом своим прежним возлюбленным. Вдруг они решат, что у нее начался склероз. Поэтому она доехала до последней остановки — до дома мальчика, который жил по соседству с ней, рядом с бензозаправочной станцией. Там тоже стоял старик — широкоплечий великан. Это был муж Роуз. Старики, сидевшие в автобусе, так хорошо знакомые друг с другом, совсем не знали мужа Роуз. Когда он поднялся по ступенькам, все уважительно притихли. Роуз закрыла дверь автобуса и сказала:

— Джентльмены, позвольте представить вам моего супруга.

Ее муж выглядел так, словно угодил на вечеринку с сюрпризами. Он наклонился и поцеловал Роуз в лоб. Он был первым, кто прикоснулся к ней в этот день. Он сказал:

— Роуз, мой маленький щеночек.

Роуз поцеловала его в щеку — теплую, колючую, такую знакомую.

Она поехала дальше. Ее муж пошел по проходу между сиденьями автобуса, раскачивающегося, как корабль. Его встречали как почетного гостя. Старики любовники по очереди представлялись мужу Роуз, а он всякий раз говорил:

— Ах да! Конечно, как приятно с вами познакомиться.

При этом он в знак изумления и радости прижимал левую руку к сердцу. Глядя в широкое зеркало заднего вида, Роуз видела, как ее былые возлюбленные улыбаются и похлопывают ее мужа по спине. Ветераны отдали ему честь, и патрульный полисмен тоже, а Джек Ланс-Хейни поцеловал ему руку. Тейт Палинкус попросил прощения за то, что обрюхатил Роуз в ту пору, когда она была еще так юна, а седовласые мексиканцы кондукторы изо всех сил постарались выговорить приветствие по-английски. Окружной судья сказал, что готов от имени всех присутствующих с огромной радостью поздравить Роуз и ее супруга с долгим и верным браком.

Роуз вела автобус дальше. Вскоре она подъехала к переезду перед автостоянкой. Ее маленький автобус как раз вписывался между двумя железнодорожными путями, и она остановилась, потому что заметила, что с обеих сторон приближаются поезда. Ее муж и старики любовники опустили стекла и высунулись из окон, будто детсадовцы. Поезда были раскрашены ярко, словно игрушечные, а на каждом вагоне крупными буквами было написано название груза: АПЕЛЬСИНЫ, БРИЛЛИАНТЫ, ВЗРЫВЧАТКА, ГРАВИЙ, ДУХИ, ЕДА, ЖИЛЬЕ, ЗЕМЛЯ, — непрерывный алфавитный перечень всего, что нужно для жизни.

Они долго смотрели на поезда. Но вагоны двигались медленно. Закончился английский алфавит и сменился другими, иностранными. И старикам любовникам в конце концов стало скучно. Они закрыли окна автобуса Роуз. Стало тише. Они сидели и ждали, когда же наконец пройдут эти медленные, ленивые поезда. А Роуз, которая утром встала рано, вынула ключ из замка зажигания, сняла шляпу и перчатки и задремала. Старики любовники оживленно переговаривались между собой, обсуждая мужа Роуз. Они шептались тихо, но все же до Роуз доносились обрывки слов. «Тс-с-с...» — слышалось ей. «С-с-суп...» и «Дру-у-г...» И из этих обрывков слов складывалось слово «супруг». Во всяком случае, ей слышалось именно это слово. Она дремала в автобусе, а у нее за спиной сидели все ее постаревшие любовники, которые были так рады вновь видеть ее.

Оглавление

Литературно-художественное издание

Гилберт Элизабет

Самая лучшая жена

Генеральный директор издательства *С. М. Макаренков*

Редактор *Т. Н. Ледина*
Контрольный редактор *Л. А. Мухина*
Художественное оформление: *Е. А. Калугина*
Компьютерная верстка: *А. В. Дятлов*
Корректор *Т. Е. Антонова*
Изготовление макета: *ООО «Прогресс РК»*

Подписано в печать 26.10.2010 г.
Формат 60×90/16. Гарнитура «GaramondLightITC».
Печ. л. 18,0. Тираж 10 000 экз.
Заказ № 8889

Адрес электронной почты: info@ripol.ru
Сайт в Интернете: www.ripol.ru

ООО Группа Компаний «РИПОЛ классик»
109147, г. Москва, ул. Большая Андроньевская, д. 23

Отпечатано с готовых файлов заказчика в ОАО «ИПК
«Ульяновский Дом печати». 432980, г. Ульяновск, ул. Гончарова, 14